“龙系列”

长篇革命历史小说

龙城密战

第一部

曾 增 著

作家出版社

序　言

柳建伟

8月的北京，很有些酷热难当。友人推荐的《边城密战》却好像一阵清风，吹去了些许暑气。

当今的世界，物欲横流，手机头条充盈着“奇葩”话题，电视荧屏描述着“帝后”争斗，都市“大房”“二房”的争斗，而阅读《边城密战》这部作品，使人如饮冰水于酷热的沙漠绿洲，令人耳目一新。

20世纪，世界东方，中华民族正经历以“东亚病夫”到“东方巨龙”的奋斗与抗争。革命怒潮惊天动地。作者采撷中国工农红军在江西苏区长征前的一段历史加以描写刻画，给我们展现了八十多年前中国共产党人领导下的革命战争。情况复杂、斗争激烈、问题尖锐的环境下，作者把主人公钟龙华及其率领的游击队，从宏广历史中拆解，对主人公及其理想、信念，进行了详尽的描写和揣度，展现了那个特定的历史时期的人们，他们的心态、他们的生活、他们的爱恨，使我们深切感受到中国革命战争史中的细小浪花。

克劳塞维茨的《战争论》中，曾说“物质是军队的刀柄，而意志与精神才是锋利的刀锋”。在那个年代，年轻的共产党员在极度艰难困苦的条件下，坚持自己的信仰，坚信自己的信念，为了理想，为了主义。书中的主角不惜流血，不惧牺牲。真实再现了那个年代革命志士的风貌。正是有着书中主人公的血汗付出，我们才能看到一个新中国的诞生。

感谢作者，为我们展现了那个激情燃烧的岁月。在繁华都市、喧嚣纷杂的社会杂音中听到了一声清丽的战斗的号角，使人们在某一刻穿越回那个澎湃的激昂年代。

目 录

contents

第一章
临危受命

1

赣南红土盆地，连绵的不高不低的丘陵，山上长着永远长不高的马尾松，或杂七杂八叫不上名的荆条树、杉树，还有茅草、灌木丛或芦基草。春夏之交，满山遍野盛开着映山红、杜鹃花、栀子花和众多叫不上名来的野花，红色的、蓝色的、白色的、黄色的、紫色的、粉红色的，把群山装扮得五彩缤纷、分外妖娆。山上虽然没有参天的乔木，一年四季却也郁郁葱葱、绿意盎然。

江山如此多娇！然而却暗藏危机……

1934年4月，蒋介石调集了百万重兵，对中央苏区发动了残酷的第五次"围剿"。敌人凭借优势兵力，天上有几十架飞机，地上有大炮坦克。当时，毛泽东被排斥在中央决策层之外，中央红军的指挥权由中央"三人团"掌控。由于博古、李德在军事上推行"拒敌于国门之外"的"左"倾军事路线，和国民党军打起了阵地战、消耗战，战斗异常惨烈，致使苏区国土大片沦陷。

中国革命再一次走到了往何处去的紧要关头。

"围剿"和反"围剿"的战斗异常激烈。

一座山头的战壕里，红军某部一营营长钟龙华正用望远镜观察着敌情。二连长跑来着急地汇报说："钟营长，敌人又攻上来了！"

"二连长，你带领你们连迂回到敌人左侧后方。"钟龙华沉着地说，"等我们正面发起攻击后，你们在左侧发起猛攻，消灭这股敌人。"

二连长答应一声："是！"

钟龙华侧转身，对一连长、三连长说："一连、三连，等敌人靠近后，集中火力猛打。敌人溃退，我们就发起冲锋！"

一连长、三连长立正说："是！"

密集的敌人在督战队的督战下，端着枪慢慢逼近红军阵地。钟龙华率先开枪，大喊一声："打！"顿时，机枪、步枪一齐开火。敌人鬼哭狼嚎，溃不成军。敌人在败退，钟龙华率正面红军跃出战壕，发起冲锋。这时，二连在敌左侧向敌发动攻击。红军在和白军展开肉搏血战，喊杀声此起彼伏。红军全歼这股白匪。

战事结束，钟龙华在战壕里巡查，鼓励安慰战士们。战士们士气高涨，积极加固工事，等待着敌人的下一次进攻。

这时，师部通信员小刘急匆匆赶来，他向钟龙华敬礼说："报告钟营长！这是师长给你的亲笔信，师长命令你立即赶回师部。这里的任务移交给丁副营长。"

钟龙华看完信，点点头说："好！我交代一下，马上跟你回师部。"

师部指挥所条件很简陋，师长、政委、参谋长围在作战地图前研究战况，进行新的部署。

钟龙华进门敬礼："报告师长、政委、参谋长，一团一营营长钟龙华奉命前来报到！"

师长笑着说："好！我们红一军团猛虎营营长到了。来，说说，前线打得怎么样？"

"师长，这仗怎么打的？我们为什么要和敌人的飞机、坦克、大炮和优势兵力硬打硬拼？这完全就是消耗战！"钟龙华用衣袖擦了把汗说，"我们营已经伤亡过半。再这样打下去，恐怕……"

政委端来一缸凉开水，递给钟龙华，点了点头说："说得好！钟龙华同志，这是中央军委的命令，我们必须执行。你辛苦了。来，喝口水。”

钟龙华接过政委的茶缸，咕噜噜一口气把水喝完，他用衣袖抹了抹嘴，说：“政委，师长，前几次我们反‘围剿’打得多痛快，多精彩！我们跟着毛主席、朱老总打运动战，一次又一次粉碎了国民党反动派的疯狂进攻！一次又一次地夺取了反‘围剿’的胜利！”

“钟龙华同志，你说得非常对。”师长点了点头说，“今天我们不谈这些。这次是中央军委周副主席亲自下命令，要你立即赶回瑞金中央，有新的、非常重要的任务，需要你去完成。”

钟龙华问：“师长，什么任务？”

师长说：“具体任务我们也不清楚。你到中央保卫局报到后就知道了。你马上去吃饭。吃完饭后同小刘立即骑我和政委的马火速赶回瑞金！”

钟龙华敬礼：“是！”

2

山间小路上，田间大道上，钟龙华和小刘骑着战马奔驰。

钟龙华忽然看见路边一座茶亭里有人影晃动，他一怔，本能地勒住了马。“啪、啪”两颗子弹从他耳边飞过。钟龙华说声不好，翻身下马，见路边有棵大树，一个翻滚，躲到了大树后面。他回头看小刘，见小刘也下了马，躲在对面一个高坎下。

钟龙华迅速打量了一下周围，见身后都是水田，水稻已经收割，田里蓄满了水。左侧是座茶亭，有三个敌人头戴斗笠，正向他这边射击。钟龙华看这几个敌人，都是本地农村人衣着打扮，猜想这一定是小股敌人渗透到苏区搞破坏的便衣别动队，但他不知道敌人到底有多少。钟龙华猛然看见对面小刘头顶高坎上有一个敌人，钟龙华抬手一枪，敌人中弹摔下高坎，跌落在小刘身前。小刘一枪把茶亭外一个要向钟龙华开枪的敌人击毙。钟龙华猛地从大树后冲出，迅速向茶亭外另两个敌人射击，击毙一个，另一个矮个子腿部中弹受伤，倒在地上，他挣扎着爬进了茶亭。

高坎上猛地丢下一颗冒着烟的手榴弹，正落在小刘脚跟前。钟龙华大声喊道："小刘，注意手榴弹！"小刘手疾眼快，弯腰伸手抓起手榴弹，扔上高坎，随即传来一声巨响和敌人的惨叫声。

钟龙华冲进茶亭，见刚才腿部受伤的那个敌人正用布条包扎自己流血的伤口。钟龙华审问道："你们是什么人？"

特务答："我们是薛岳部特种部队的一支八人小分队。"

"你们的任务是什么？"

"我们潜入中央苏区，专门搞暗杀，搞破坏，搜集情报！"

这时，茶亭外传来几声枪响。钟龙华闪身到茶亭门口，向外张望。茶亭内受伤的特务见有机可乘，偷偷地从怀里掏出一支手枪，瞄准钟龙华。钟龙华仿佛脑后长了眼睛，反手一枪，矮个子特务趴倒在地，太阳穴中弹鲜血直流。

钟龙华顺着一条小路冲上高坎。高坎上是一片旱田，种着红薯和旱芋。刚才被手榴弹炸死的特务陈尸在红薯地里，还有三个特务，在前面几十米处正往山上逃窜。小刘从另一边小路上来，两人向三个特务追去。

特务们边跑边向后射击。钟龙华一枪，把跑在后面的那个特务击毙。剩下的两个特务急忙分开，一个往山上跑，另一个往山下田坑跑。钟龙华、小刘也分头追赶。

小刘追赶的那个特务非常狡猾，他利用山上长得不高但茂密的马尾松掩护，时不时回头向小刘开上两枪。追到山顶，他又朝小刘开枪，终于发现没有了子弹。特务望着山背面陡峭的地形，不敢往下跑。

小刘大喊一声："不准动！举起手来！"

特务慢慢地举起手，突然，他猛地把手中枪对准小刘砸去，然后转身往山下跑。小刘一歪头，枪从耳边飞过。小刘随即开枪，特务惨叫一声，身体顺着陡峭的山体滚落下去。

钟龙华追赶那个往山下田坑跑的特务，那特务也是时不时回头向钟龙华开枪。那特务慌不择路，他跳下一条陡坎，顺着梯田田埂奔跑。梯田都是水田，稻收割后田里蓄满了水。钟龙华朝特务开了一枪，击中了那特务的肩膀。特务脚下一滑，整个人掉进了水田。那丘田是沼泽田，有几处深不见底。那特务掉进沼泽，拼命挣扎，越挣扎身子越往下沉，特务边挣扎边大喊救命。

钟龙华和小刘站在陡坎上，看着那个特务高举着双手慢慢地沉入泥潭中。

钟龙华对小刘说："我们走！"

3

中央机关所在地瑞金沙洲坝。在一间大屋里，坐着周恩来副主席、中央保卫局情报处李处长以及钟龙华三人。

周副主席和蔼地说："钟龙华同志，党中央有一项非常艰巨、非常重要的任务，决定派你去完成。"

钟龙华信心百倍地说："请党中央放心，请周副主席放心！哪怕是上刀山、下火海，我也会坚决完成党交给的任务！"

"好同志！这次是叫你去闯虎穴！"周副主席点点头，"来，到那边，我们好好谈谈。"

周副主席指着地图说："这座小城，叫虎穴城。虎穴城地处湘粤赣三省交界处，扼湘粤赣三省咽喉。你刚从前线回来，很清楚当前的战场形势。自从我们苏区的北大门广昌失守后，国民党反动派更加气焰嚣张，妄想把我们赶尽杀绝。毛泽东同志高瞻远瞩，他在去于都调研前，曾私下交代我一些事情。毛泽东同志客观地分析了当前敌我力量对比悬殊，认为当前斗争形势严峻，中央苏区有可能不保。中央红军必定要来一次战略大转移。转移的方向就是西进湖南。

时间预计在十月中旬。”

钟龙华认真地听周副主席娓娓道来。

周副主席喝了一口水，继续说：“虎穴城西十几公里处有一道南北走向的大峡谷。大峡谷长一百余里，沟峪纵横，悬崖绝壁，是横卧在湘粤赣边界的一道天堑。整个一百余里长的大峡谷上，只有虎穴城西有一座大铁桥，那是1880年法国人修建的。虎穴城周边的箭山地区，有我党井冈山时期留下的一支游击队，游击队有一百多人，队长叫罗威。你这次是以中央特派员身份，派遣到箭山游击队。你们的任务就是要不惜一切代价，保住虎穴城西郊的那座大铁桥，绝不能让国民党军把它炸毁！这是关系到我中央红军能不能顺利通过大铁桥西进湖南生死攸关的头等大事。这项任务非常困难非常艰巨，而留给你的时间非常紧迫，不足两个月。”

钟龙华站起身：“不管千难万险，坚决完成任务！”

周副主席点了点头，把钟龙华按回到座位。然后说：“好！有信心，有魄力！钟龙华同志，我有一个重要会议，先走了。到虎穴城找谁、怎样接头、接头方式等其他细节，由李处长给你交代清楚。记住，面对貌似强大的敌人，我们要和他们斗智斗勇，并最终战胜他们、消灭他们！这就是我们共产党人的魄力、智慧和勇气！”

钟龙华又一次站起，坚定地说：“请党中央放心！请周副主席放心！我一定会带领游击队，保住大铁桥！”

周副主席紧紧握住钟龙华的手，目光盯着他，目光中充满了鼓励和支持，说：“我们相信你，党中央相信你！”

周副主席走后，李处长给钟龙华交代任务：“钟龙华同志，你在虎穴城，不是孤军作战。除了游击队，虎穴城里也有我们的地下党组织。在敌人内部，有我们党一位代号叫‘黄蜂’的同志，在关键的时候，他会帮助你。你的代号叫‘金雕’。”

钟龙华轻轻地重复着说：“金雕！”

4

南昌行营国民党复兴社情报处。二楼宽大豪华的办公室里，情报处长汪清泉正在接电话。门口传来一声响亮的“报告”。汪清泉放下电话说：“进来！

王效大步走进来，站在汪清泉办公桌前，立正敬礼说：“报告处长，特训处少校王效前来报到！”

“嗯！不错！局长就是有眼力，不愧是特训处的高才生。”汪清泉目光盯着王效，从上到下打量了一番，满意地点了点头，“来，我给你布置任务。”

汪清泉起身拉开墙上的布帘，露出一幅军用地图。他用木棍指着地图说道：“这个圈，就是箭山地区，这是箭山地区的重镇——虎穴城。虎穴城驻扎着粤军的一个加强团，两千余人。团长叫白湘君。此人老奸巨猾，诡计多端。唉，真可惜虎穴城不是我们中央军的地盘。不过，在反共这一点上，陈济棠的粤军和我们还是有许多共同点的。”

“处长，普天之下，莫非王土；率土之滨，莫非王臣！我想，箭山地区迟早会是我们蒋委员长的一统天下。”王效语气坚定地说。

“嗯，迟早？对，那是迟早的事。”

“处长，等歼灭了朱毛赤匪后，我们回头再来跟这帮广东小赤佬算账！”

汪清泉点了点头说：“好！言归正传。虎穴城西郊十多公里，有一道南北走向的大峡谷。大峡谷长百余里，只有虎穴城狭窄处有一座法国人修建的大铁桥。大铁桥长三百多米，宽四米。这是唯一一条从江西通往湖南广东的咽喉要道。委员长这次发动的第五次‘围剿’，我中央大军长驱直入，步步为营，取得了辉煌之战绩，攻克伪都瑞金指日可待。委员长担心，共匪狗急跳墙，他们有可能兵败蹿入湖南。所以，委员长着令我处精心制订了一项‘铁桶计划’。大峡谷是阻击共军西进湖南的第一道防线，一道天堑！一旦共军西窜进入箭山地区，立即炸毁大铁桥。这样，前有插翅难飞越的大峡谷天堑，后有我们几十万精锐国军追兵。王少校，你可以发挥一下你的丰富想象，此时此刻，十余万朱毛共匪，会是一种什么样的悲惨下场?!”

王效哈着腰说：“处长，我想到那时的共匪，应该像一群关在铁笼子里的老鼠，走投无路。下场就和当年太平天国石匪石达开在大渡河畔的下场一模一样，全军覆灭!”

汪清泉频频点头：“对！就是这样的下场!”

两人相视，一阵哈哈大笑。

王效收住笑说：“处长，杀鸡焉用牛刀。我带一支精英别动队去就解决问题了。”

汪清泉摇了摇头说：“不！不不！这样风险太大。你带一支队伍去，白湘君会认为你是去夺他的地盘，他肯定不愿意。说不定双方会擦枪走火，引起不必要的麻烦。箭山地区有一支共党游击队，队长叫罗威。据我们在共党中央内部的情报人员传来的可靠情报，共党中央最近要派一个特派员前往这支游击队。我们判断这一定和共党战败后西窜湖南有关。”

“处长，那您的意思是……”

汪清泉一指王效，说：“你的任务就是冒充这个特派员，你的代号叫‘猴王’!”

王效一怔：“猴王?”

“对！你要像孙猴子钻进铁扇公主肚子里那样，打入共党游击队内部，抢在那个真正的共党特派员之前，进入游击队。”说到这里，汪清泉手一挥，“你要想尽一切办法取得罗威的信任，掌控这支游击队，并最终消灭这支游击队。”

“处长，我明白。要使用苦肉计，离间计，反间计！必要时还要采取毒辣手段，把罗威这颗眼中钉除掉!”王效目露凶光地说。

汪清泉频频点头："对！我和白湘君会配合你导演一出完美的大戏，让你顺利进入游击队，让罗威对你这个假冒的特派员深信不疑。"

"一切听从处长安排！"

汪清泉起身说："我会派出多支小分队在暗中协助你，保护你。"

王效双脚立正，敬礼道："谢谢处长！誓死效忠党国！誓死效忠蒋委员长！"

5

虎穴城"剿共"司令部里灯火通明。电讯室里收发报声，嘀嘀嗒嗒，不绝于耳。

一个报务员说："组长，南昌行营'剿共'总指挥部来电。"

组长李娟接过电文，走出电讯室，上二楼，走进司令部办公室。

李娟大声道："报告白司令，南昌行营来电。"

白湘君接过电文，看了一会儿，左手指轻敲着办公桌面，沉吟着说："嗯，'铁桶计划'！于副官，你说，共党这次是不是当真被老蒋给打败了？"

于副官接过电文，浏览了一下说："司令，老蒋的话，不可不信，也不可全信。"

"你这话什么意思？"

"司令，您仔细想想，老蒋'剿共'，也不是一天两天了。"于副官正了正军帽，继续说道，"从第一次'围剿'到第四次'围剿'，兵力从十万增加到五十万，哪一次不是一败涂地，铩羽而归？这第五次'围剿'，虽说兵力增加到一百万，武器装备也更先进了，还有飞机、坦克、大炮。老蒋更是亲自坐镇南昌，志在必得，但共产党也壮大了不少。况且，共产党是这么好剿灭的吗？"

白湘君点了点头说："不过，我听说，共产党中央内部正在内斗，毛泽东已经被剥夺了军权。在劫难逃哇，也许这是天意！"

于副官认真地说："司令，我们不管他共党胜也好败也罢。这'铁桶计划'，总归是党国大业，我们还是得认真配合执行。"

"嗯！"白湘君想了想问，"西大街那家共党联络点元生堂大药房，情况怎么样？"

"老板卫鑫是共党地下组织的一个小头目。"于副官说。

白湘君手一挥："好！按照'铁桶计划'，这场大戏就从现在拉开序幕。秘密抓捕卫鑫！"

西大街元生堂大药房里静悄悄的，老板卫鑫正在柜台上扒拉着算盘结账。

卫鑫吩咐小伙计："小六子，去！上门板，打烊。"

小六子答应一声，拿起一块门板，走到门边正准备上。几个便衣大汉闯进门来，拦住了他。于副官说："等等，这么早关什么门？不做生意啦？"

卫鑫目光透过眼镜片看着这伙人。进店的有七八个人，身着便装，个个彪形大汉，不像良善之辈。卫鑫心下暗暗一惊，露出笑脸："各位老板，小店打烊了。"

于副官似笑非笑："老板，我给你送来一笔大买卖，千万不要错失良机哟！"

卫鑫一怔："大买卖？"

于副官点着头说："对！你发财的日子到了。"

卫鑫问："什么大买卖？"

"我要买三支上好的山参，每支一斤重的长白山野山参。"

卫鑫又是一惊，赶忙赔着笑脸："这位爷，一斤重的长白山野山参小店没有。别说小店没有，恐怕广州、北平也没有，就是原产地长白山也是找不到的。"

于副官冷笑一声："既然没有野山参，那就给我来两颗一斤重的牛黄。"

卫鑫目瞪口呆地看着于副官，张嘴结舌："这个，这个……小店也没有……”

于副官掏出枪，顶着卫鑫的脑门，恶狠狠地骂道：“王八蛋，我就知道你没有。把他带走！”

两个大汉一左一右架着卫鑫的胳膊，卫鑫大惊失色：“你们……你们……”

于副官抓起桌子上的一块抹桌布，一把塞进卫鑫的嘴里。

于副官命令道：“把小伙计也带走。”

一行人架着卫鑫和小六子出了门，于副官随手把元生堂大药房的灯拉灭了。一行人消失在茫茫黑夜中……

审讯室里，卫鑫被五花大绑绑在柱子上。身上衣服破了，脸上有几道带血的鞭伤。

于副官走到卫鑫跟前说：“卫老板，你还是从实给我招了吧！”

卫鑫大声喊道：“长官，我冤枉呀！我卫某一向安分守己做生意，老老实实做人，从不做违法的事。长官，我实在是冤枉呀！”

于副官把烟一扔，破口大骂：“他奶奶的！你是敬酒不吃吃罚酒！不给你来点厉害的，看来你是不会招了。”

于副官从熊熊的炭火中拿出一把烧得通红的烙铁，伸到卫鑫的前胸，恶狠狠地说：“老小子！你说不说？我这一烙铁下去，你不死也得脱层皮！”

卫鑫望着灼热的烙铁，惊恐地大喊：“别，别！我招，我全招……”

于副官把烙铁一扔，大笑：“哈哈！老子就知道你是个软蛋，㞞货！”

于副官拿着供词走进白湘君的办公室说：“司令，卫鑫老小子扛不住，招啦！”

白湘君问：“他全部招了？”

“对，他全招啦！”于副官把供词递给白湘君，“他还供出了虎尾镇的一个联络点，是家饭店，叫‘如意酒家’。”

白湘君点点头：“好，招了就好。”

于副官问："司令，虎尾镇的抓不抓？"

白湘君思索了一下，摇摇头："现在还不能抓，留着它有用，当钓饵。"

于副官说："对！卫鑫还说，最近中央苏区会派来一个特派员要和他联络。"

白湘君哈哈一笑，说："好！把卫鑫放回去。我们要用卫鑫这条小鱼去钓中共特派员这条大鱼！"

于副官立正："是！"

6

盘山土公路上，两辆军用吉普车一前一后在公路上颠簸行驶。

汽车在一个山垭口停了下来，汪清泉和王效下了汽车。汪清泉四下张望了一下，见左边山后升起一股袅袅的炊烟。

汪清泉用手一指，说："走，那边有人家。"

汪清泉同王效带着几个手下，向住户人家走去。

这是一户姓谢的单门独户人家。院子里的竹椅上坐着一个六十岁左右的老爹，正在用削好的篾片编织一只鱼篓。一条大黄狗看见陌生人进来，狂吠着扑了过来。一个瘦高个特务，捡起一根竹棍，把狗赶到一边。谢老爹哼了一声，那狗就听话地站在一边。

汪清泉走到老爹跟前，和气地笑着问："老人家，这地方叫什么名？"

谢老爹看了他一眼说："叫麻子坡。"

汪清泉又问："这儿到虎穴城还有多远？"

"六十里。"

"老人家，有吃的吗？给我们做顿饭吃，我们几个肚子有些饿了。"

谢老爹低下头，继续编着鱼篓，说："山里人家，没啥吃的啰。"

这时，谢大娘从屋内牵着六七岁的孙儿走了出来，站在门边。

小孙子怯怯地看着这群不速之客。一个瘦高个子特务从屋后拎了几大块腊肉走过来，他嘴里骂骂咧咧说：“处长，这屋后坪上晒了一竹竿的野猪肉，还有麂子肉、野兔肉。哈哈，真香！哼，老东西！你还敢骗我们说什么也没有？真是不识好歹。”

谢老爹站起身，质问道：“你们是什么人？怎么能随随便便拿我们家的东西？”

一个矮个特务拦住谢老爹说：“告诉你吧，我们是共产党，是红军！”

谢老爹正色道：“我见过红军，他们不像你们这帮人那样对待我们穷人。”

矮个子特务眼一瞪，蛮横地骂道：“老东西！你懂个屁！共党红军，共产共妻！连老婆房子都给你统统地共了！”

“共产党红军从来不抢我们穷苦人老百姓的东西！”谢老爹驳道。

矮个子特务头一歪，骂道：“他娘的！老子今天就抢你了，怎么着？”

谢老爹哼了一声，那条大黄狗突然扑了上来，一口咬住矮个特务的小腿。矮个特务痛得杀猪般地大喊大叫：“哎哟，妈呀！快来救命！”

旁边一个特务抓起一张椅子，砸向大黄狗。大黄狗机灵地躲开了。另一个特务抽出一把匕首，刺向大黄狗。大黄狗被刺中颈部，血顿时流了出来。大黄狗丢下矮个子特务，转身扑向用刀刺它的那个特务。那特务慌忙后退，正好被一张竹椅绊倒在地。大黄狗立即扑上去，那特务忙伸手去挡，手腕被大黄狗咬住，特务大喊救命。众特务都被那突如其来的变故惊得目瞪口呆。说时迟，那时快，只见王效大喊一声，飞起一脚。这一脚正踢在大黄狗的肚子上，大黄狗惨叫一声，飞出一丈多远，奄奄一息了。

小孙子看见自己心爱的大黄狗被人踢死，挣脱奶奶的手，抓起墙根的一把镰刀，哭叫着向王效冲过来。汪清泉伸出一只脚，绊倒小男孩。他倒地一刹那，镰刀口正好朝上，割在喉咙上。小男孩大叫一声，血流如注，倒地身亡。

谢老爹看见自己小孙子气绝身亡，他大喊一声：“冬伢子！”

谢老爹抓起身边刚刚编好的鱼篓，一下扣在身边矮个子特务的头上。那鱼篓肚大口小，口正好跟人的脑袋大小差不多，是农家农闲时抓鱼抓田鸡用的。那矮个子特务头上扣了个鱼篓，一时取又取不下来，急得他哇哇大叫，乱蹦乱跳。

高个子特务见谢老爹从地上抓起一把篾刀，向汪清泉砍去。他急忙掏出枪，对准老人连开两枪。老人瞪圆双眼，怒视着汪清泉，慢慢倒下了。

奶奶见孙子和老伴相继殒命，反身从门后拿了一把铁铲，冲过来要和这班人拼命，被一个特务开枪打死。

正在厨房做饭的冬伢子的母亲秀兰，手握一把菜刀，喊叫着冲出来要拼命，也被一个特务连开两枪打死。

谢老爹的儿子谢峰上山打猎刚归来，离家不远时听见从家里传来枪声，他急忙跑了过来。刚到院子门口，正好看到自己的老婆被特务开枪击中倒地，他又看见倒在地上血泊中的父亲、母亲和儿子，还有那条大黄狗。他凄厉地大喊一声：“王八蛋，我要杀了你们！”

他把手中的两只野鸡砸向众特务，一只野鸡正砸在汪清泉脸上，他惊叫一声：“哎哟！我的妈呀！”

王效猛地看见谢峰端起了土铳对准了他们，正准备开枪，打了一个激灵。他深知这土铳的厉害，谁要是中枪，立马就会变成筛子眼马蜂窝。他大叫一声：“卧倒！”同时向前一扑，把汪清泉压在身下。就在这时，铳响了，铁砂像雨点般从身上飞过。矮个子特务没来得及卧倒，他刚把戴在头上的鱼篓去掉，铳就响了。铁砂像飞蝗般打在他身上脸上，他惨叫一声，倒在地上。

还是王效反应敏捷，铳响过后，他看见谢峰端着铳冲了过来，慌忙开了两枪。子弹呼啸着从谢峰耳边飞过，谢峰怔了一下，他看清并记住了王效这张狰狞的脸，两眉之间有一颗绿豆般大小的血痣。谢峰扭头跑了。

王效爬起身，指挥着众特务喊：“快追，打死他！要斩草除根！”

几个特务追了出去，一边大声喊叫，一边开枪射击。只见谢峰跑得飞快，转瞬间钻进屋后一片树林，不见了踪影。

王效扶起汪清泉关心地问：“处长，你受惊了，有没有受伤？”

汪清泉拍打着身上的尘土，皱了皱眉，恨恨地说：“穷山恶水出刁民，哼！这里的老百姓都叫共党赤化了。可恶、可恨、可怕！”

几个特务气喘吁吁地回来，高个子特务赵栋说：“处长，没追上，让他溜了。”

汪清泉骂道：“一群废物！为什么不开枪？斩草不除根，春风吹又生！”

赵栋辩道：“处长，我们开枪了，他绕着树跑，根本就打不着。”

汪清泉斥道：“你们天天操练，这枪法是什么水平？”

一个特务说：“报告处长！那家伙跑得贼快，连子弹都追不上！”

汪清泉拉下脸，骂了一声：“放屁！”

汪清泉指着身边的三个特务对赵栋说：“赵栋，你带着他们化好装埋伏在这里。我相信，这几天共党苏区派来的那个特派员就应该到了。”

“处长，那个共党特派员一定会从这里经过吗？”赵栋问。

“这条路虽然不是进出虎穴城的唯一通道，但却最短、最为方便。”汪清泉自信地说，“我坚信，那个共党特派员肯定走这条路从苏区过来。”

“处长，那我们就在这里守株待兔，张网以待！”赵栋说。

汪清泉激动地说：“同志们！诸位要打起十二分精神。你们等的是一条大鱼，一条真正的大鱼！能活捉就活捉，不能活捉就击毙！记住，你们打死了这个共党特派员，就等于给王少校拔除了眼中钉肉中刺，去除了他的后顾之忧！等于为党国立下大功一件！等回到南昌后，我要重重嘉奖你们！”

四个特务立正说：“决不辜负处长厚望！”

汪清泉看了一眼矮个子特务血肉模糊的尸体，皱皱眉，说：“你们几个把现场清理干净，尸体掩埋，血迹清除，一切恢复原样。”

赵栋立正敬礼：“是！”

王效换了一身打扮，他留着飞机头，长衫马褂，夹一把油纸雨伞，一副教书先生模样。汪清泉满意地点了点头。

汪清泉握着王效的手说：“好了，王少校，此处离虎穴城只有六十里地，已经进入箭山地区。送君千里，终须一别！我就不送了，你自己去吧。我和虎穴城的白司令已经安排好了，就等你这位主角走马上场。”

王效向汪清泉敬礼：“处长放心！我一定不辱使命，完成任务！”

第二章
雷公寨闯关

1

夜，星光稀疏，寂静无声。

钟龙华行走在田间、山林小路上，他时而蹲下仔细听听四周的动静，时而急走。离开瑞金已经三天了。这些天，钟龙华昼宿夜行，披星戴月，兼程赶路。他知道，时间非常紧迫，任务重大而困难重重。他恨不得插翅飞到箭山，快些找到游击队，完成党中央交给他的任务。

钟龙华小心地蹚过一条河，上了河滩。突然，他听到对面传来声音，赶紧蹲在芦苇丛中，屏住了呼吸。

一个小个子匪兵，晃悠悠地走过来，嘴里哼着小调："送情郎送到大门以西，一出门就碰上了个卖梨的，有心想……"

他晃着手电筒，走下河滩解手。

钟龙华从他背后轻身跃起，左手扼住小个子匪兵的脖子，右手尖刀顶住他的后腰。钟龙华低声道："不准喊！喊就要你命！"

"别，别！我不喊。"小个子匪兵战战兢兢地说。

钟龙华用一团布塞进匪兵嘴里，拿出绳索把他双手捆住，然后把他嘴里布团抽出，低声问："你们一共几个人？"

小个子匪兵哆哆嗦嗦地说："长官，你千万别杀我呀！我上有八十老母，下有三岁小儿。我也是没有办法，被逼着当兵的呀！”

“少废话！你们一共几个人？”

“一共五个。班长带着。他们四个在山口路边烤火取暖。”

钟龙华又问：“你们的任务是干什么？”

“上峰叫我们几个守住这山口，防止共军偷过。”

钟龙华想了想，说：“一会儿你往那边跑。记住，不准回头。一直跑，你一旦停下，我在后面就开枪。记住了吗？”

小个子匪兵磕头如捣蒜地说：“记住了，记住了！”

钟龙华又把小个子匪兵的嘴塞上布，然后叫他跑。小个子匪兵顺着大路往另一个方向跑去。钟龙华捏着鼻子大声喊：“有共党！共党往那边跑啦！”

那边烤火的四个匪兵，听见动静，几支手电向这边乱晃。一个匪兵说：“班长，好像是矮脚虎在喊。那边有情况。”

另一个匪兵大喊：“班长，看！有人往那边跑了！”

班长大喊一声：“追，快追！抓住他！”

四个匪兵从钟龙华身边芦苇丛跑过，一边跑一边大喊：“站住！不站住就开枪啦！”

一个匪兵大叫：“哎哟，我的妈呀！我掉进水沟里了！”

钟龙华站起身，向另一边山口疾步跑去，后面传来几声枪响。

匪兵大叫：“班长，共匪中枪倒下了！哈，是我开枪打中的。”

众匪兵用手电筒照了照中枪倒地者。一个匪兵惊叫起来：“我的娘耶！乖乖！这不是共党，是矮脚虎！”

另一个匪兵说：“班长，我们中了共党的调虎离山计！快往那边追！”

班长训斥道：“追你个头！人家早跑了，事后诸葛亮。现在追，能追上吗？再说，就我们四个人，人家躲在暗处开黑枪，一枪一个准，我们四个都得去阎王爷那里报到。大家听着，明天长官要是问起，大家统一口径，异口同声说没有遇到共军。谁要是说漏了嘴，大家伙都得挨枪子儿。”

众匪兵齐声道："是！我们都没见共军！"

一个匪兵突然说："不好！班长，矮脚虎死了，上峰一查，我们少了一个人，不露馅了吗？"

班长想了想说："我们大家一口咬定，矮脚虎借解手的机会开了小差。来！把这小子的尸体扔进河里去喂王八。老子叫他活不见人，死不见尸，死无对证！"

2

晌午时分，钟龙华来到了麻子坡。钟龙华见旁边有户人家，他环顾了一下周围地形，小心地走了过去。

钟龙华站在院子门口，见院里竹椅上坐着一位老人，正用篾片编织一只鱼篓。钟龙华进了院子，站在老人面前。钟龙华轻声地问："老人家，我路过口渴了，想讨碗水喝。"

老人抬起头，茫然地望着他。

钟龙华看那老头，胡子是白的，眉毛却是黑的。脸上没有一丝皱纹，看年纪也就三十几岁，再看他编鱼篓的手艺，并不熟练。钟龙华不禁警觉起来。联想到这农家院子的一些反常现象：时近中午，没有炊烟，没有鸡鸭，没有狗叫；没有妇女，没有儿童，安静异常。气氛透着一丝诡异，透着一丝恐怖。

钟龙华用眼角扫了一眼窗户，见屋里窗口闪过一个人影。

钟龙华提高声音："老人家，我想喝口水。"

赵栋站起身，用手指了指自己的耳朵。

钟龙华笑了笑，说："呵！原来你是个聋子。那好，不打扰你了，我走了。"

赵栋突然凶相毕露，恶狠狠地说："你想走？没门！"

赵栋说着，就把手中鱼篓猛地举起，朝着钟龙华头上扣来。他想复制那天谢老爹鱼篓罩在矮个子特务头上的那套把戏。可惜他找错了对象。钟龙华早有防范，他机灵地闪身躲过，右脚跟着飞起，把赵栋踢翻在地。钟龙华转身几步蹿到院门口，迎面撞见一个刚从茅厕解手出来的特务。那特务还提着没扎紧的裤子，他见钟龙华过来，慌忙张开双手去抓。不料，裤子掉落下来。他急忙双手去提自己的裤子。

赵栋被踢翻在地，顾不上痛，大叫："廖林、冷森，快出来，抓住他！"

屋里的两个特务提着枪，冲了出来。

院门口的那个特务见钟龙华要跑，张开双手又扑上来抓钟龙华。那裤子又往下掉，他赶紧左手提裤，右手从口袋里掏出枪。钟龙华一步上前，左手抓住特务的手腕，右手握住枪身，硬把枪口扭转，指向特务自己的头。一声枪响，那特务被自己开枪打倒在地。

钟龙华跑出院子，三个特务追出院子。双方互相射击。

钟龙华边打边往山上树林里撤退，赵栋三人在后面紧紧咬住，穷追不舍。

钟龙华在密林中飞跑，偶尔向后面的特务开枪，三个特务紧追不放。

钟龙华正跑着，突然从空中落下一张大网，把他网个正着，动弹不得。这时，从大树后转出几个大汉，把他按住捆好。

钟龙华见前后左右站着十几个汉子，拿着刀枪鸟铳汉阳造。当中站着两位姑娘，其中一位姑娘腰间插着一支德国造驳壳枪，英姿飒爽，她叫雷龙梅。

雷小山上前说："少寨主，这人不知什么来路，后面有三人持枪追杀他。"

雷虎手一指说："看！这三个汉子过来了。"

雷龙梅见赵栋三人，提着手枪，站在三十步开外，虎视眈眈地盯着他们。

雷龙梅吩咐雷虎："雷虎哥，你带人盯紧这三人。我看是来者不善！"

"好！大家端起枪，做好准备。"雷虎随即大喝一声，"呔！来的是什么人？”

冷森反问：“你们是什么人？”

雷虎大眼一瞪说：“老子问你们是什么鸟，胆敢跑到老子的地盘来撒野？”

“我们是中央军。”赵栋自报家门。

雷龙梅冷冷地说：“我不管你是什么中央军还是北洋军。我雷公寨百年以来，只服天管，皇帝老子都管不着！”

冷森傲慢地说：“现在中国已经大一统了，普天之下都归蒋委员长领导。你们胆敢抗拒，是没有什么好果子吃的！”

话没说完，雷龙梅抬手一枪，把冷森的帽子打飞了。

雷龙梅一笑：“不服气，你们想不想试试？”

赵栋连忙拱手作揖，赔着笑脸说：“好汉息怒，好汉息怒！这个人是党国的要犯，是共匪！只要你们把他交给我们，我们就化干戈为玉帛，井水不犯河水！另外，政府还会奖励你们两千块大洋。怎么样？”

雷虎吃惊地问：“这人值两千大洋？”

“对！他是要犯，是钦犯。给你们两千大洋，我们说到做到。”赵栋说，“乡亲们哪！这两千大洋可以买几十头牛牯。你们一寨子人干上一年，也挣不了这么多钱哪！”

雷龙梅杏眼一瞪，说：“我抓的人为什么要给你们？！赶紧滚！”

赵栋翻脸道：“你不把这共匪交给我们，明天我们就派大军来把你们剿灭了。”

雷龙梅大怒，举枪向赵栋脚前“叭叭叭”就是三枪，吓得赵栋三人慌忙后退。雷龙梅柳眉倒竖，喝道：“滚！再不滚，本姑娘就要大开杀戒了！”

三个特务后退了十几米，站在那里，紧盯着那班人，迟迟不肯离去。

廖林说：“头儿，那些人都是雷公寨的刁民，怕他个鸟！”

冷森说：“是呀！他们就那几杆破枪，我们灭了他，把那共匪抢回来！”

“你俩小看了这些刁民。若惹上他们，我们就休想走出这座林子。”赵栋摇了摇头说。

雷龙梅见三个特务嘀嘀咕咕的不想离去。雷龙梅说：“雷虎哥，去，送送他们!”

雷虎枪一挥，大喊：“弟兄们！追呀，杀呀!”

十几条枪对着特务们开火，众人追了过去。三个特务见状，吓得屁滚尿流，抱头鼠窜。

雷龙梅开怀大笑说：“走！我们回寨子。”

一行人押着钟龙华走了。

3

雷公寨大厅，寨主雷正雄坐在当中太师椅上，左边坐着山寨军师文中书。雷龙梅走上前说：“阿爹，今天抓到一个闯进我们地盘的人。”

雷正雄问：“是什么人?”

“他被三个自称是中央军的人追杀，他们说他是共匪，是要犯!”

文中书一怔问：“什么，共匪?”

雷龙梅点了点头说：“对！他们是这样称呼他的。”

雷正雄扭头问文中书：“军师，你见多识广，去过南昌长沙，下过韶关广州。你说，那共匪究竟是什么人?”

文中书捋着胡子，缓缓地说道：“我知道。国民党说的所谓的‘共匪’，就是指共产党。当年我在广州时，孙中山推行新三民主义，联俄联共，扶助农工。这其中联共，指的就是共产党。后来，国共决裂，分道扬镳。前些年，离咱这几百里远的井冈山，就是共产党在那里搞的红色割据。再后来，他们去了江西瑞金，建立起了红色政权。这些年，国民党天天在那里‘围剿’，据说是越剿越大、越剿越强了。”

“军师，这共产党是好人呢还是坏人?”雷正雄又问。

文中书笑了笑，说：“寨主，这共产党不是一个人。”

雷正雄诧异道："不是个人，是什么？"

"共产党是一个组织！"文中书笑着说，"是由成千上万许许多多人参加的一个组织。我听说加入共产党的，大都是像我们一样的穷苦的老百姓。我们这地方山高皇帝远，信息闭塞。山中方数月，世上已千年！寨主，我们把那个人带上来问问就知道了。"

雷正雄点头说："好，丫头，去把那人带上来。"

雷龙梅听命把钟龙华带上大厅，雷正雄打量了打量钟龙华，见他沉稳如山，气度不凡，吩咐道："丫头，快给他松绑。"

雷龙梅答应一声，过去给钟龙华松绑。

雷正雄客气地对钟龙华说："来，后生，你坐下。我有话要问你。你叫什么名字？"

钟龙华活动了一下手臂，朗声答道："我叫钟龙华。"

雷正雄沉思了一下说："好名字！听说你是共产党？"

钟龙华点点头说："对，我是共产党。"

"我想听听，你们共产党到底是好还是坏？你坐下说。"

钟龙华坐在雷龙梅刚搬来的椅子上，真诚地说："是好是坏不是我们自己说了算，要老百姓说了才算。共产党是为全中国所有劳苦大众寻求翻身解放的政党，我们的终极目标就是要推翻这个人欺负人、人压迫人、人剥削人的不平等社会，建立一个崭新的、我们劳动人民自己当家做主的新社会。"

雷正雄和文中书听着，不停地点头。雷龙梅初见钟龙华时，就被他俊朗的外表所吸引，听了他这番话，更是敬仰钦佩。她给钟龙华端来一大碗茶，站一边深情地望着他。

钟龙华接过茶，喝了一口，说了声多谢，然后继续侃侃而谈。他阐述了孙中山的"三民主义"，讲起国共合作，挥师东征北伐；蒋介石窃取革命成果，背信弃义，发动"四一二"反革命政变，屠杀大批工农群众学生，镇压共产党人；紧接着他又从军阀混战，民不聊生，生灵涂炭，讲到毛泽东领导的秋收起义，朱德等领导的南昌起义，他们在井冈山建立根据地，在江西瑞金建立了中国苏维埃红色政权，却遭到国民党反动派的数次“围剿”。

钟龙华越讲情绪越激动，声音高亢洪亮，他说，日本帝国主义占领我国东三省虎视华北。蒋介石政权对外不抵抗，对内镇压人民，致使国土大片沦丧，中华民族已经到了生死存亡的紧要关头……

雷正雄击掌叫道：“好，好！看来你们共产党真是我们受苦人的党哪！一百多年来，我雷公寨只敬天只敬地，不敬皇帝和官府。想不到你们共产党想了我们所想的，做了我们想做而不敢做的。”

文中书也鼓掌叫好：“真是听君一席话，胜读十年书。钟老表，你这一说，让我们明白了许多道理。”

钟龙华说：“只有我们天下受苦人团结起来，拧成一股绳，我们才不会受欺负。”

回到山寨后堂，雷正雄抽着水烟沉思。雷龙梅进来走到他跟前说：“阿爹，那个人你不能放他走。”

雷正雄问：“谁，哪个人？”

“就是那个钟龙华。”

“哦，这人既然是我女儿抓来的，自然就该由你来处置了。要杀要剐，要关要放，全凭你做主。”

“阿爹，我不是那个意思。”

雷正雄反问：“不是这个意思，那你是什么意思？”

“我是说，这钟龙华可是个难得的人才啊！”

雷正雄点了点头说：“是呀，这钟龙华不仅是个人才，而且是个帅才！能文能武，一表人才啊！真是难得！”

雷龙梅笑着说：“阿爹，这样的人才，我们山寨离不了他啊！”

雷正雄摇摇头说：“没办法呀，他又不是我们雷公寨人。有什么办法呢？”

雷龙梅忸怩地一笑说：“阿爹，你就不想把他留在你的身边？”

雷正雄定定地看着女儿，突然笑了：“噢！我这会儿才算明白。原来是我女儿看上他了，想招他做上门女婿呀！”

雷龙梅不好意思地把头扭一边说："阿爹，你看你……"

雷正雄自信地说："这事好办，回头我叫军师去做媒。这事一准成！"

钟龙华若有所思地坐在大厅里，文中书哈哈大笑着走了进来说："钟老表，恭喜呀，恭喜！我给你道喜来了。"

钟龙华诧异道："文军师，在下是落难之人，何喜之有？"

文中书坐下说："钟老表呀，这正所谓喜从天降。我们寨主，有一独生女儿，叫雷龙梅，人其实你也见过。年方二十二岁，尚未婚配。要说我们寨主家小姐，可是方圆百里出了名的美人儿。从十六岁开始，说媒的人就踏破了门槛。无奈我们小姐心高气傲，一个都看不上眼。我们小姐有一身好功夫，一套雷家无影拳打得出神入化。她飞刀、枪法如神，百发百中，人称'赛桂英'。我看你钟老表，气宇轩昂，文武全才。你们两个真是郎才女貌，天生一对呀！"

钟龙华坦诚地说："文军师，我钟龙华正值落难之时，蒙小姐出手相救，自当感激不尽，日后报答，又怎敢奢望高攀呢？"

"这是小姐看上了你，非你不嫁！你又如何推托得了？"

钟龙华沉思了一会儿说："文军师，不是我故意推托。你也知道，我是个共产党员、红军战士，是个有组织的人。我有任务在身，这艰巨的任务，关系到我们红军数万人的生死存亡。我是军人，每天出入枪林弹雨，说不定哪一天就牺牲了，岂不耽误了你们寨主小姐的青春年华？"

此时，雷正雄和雷龙梅走了进来。雷龙梅答道："我也是风里来雨里去惯了，也不是娇生惯养弱不禁风的富家千金，又何惧枪林弹雨刀山火海？我既然嫁给了你，就无怨无悔！你的任务就是我的任务，我会帮助你去共同完成！"

钟龙华摇了摇头说："雷小姐，不是我推托，我们共产党红军，结婚是要组织上批准的。"

雷正雄哈哈一笑："自从盘古开天地，我只听说婚姻大事，父母之命，媒妁之言。哪有什么组织批准，这分明是你的推托之词！”

钟龙华说：“这就是我们共产党区别于其他党派的重要标志。我们党有铁的纪律！”

沉默了一会儿，雷正雄点点头说：“罢了，丫头，看来你是一厢情愿了。”

雷龙梅泪流满面，掩面转身跑出大厅。

雷正雄悻悻地说：“看来强扭的瓜不甜！军师，既然如此，那就按我们山寨的规矩办吧。准备送客！”雷正雄说完转身走出大厅。

文中书看着气冲冲走出大厅的雷正雄，无可奈何地摇了摇头，双手一摊说：“钟老表，一桩好事，怎么会是这个结果呢？”

钟龙华苦笑着说：“请原谅，文军师，我们党的纪律不允许我这么做。”

“我理解你的苦衷。”

“是我对不起雷小姐。”

文中书摇摇头：“没办法，钟老表，那只有按我们山寨的规矩来了。”

钟龙华一愣问：“山寨规矩？”

“我们山寨的规矩是凡进山寨的人，想要走出山寨，都必须过三关。”文中书说，“这三关是文关、武关、飞刀关，过了三关才能走出山寨。第一道文关由在下出题。第二道武关是和我们雷公寨第一武士雷虎比武。雷虎力大能擒牛，多少英雄好汉都败在他手下。第三关尤其凶险。我们小姐有五把飞刀，过关的人站在十步开外的一块门板前，身子紧贴门板。我们小姐在十步开外用黑布蒙眼，五把飞刀依次飞出，头顶紧贴头皮一把，两肩各一把，两腰各一把。这飞刀差之分毫，非死即伤。”

钟龙华沉思不语。

文中书试着问：“钟老表，你现在收回成命，答应这桩婚事，还来得及。”

钟龙华摇摇头说：“我愿意闯三关。”

文中书无可奈何地摇摇头："罢罢罢，那就听天由命吧！"

4

雷龙梅独自坐在自己的闺房中暗自垂泪，心中思绪万千。她想起了自己的童年，童年带给她的记忆是辛酸的。她六岁那年，母亲就因病去世了。她在外婆家长到十二岁，才回到父亲身边，跟着父亲学了一身好武艺，一手好飞刀，一手好枪法，还进了私塾识了字。她没有兄弟姐妹，父女俩相依为命。父亲疼爱她，怕她受了委屈，就没有续弦。十六岁那年，她长成了大姑娘。从此，上门提亲的媒婆就络绎不绝，踏破了门槛。

雷龙梅有主见，她一个也看不上。她心中有一个梦，梦中有一个白马王子。那个白马王子没见过摸不着，只是经常出现在她的梦中，他和她们山里她见过的所有青年都不一样。他英俊潇洒，文武全才。她一直在等，整整等了六年。她坚信终有一天这个白马王子会突然出现在她的面前，带给她惊喜。现在，他来了。

他，就是钟龙华。

从第一眼见到钟龙华开始，她就怦然心动，爱上了他。此后，随着对钟龙华的深入了解，她认定钟龙华就是她朝思暮想的那个无数次出现在她梦中的白马王子。上天既然让他从梦中来到了她跟前，她不能让他走，她决不能让他走！

可是，可是……

雷龙梅自言自语："冤家！谁叫你闯进了我的心房？"

得知钟龙华愿意按照山寨规矩来时，雷龙梅真替他捏了一把汗。她找到雷虎说："雷虎哥，你来，我跟你说句话。"

雷虎道："妹子，有什么话你说。"

"雷虎哥，等会儿你就要和钟龙华比武了。"

"你放心好了，妹子，我自然会好好地教训他一下。谁让他目中无人，得罪了我家妹子呢?!”雷虎大包大揽地说。

雷龙梅摇了摇头说：“不是这样。雷虎哥，我要你手下留情，让他三分。”

雷虎诧异道：“为什么?”

“不为什么。你手下留情，我就感谢你了。”

雷龙梅说完，转身走了。

雷虎望着她的背影，不解地道：“这妹子，就是心肠软。”

操场上，人群围了里三圈外三圈，看钟龙华闯三关。

“过三关现在开始!”主持人宣布，“第一关文关!”

文中书看着钟龙华，缓缓地说：“钟老表，我知道你读的是新式学堂。我没读过，我也不会。我不考你四书五经，也不问你《论语》《大学》《中庸》。听好了，我问的第一道题是，唐诗中作者‘小李杜’指谁?”

钟龙华答道：“李商隐和杜牧。”

文中书又问：“那么，宋词中‘三苏’又是指谁?”

“指苏洵、苏轼、苏辙父子三人。”

文中书又点点头说：“好！我最后问你一个问题，《过零丁洋》作者是谁？他又是哪里人?”

钟龙华朗声念道：“惶恐滩头说惶恐，零丁洋里叹零丁。人生自古谁无死？留取丹心照汗青。这首《过零丁洋》诗是南宋丞相文天祥写的。文天祥是江西吉水人，是民族英雄，抗元名将!”

“好了，我考不倒你。我就是文天祥的第二十六世曾孙。”文中书说。

主持人宣布：“第一关过。第二关武关开始!”

雷虎往场子中央一站，像座铁塔，威风凛凛。他向钟龙华招招手：“来!”

钟龙华盯着对手，并不急于出手，两人围着场子转。

雷虎突然大吼一声，跨步上前，左拳猛地砸向钟龙华。钟龙华侧身躲过。两人你来我往，斗在一起。两人斗有十几个回合，不分胜负。雷虎斗得兴起，一拳接一拳，砸向钟龙华。钟龙华刚躲过一拳，雷虎一把抓住他的衣领，想把钟龙华摔倒，两人相持不下。钟龙华用军校教官教的一招绝技，猛地转身一弯腰，把雷虎从自己头顶摔飞过去，雷虎躺在地上半天站不起来。

众人发出一阵惊呼，接着掌声如雷。

雷龙梅在人群中，悬着的心终于放下，脸上露出一丝笑意。

主持人宣布：“第二关过！第三关飞刀关开始！”

大树下，树干上靠着一块大门板，钟龙华紧贴门板站着，双手平伸。雷龙梅站在十步开外，小兰给她双眼蒙上一块黑布。雷龙梅手持五把飞刀，操场上鸦雀无声。

此刻，雷龙梅心中又是涌上千头万绪。刚才，她还想好了，要把钟龙华留在雷公寨，这次一定要叫他受点伤。起先她想着往他肩膀上扎飞刀，随即想想不好，假如伤了他的肩膀，以后他和敌人打仗搏斗时就要吃亏；她又想让飞刀扎伤他的左大腿，他走不了，就会留下来养伤，这样她就可以朝朝暮暮陪伴在他的身边。她随即又觉得不好，万一他伤得落下残疾，以后走路一跛一拐，可怎么行军打仗啊……

雷龙梅定下神来，屏声运气，大喝一声：“别动！小心了！”接着，五把飞刀依次飞出。只见五把飞刀稳稳钉在钟龙华的头顶、双肩、双腰，不差分毫。再看钟龙华神态自若，纹丝不动，眼睛都不眨一下，像没事人似的。围观的人群发出一阵惊呼，随即响起一阵激烈的掌声、叫好声。

雷龙梅收起飞刀冷冷地说：“三关过了。你可以走了。”

文中书冲钟龙华竖起拇指，夸道：“钟老表，好胆量！真英雄！”

钟龙华双手一抱拳：“多谢雷小姐手下留情！在此别过，我有任务在身，后会有期！”

说完，钟龙华拎起自己的小包袱，向寨门外走去。刚走到寨门口，只听得雷龙梅一声大喊：“站住！你回来！”

文中书望着雷龙梅问：“小姐你反悔了？”

雷龙梅哼了一声，说："亏你还是军师呢！你不想想，昨天那三个中央军，我猜他们这会儿正躲在密林里，等着他出去，打他的黑枪。他现在这么出去，不等于白白送死？"

文中书一拍自己脑袋，说道："对呀！我怎么没想到？还是小姐心细想得周全。钟老表，你快回来！"

钟龙华面带诧异地走了回来。雷龙梅说："你走前面大道出去很危险。"

文中书接着说："钟老表，我们小姐说得对，昨天追你的那三个中央军说不定就在外面林子里等你出去呢，大路出去很危险！"

钟龙华沉思一会儿，问："那怎么办？"

"我和小兰送你从山后一条外人不知道的小路出去。"雷龙梅说，"走！"

说完，雷龙梅和小兰走在前面，钟龙华跟在后面，三个人行走在崎岖难行的羊肠小道上。不久，三人钻进一个溶洞，洞中漆黑一片。雷龙梅、小兰打火点着事先准备好的两支火把，在前面领路。雷龙梅不时地向钟龙华发出"小心碰头""注意脚下有石头"的警告。走了大约有一个时辰，他们才走到洞口，豁然开朗。

雷龙梅停止脚步，两眼望着钟龙华，深情地说："到了，龙哥！我可以叫你龙哥吗？"

钟龙华点点头说："好！你以后就叫我龙哥，我叫你龙妹。"

雷龙梅低下头说："龙哥，我们两个有缘无分！"

钟龙华解释道："龙妹，你不要这样说。这一次，我的确有非常非常重要的任务，我必须全力以赴地去完成。感谢雷寨主、军师和龙妹，也感谢雷公寨的乡亲们，在我危难的时候，你们出手帮助了我，搭救了我，我会一辈子铭记在心。等我完成这次任务后，如果我还能活着的话，我一定会回来看望你们的！"

雷龙梅赶紧用手掩住钟龙华的嘴，说："龙哥，不许你讲这不吉利的话。你一定会顺顺利利完成你的任务。记住！在雷公寨，你的龙妹在等你胜利归来！你一定要回来！"

钟龙华坚定地说："谢谢你，龙妹！到时候，我一定会回来！"

"有什么谢的。"雷龙梅说，"我知道，龙哥是干大事的。你们共产党红军是为了我们这些穷苦百姓出生入死打仗干革命的。昨天龙哥在大厅说的，我都听清楚了。我不会拦你。要不是我爸爸年纪大了，要不是龙梅没有兄弟姐妹，我一定跟你走！跟你去参加红军！跟你一同去打国民党反动派！"

钟龙华感动地说："龙妹，我们共产党红军，正是因为有了你们这样许许多多贫苦老百姓的支持和帮助，我们才战无不胜，攻无不克！"

雷龙梅从衣袋里掏出两块银圆，递给钟龙华说："龙哥，这儿有两块银圆，你带上。"

钟龙华婉拒道："不，我不用。"

雷龙梅坚决地说："这是我自己的私房钱。你拿上，我知道你现在需要它。"

雷龙梅把银圆塞在钟龙华手中，两行热泪再也忍不住滚落下来。她赶紧扭过头去，指着面前那条羊肠小道哽咽道："龙哥，你顺着这条小路一直往南走，不拐弯，一个时辰后就上了大路，顺着大路一直走就到虎穴城了。"

钟龙华激动地说："谢谢你，龙妹！"

"你走吧！"

说完，雷龙梅和小兰钻进了山洞。

钟龙华手里捏着两块银圆，思绪万千，喃喃地说："龙妹……"

雷龙梅和小兰站在一块大石头上，望着钟龙华渐渐远去的背影。

雷龙梅喃喃自语："龙哥，菩萨一定会保佑你！"

5

雷公寨寨前那一条唯一进出山寨的小路，两边悬崖峭壁，山体陡峭，林木繁茂。路边灌木丛中，赵栋带着廖林、冷森，紧盯着进出山寨的那条小路。

“这雷公寨，四面高山如壁，进出寨只此一条通道。自咸丰以来，雷公寨刁民据险拒敌，官兵数次围剿，奈何不了，无功而返。”赵栋说。

冷森问：“头儿，三天三夜了。我看那共党会不会叫雷公寨的刁民给杀了？”

赵栋摇了摇头说：“不可能！那些刁民和共党是一根藤上结的两颗苦瓜，一路货色，同穿一条裤，专门跟我们党国作对。”

廖林说：“那我们就在这里等他七七四十九天，我就不信这小子能插翅飞出去。”

赵栋说：“这么等下去也不是办法。”

廖林问：“头儿，这等也不是，不等也不是，那你说怎么办？”

赵栋沉思了一会儿，说：“我现在最担心的是，他们来上一伙几十个刁民，把那小子夹在中间，护送出去。那我们才真是狗咬刺猬——无法下口了。”

冷森一拍掌说：“头儿，这一招绝！这还真是个大问题。”

“头儿，他会不会从其他小路逃走了？”廖林说。

赵栋自信地说：“不可能！自古华山一条路。你俩在这里监视着，我速回樟城向汪处长汇报，叫他派一支部队来，把这山寨给剿了。”

廖林问：“头儿，你不是说官兵多次围剿都无功而返吗？”

赵栋哼了一声：“猪脑子。那个时候是冷兵器时代，刁民据险拒敌。正所谓‘一户当关，万户莫开’！如今我们有枪有炮，何惧这小小山寨？！”

廖林、冷森夸道：“头儿高见！”

赵栋再三交代道：“我走后，你俩轮流着睡觉，千万别让这共党要犯从你们的眼皮底下溜出去了。”

廖林、冷森拍胸保证：“头儿放心！一只螳螂都休想爬出去！”

6

密林中，箭山游击队驻地。游击队员们三三两两，有练拳的，有拼刺刀的，有搏击的，有练瞄准的……

队长罗威正在屋里看行军地图，罗红走了进来。

罗威问："阿红，林春下山有两天了吧？"

罗红答："嗯，前天一早走的。他该回来了。"

就在这时，林春进屋汇报："报告队长，我回来了。"

罗威笑了："说曹操，曹操到。好，这次见到县委了吗？"

"见到了。"

"县委有什么新的指示？"

林春点点头说："有。肖书记说，中央苏区已经派了一个特派员来我们游击队，估计最近几天应该到了。"

罗红端一茶缸水进来，递给林春："来，喝口水。"

罗威问："特派员的接头方式？"

林春咕嘟嘟喝下几口水，抹抹嘴，说："两种方式。一、如果他先到虎穴城，就去元生堂大药房和卫鑫接头，由卫鑫安排人把他送上山；二、如果他先去虎尾镇，就去如意酒家和谢明接头，然后由谢明安排，送他上山。"

罗威一拍桌子："好，太好了！党中央没有忘记我们，给我们派来了一个特派员。以后，我们这支游击队就像猛虎插上了翅膀。"

罗红问："县委领导透露了特派员的身份信息没有？"

林春摇摇头："没有，一丝信息也没有。不知道特派员的年龄、长相、身高，就连和他联系的联络员也不知道，只知道接头暗号，特派员是男是女都不知道。"

罗红高兴地说："哎呀，要是派个女的特派员来就好了！"

第三章
芳心暗许

1

虎尾镇公所里，镇长胡三和保安团团总胡魁正在密谋。

胡三交代任务：“胡团总，明天一早，南大街路口会出现一个身穿长衫马褂、夹一把雨伞、二十多岁、像个教书先生模样的年轻人。你带一个班团丁把他追赶到‘如意酒家’门前，我带一个班团丁事先埋伏在那里，在‘如意酒家’门前把他抓住。记住，只准朝天开枪，不准伤人，更不能开枪把人打死，一定要抓活的。”

胡魁问：“这人是土匪？”

胡三答：“这人是共匪！”

“既然是共匪，把他乱枪打死就行了。”

胡三正色道：“白司令有令，谁要是开枪把人给打死了，谁就得偿命！连你我都得跟着一起偿命！”

“这么说，他可以开枪打死我们，我们只能朝天开枪？真是岂有此理！对待共匪，我们是不是太仁慈了？”

胡三板着脸说：“胡团总，这是白司令命令，不是开玩笑！”

胡魁脸一绷，敬礼：“是，坚决执行！”

“把命令复述一遍！”

“白司令有令，谁要是开枪把人打死了，谁就得偿命！五马分尸！”胡魁说。

翌日清晨，“如意酒家”老板谢明正在招待客人。

突然，从镇街南头传来两声清脆的枪声。谢明赶紧站在店门口向南望去，只见一个身穿长衫马褂、教书先生模样的青年正从远处向这边跑来，他就是乔装改扮的王效。身后，胡团总带着十几个保安团丁在气喘吁吁地追赶。保安们一边朝天开枪，一边大声叫喊：“抓共党！别叫他跑了！”

王效在跑到“如意酒家”门口时，他迟缓了一下脚步，看了一眼饭店，正好和谢明四目对视，他似乎想说什么，但什么也没说，赶紧扭头跑了过去。王效扔掉手中的雨伞，从口袋里掏出一支手枪，向跑在最前面的那个团丁开了两枪，那团丁一头栽倒在谢明前面不远的地方，口吐鲜血而亡。王效边打边撤，刚要拐进一条小巷，只见巷子里冲出七八个保安团丁，把他团团围住。为首的镇长胡三大喝一声：“给我拿下！”

几个团丁一拥而上，七手八脚把王效五花大绑。

胡魁和那伙团丁刚好追到。谢明迎上去，笑脸招呼道：“胡镇长，胡团总，两位早哇！来，进小店喝早茶！”

胡三没好气地说：“喝个屁！一大早就折了一个弟兄！”

谢明问：“你们一大早就抓了个土匪？”

“什么土匪。这是个地地道道货真价实的共匪！”胡三道。

“是共党？不可能吧？”谢明疑惑地问，“前两天报纸上还说，赤匪中央苏区马上就要被蒋委员长的大军剿灭了。你想想，从瑞金到这里，足足有五六百里地远。”

胡魁插嘴道：“听说这人是共匪一个不小的官，是刚从瑞金那边派过来的。”

胡三命令道：“走，把他押回去！”

谢明一手拉着胡三说：“胡镇长，胡团总，你们得赶紧把这位死了的弟兄拉走哇！这一大早的，就暴死在我店门口，真是晦气！人家客人一来，看着个尸体横在店门口，谁还敢进我的店呀！我这生意还怎么做下去啊？”

说完，谢明和王效的目光对视了一下。

胡三甩开谢明说：“好了，别啰嗦了！我安排人把他抬走。”

“你……你们四个，”胡魁用手依次点着四个团丁，“把这个死佬抬走。”

谢明看着保安团抬着死尸，押着王效走了。

2

大路上，走来一行人。

骑马走在左边的，是一位年轻姑娘，她穿着马甲长靴，英姿飒爽。她是虎穴城帮会白虎堂堂主欧阳山的大女儿欧阳玉。这欧阳玉从小不爱红装爱武装。随行骑马跟在她旁边的，是她父亲身边的亲信师爷金标和两个保镖。这次金师爷刚从广州把欧阳玉接回家。

金师爷说：“小姐，再有两个时辰就到家了。想必老爷太太正翘首等着你呢！”

欧阳玉问：“我奶奶身体好吗？”

“老太太身体好着呢！一年到头连个感冒咳嗽都少有。一天到晚就喜欢打麻将。”

欧阳玉又问：“都和谁一起打麻将？”

“和你妈、二姨娘，还有对面的曾家大太太，隔壁单家的三姨太几个。你奶奶手气好，老是赢她几个。”

欧阳玉笑了笑：“我爸妈身体都好吧？”

“老爷太太身体都好。小姐，要不要休息一会儿？”

欧阳玉扫视了一下周围，见此地山势险恶，便说：“这地方山高林密，不好歇息。万一蹿出几个土匪来，可不好玩。”

一个保镖说：“小姐，这里离虎穴城也就三十里地。谁敢在这里打劫我们堂主的千金？”

另一个保镖附和说：“那纯粹是在老虎嘴里拔牙——找死！”

金师爷连连点头说：“是的，是的。我们堂主威名震四方，无人不知，无人不晓！”

欧阳玉问：“这儿地名叫什么？好险峻的地势！”

金师爷答：“这地方叫鹰石嘴……”

话没说完，树林里突然传出一声尖锐的口哨声。只见树丛后跳出八个大汉，呈半月形围在欧阳玉一行人前面。这八个人有高有矮有胖有瘦，拿着长枪短枪，有的还手握大刀，一个个横眉竖眼、凶神恶煞。为首一个络腮胡子彪形大汉，左眉上一条刀疤的叫王宝。

王宝大喊一声：“识相的，留下买路钱。”

保镖大喝一声：“大胆毛贼！光天化日之下胆敢公然抢劫？”

王宝笑道：“老子天不怕地不怕，神不怕鬼不怕，世上没有什么我不敢！少废话！把钱拿出来，省得老子动手。”

这一幕，正好被躲在旁边密密树丛后的钟龙华看得一清二楚。钟龙华悄悄掏出手枪，打开保险，继续注视着这帮人的一举一动。

另一个保镖跨前一步，喝道：“你几个站稳了！这位是虎穴城白虎堂欧阳堂主的千金。你们几个不想要命啦？想打劫我们，也不掂量掂量！”

王宝听了仰天哈哈大笑：“真是冤家路窄，老天开眼！当年你们白虎堂堂主欧阳山跟我结下梁子，想不到今天这么快就父债女还了。大爷我坐不更姓，行不更名，我叫‘独行狼’王宝便是。弟兄们，把这三头猪给我剁了！把欧阳堂主的女儿掳到山上，给我做压寨夫人。好一个如花似玉倾国倾城的美人儿！老子这次要老牛吃嫩草，过足快活日子！”

众匪徒齐声大喊：“杀！”

俩保镖见状赶紧掏枪。王宝抬手就是两枪，两个保镖一头栽倒地上，蹬蹬腿，死了。金师爷见势不妙，赶紧跪在地上，磕头作揖。金师爷说：“王寨主饶命！放了我和小姐。钱在这里，一根金条三百大洋，都给你们。要是不够，回府后再给你们送来。”

说罢，他把钱袋子扔了过去。

一个小个子土匪过来捡起钱袋说：“嘿嘿！我们寨主钱也要，人也要！”

王宝命令左右：“去两个人，把欧阳小姐从马上抱下来，带上山。”

欧阳玉从口袋里掏出一支勃朗宁手枪，顶在自己的太阳穴上。欧阳玉叱道：“站住！你们再上前一步，我就开枪！”

众匪徒一怔，面面相觑。就在这时，钟龙华枪响了，立刻有一个拿短枪的土匪应声倒下了。众匪徒一阵惊慌，四下乱看。

王宝厉声道：“谁？有种的站出来！别躲在暗处打老子的黑枪！”

又是一声枪响，又一个持短枪的土匪栽倒地上。

“都趴下！”说着，王宝首先趴到地上。

钟龙华跳出树丛说：“我是路见不平，拔刀相助！”

王宝问：“你是谁？为什么跟老子过不去？”

钟龙华笑道：“我是谁并不重要，重要的是你是一个十恶不赦、无恶不作的土匪，人人得而诛之！”

王宝恶狠狠地骂：“你奶奶的！我……”王宝举起枪，欲向钟龙华射击。

欧阳玉一枪，击中王宝手腕，王宝枪掉在地上。王宝左手指着钟龙华大喊：“快！弟兄们，给我砍死他！”

立刻就有三个土匪举着刀枪，向钟龙华砍去。钟龙华和三个匪徒搏斗。

那小个子土匪捡起钱袋，正要去拾两个保镖的短枪。金师爷从他身后站起，猛地飞扑过去，把小个子土匪压在身下，金师爷抡拳猛砸。

金师爷边打边问：“我叫你钱也要，人也要！现在你还要不要?!”

小个子土匪拼命躲闪，他摇着手大喊：“不要，钱不要，人也不要！”

金师爷和小个子土匪翻滚在一起。两人滚下一个不高的坎，掉进一条小水沟，水沟不大，刚好小个子土匪在下，金师爷在上。金师爷骑在土匪身上，土匪动弹不得。金师爷左一拳右一拳，直打得小个子土匪呀呀大叫，满脸是血。

王宝伸手想去捡自己那支枪，欧阳玉开了一枪，子弹擦着他头皮飞过。王宝急忙后退，又躲过一枪。他接着一个打滚，躲在了路边一棵大树后，看着三个土匪和钟龙华搏斗。

钟龙华和三个土匪搏斗。一个高个土匪挺刀向他刺来，钟龙华使了一招空手夺白刃，闪身让过，右手抓住他握刀的手腕，左手二指迅速戳向高个土匪双眼。高个土匪吃了一惊，急忙丢刀护眼，刀到了钟龙华手上。后面一个土匪见钟龙华毫无防备，握着马刀全力猛刺过来。欧阳玉惊叫一声："注意后面！"

钟龙华其实早有防备，他滴溜溜一个转身，躲过刺来的一刀。倒是那土匪用力太猛，收势不住，一刀正刺在高个土匪腹部，高个土匪惨叫一声，倒在地上。钟龙华顺势反手一刀，把那土匪的头削了下来。

还有一个土匪见钟龙华如此勇猛，吓得魂飞魄散。他丢下枪，转身就跑。欧阳玉举枪射击，土匪应声倒地。

金师爷正打着，见小个子土匪没有了反应，伸手一摸气息，早就没气了。

金师爷摇了摇头说："这小子不经打，才多大会儿就没气了！"

王宝见大事不好，起身就跑。钟龙华开了一枪，击中他左肩。王宝忍痛钻进了密林，转瞬间不见了踪影。钟龙华欲去追赶，金师爷把他叫住了。

金师爷忙喊住了钟龙华："恩公，穷寇勿追，穷寇勿追！"

金师爷走到钟龙华跟前，双手作揖施礼："感谢恩公，救了我和我家小姐！"

钟龙华收起枪，还礼道："区区小事，何足挂齿！此事叫谁撞见，都会出手相救的。"

欧阳玉跳下马问："请问恩公尊姓大名？"

"你们不必叫我恩公，我叫钟龙华，做生意的，要去虎穴城。"钟龙华说。

金师爷上下打量着钟龙华说："我看恩公仪表堂堂，且枪法身手了得，绝非等闲之辈！"

"如今世道混乱，社会动荡。"钟龙华笑了笑说，"在外行走，带枪也就是为了防身。"

"恩公既是去虎穴城，我们正好是一路。我们不妨一同走，如何？"

"我带的通行证也弄丢了，恐怕多有不便。"

"无妨。你穿上我们保镖的衣服，随我们一起进城。"金师爷说，"我们堂主在虎穴城里，也算是一个有头有脸的人物。就算是白司令见了，也要另眼相看。"

钟龙华说："也好，这倒是省了我许多麻烦。"

钟龙华换上保镖的衣服，金师爷说："恩公就和我同骑一匹马吧！"

钟龙华推辞道："不用。我走路吧，二三十里路，一会儿就到了。"

"不可！恩公，请上马吧！"金师爷说。

钟龙华只好同金师爷同乘一匹马，欧阳玉骑一匹马，三人二骑往虎穴城而去。

3

虎穴城门口，一群白狗子荷枪实弹，正在检查进出城门的行人。

金师爷一行三人来到城门口，一斗鸡眼匪兵厉声喝道："下马！接受检查！"

金师爷笑着说："这位军爷，我们都是虎穴本城人，还要检查吗？"

斗鸡眼一瞪说："这虎穴城有好几万人，老子能认得过来吗？"

金师爷指着欧阳玉："这位是虎穴城白虎堂欧阳堂主的千金，你总该认识吧？"

"千金？有那么多钱吗？"斗鸡眼看着欧阳玉，俩眼瞪得像牛蛋。

斗鸡眼见欧阳玉长得漂亮，动了歪心思，他正色道："这位小姐，我来搜身。看看你身上有没有什么违禁品。"

斗鸡眼匪兵嘴上说着，伸手就想摸欧阳玉胸前。欧阳玉右手一把捏住斗鸡眼的手腕，顺手一拧，斗鸡眼痛得大声叫唤起来。欧阳玉趁势一送，说声："去！"斗鸡眼踉踉跄跄跌出好几步远，一屁股跌坐在地上。众匪兵哈哈大笑起来。

斗鸡眼从地上爬起，恼羞成怒。他拉了一下枪栓，指着欧阳玉三人，大喊一声："不准动！举起手来！"

众匪兵像惊弓之鸟，纷纷举枪对准三人。

正在这时，一个白狗子军官走了过来，他问："什么事？"

金师爷上前说："哟！这不是付连长吗？付连长，我们三人刚从广州回来，这几位军爷也不认得我们，不让我们进城。"

斗鸡眼立正敬礼："报……报告付连长……"

付连长抬手给了斗鸡眼一耳光："我跟你说了多少次，叫正连长！"

斗鸡眼慌忙说："是！报告正付连长！这三个是共党分子……"

付连长眼一瞪说："去去去！滚一边去！这是欧阳堂主家的金师爷，老朋友了。真是有眼不识金镶玉！呵呵，金师爷，许久不见了！"

金师爷点点头："付连长，我出了一趟远门，去广州把大小姐接回来。"

付连长两眼转了一圈，然后盯住钟龙华问："这位是……"

"这位是我们小姐的保镖。"

金师爷随即把付连长拉到一边，塞给他十块大洋。

金师爷笑着说："有劳了，付连长，改天我请你到一品楼喝早茶。"

付连长把大洋放进口袋，满脸笑容："好说，好说！金师爷，你们走好！"

金师爷双手一揖："改天见！"

4

金师爷一进欧阳府大厅，就说："老爷，大小姐平安回来了。"

白虎堂堂主欧阳山，正坐在大厅太师椅上抽水烟，听见说话，忙放下铜制水烟壶，站了起来。欧阳玉喊了一声："爸爸！"扑了过去，父女相拥，欧阳玉哭了。

欧阳山用手轻轻拍着欧阳玉的肩膀，哄着女儿说："回来就好，回来就好！两年没见，长高了，长得更俊了。好了，别哭了。去后堂见见你奶奶和你母亲，还有你二娘。她们在后堂打牌。她们天天都在盼你回来！"

欧阳玉擦了一把泪，往后堂去了。

金师爷上前一步说："老爷，刚才我们在鹰石嘴遇到一伙土匪，两个保镖被他们当场打死。是这位恩公及时出手相救，打死了七个土匪，为头那贼子叫他跑了，才使我和小姐幸免于难。这位恩公叫钟龙华。恩公，这是我们家欧阳堂主。"

钟龙华上前作揖："钟龙华见过堂主。"

欧阳山还礼道："感谢恩公出手相救小女和师爷。如此大恩大德，在下定当厚报！"

钟龙华微微一笑："区区小事，何足挂齿！"

欧阳山问金师爷："那伙土匪是什么人？敢在我家门口如此胆大妄为？"

"跑了的为头的那人叫王宝。他口口声声说跟堂主有深仇大恨，要杀了我，并要把小姐掳上山去，做他的压寨夫人。"金师爷说。

欧阳山不待金师爷话说完，震怒地把手中刚拿起的水烟铜壶摔在地上，破口大骂："这混账东西、腌臜泼才！癞蛤蟆想吃天鹅肉！胆敢染指我的宝贝女儿！岂有此理！真气杀我也！"

"老爷生如此大的气，想必和这王宝有化解不了的冤仇。"

欧阳山坐下，叹了口气说：“不怕两位见笑，那是五年前的事。在韶关……”

5

韶关春香楼，张灯结彩，灯红酒绿。老鸨带着一群妓女在大门口揽客。

王宝满身酒气，带着两个马仔，大摇大摆地走向春香楼。

老鸨迎了上来说：“三位爷，里面请！”

王宝推开几个纠缠的妓女，随着老鸨走进春香楼。老鸨把王宝领进客厅，上茶。老鸨问：“这位爷，你要点哪位姑娘？”

王宝把身子靠在太师椅上，双脚放在八仙桌上，懒洋洋地说：“谁都不要，今晚我要包广州来的赛牡丹！”

老鸨忙说：“这位爷，我春香楼有百十号小姐，个个长得花容月貌，妖艳无比，任你随便挑随便选。只有这赛牡丹已经名花有主了。”

王宝哼了一声，掏出一根金条，扔在桌子上说：“你是怕我没钱？”

老鸨脸上堆上笑容，说：“这位爷，赛牡丹此刻正在楼上陪着客人哪！”

“那好，我就在这里等，等到下半夜我也要等！今晚老子一定得睡她！”

“这位爷，就怕时间太长你等不了。”

王宝歪着头问：“为什么？钱不够？再加一根！”

王宝又掏出一根金条，狠狠地拍在桌子上，眼一瞪说：“老子今晚一定等！”

老鸨一惊，赔着笑说：“这位爷，钱够了。这钱够包两个月。只是……只是……”

王宝眼一瞪问：“只是什么？”

老鸨小心地说：“只是上面有一位欧阳大爷捷足先登了。那位欧阳大爷包了一个月，今晚刚刚第十天，还有二十天才到期；到期后，是一位姓朱的爷，也是包了一个月，已经交了定金；然后又有一位苟爷，也交了定金，包了两个月。再接下来，还有……”

王宝打断她的话：“别啰唆！老子不管你什么猪爷狗爷、牛爷马爷，你直说吧，我还得排队等几个月？”

老鸨扳着指头数了数，笑着说：“这样吧，你先把两根金条押这里做定金。半年后，也就是六个月后就轮到你了！”

王宝猛地站起，收起两根金条，在桌子上捶了一拳，怒道：“老子一天也不等了！老子今晚一定得抱着赛牡丹睡！走，跟老子上楼去找赛牡丹！”

老鸨伸手拦住王宝说：“这位爷，你不能去！”

王宝问：“为什么？”

“你得遵守江湖规矩，讲究个先来后到，自觉排队。回去！半年后你再来！”

王宝恶狠狠地说：“去你妈的！”

王宝伸手一扒拉，老鸨打了几个转，一头磕在八仙桌角上，额头鲜血往外喷溅。老鸨倒在地上，人昏死过去了。

王宝带着两个马仔上楼，欲进房间，被门口的两个大汉拦住了。王宝使了个眼色，两个马仔掏出枪，各自顶住身边大汉的前胸。

王宝推开了房门。房间内，灯火通明，富丽堂皇。欧阳山坐在八仙桌前太师椅上，独斟独饮。桌上摆满了山珍海味。赛牡丹坐在他对面，抱着琵琶正在唱昆曲《春江花月夜》：

……
春江潮水连海平
海上明月共潮生
滟滟随波千万里
何处春江无月明
……

欧阳山见王宝闯进来，怒道："大胆！你是什么人？敢闯大爷我的私房？"

王宝大咧咧地走到桌子跟前，一声不吭，猛地把八仙桌一掀。欧阳山没防着他这一手，满桌的菜泼他一头一身，自己倒在地上，被八仙桌压着。加上他喝得已经有八分醉了，竟然动弹不得。

王宝一把抱住惊慌失措、花容失色的赛牡丹，嘴在她脸上嘴上脖子上乱亲乱啃。赛牡丹尖声大叫，王宝越加疯狂。王宝把赛牡丹的衣服扯开，把自己的衣服脱光。他把赛牡丹抱到床上，自己压了上去。

突然，一支冰冷的枪口顶住王宝的后脑。

欧阳山咬牙切齿，恶狠狠地骂道："王八蛋！你真是狗胆包天，敢动我的女人！"

王宝猛地回手一扫，把欧阳山的枪打飞了。两个欲火焚身的男人扭打在一起。

门口，欧阳山的两个弟子被王宝的两个马仔分别用枪顶着，动弹不得。

突然，楼下客厅里传来一声惊叫。一个叫玉兰的小姐在客厅里发现了倒地昏迷流血不止的老鸨。她急忙跑到门口，叫来几个打手。

玉兰大喊："快来人呀！妈妈被人杀了！"

四个打手跑了过来，其中两个跑进客厅，另外两个往楼上跑。这一来风云突变，王宝的两个马仔面临两面夹击的风险。两人做出了一个错误的抉择，他俩同时回头，用枪指着往楼上跑的两个打手，厉声喝道："站住！退下去！不准上来！否则，我们开枪啦！"

欧阳山的两个弟子瞅准这千载难逢的时机，同时发难。左边的弟子左手扼住对手的脖颈，右手抓住他拿枪的手用力一拧，枪到了自己手中。他用枪柄朝对手头上猛击两下，对手顿时像死狗一样瘫倒在地上。右边的弟子身高马大，他一把抓住对手握枪的手，用力一拧，枪到了自己手上。左手跟上一拳，砸在对手眼上，跟着飞起一脚，正中对手裆部。对手蹲在地上。他双手拎起那个马仔，像老鹰抓小鸡，头朝下，脚朝上，扔了下去。随即，传来一声凄厉的惨叫声。

屋内，两个醉鬼还在相互撕扯着。欧阳山毕竟年纪比对手大了许多，很快他就处于下风，被王宝压在身下。王宝骑在欧阳山身上，朝他脸上砸了一拳。欧阳山立马鼻子流血，门牙被打掉两颗。王宝骂道："直娘贼！你今晚让不让出赛牡丹？"

欧阳山满嘴是血，呜呜噜噜说不出话来，只是摇手，意思是叫他别打了，自己愿意把赛牡丹让给他。王宝见他摇手，以为他不答应，对着他脸上又是一拳，王宝骂道："你到底让不让，不让？好！"

王宝提起拳头，正准备又一拳砸下去。就在这时，欧阳山的一个弟子赶到，他对着王宝后脑勺一枪柄，把王宝砸倒在地。

……

金师爷把一把新的铜水烟壶递给欧阳山说："老爷，刚才那把水烟壶让你摔坏了。这是把新的，抽烟吧！"

欧阳山呼噜呼噜抽了一会儿水烟说："那晚，本来我们准备把这王宝弄死，也是他命不该绝。不知谁报了警，来了一班警察。那警察带队的小头目竟然是王宝的把兄弟，警察把他带走了。我回来养了一个多月伤，身体才复原。后来听说王宝在韶关又犯下大案，绑架撕票了当地一个豪绅。豪绅家花钱买通了官府，判了他终身监禁。不知怎的他又出来了。这王宝是个亡命之徒。这次他分明是寻仇来了！师爷，你吩咐下去，通知我堂所有弟子，无论谁发现王宝，格杀勿论！"

金师爷问："堂主，要不要叫画师画一张王宝画像，方便认出来？"

欧阳山摇了摇头说："不用。告诉大家，彪形大汉络腮胡，左眉上有一道二寸长的刀疤，那是最好的记号。"

"好！等会儿我传令下去，无论谁看见这贼子，格杀勿论！"

欧阳山吩咐道："师爷，你去准备一桌酒席，今晚全家给恩公接风！"

"好！"金师爷走了出去。

欧阳山向钟龙华一伸手："恩公，请！我们喝茶！"

6

后堂大厅里，奶奶、大太太、二姨太、曾夫人四个在打麻将。

二姨太抓起一张牌，叹了口气，打出说："幺鸡！看看，我今天什么手气？一连打出四只幺鸡，生生地把一条暗杠打掉了。"

大太太摇摇头说："我要进一四七条，一张都摸不到，全被你摸完了。二万！"

曾夫人刚伸手摸着牌，对家奶奶说了一声："碰！"

奶奶把二万碰走，打出一张九万。

二姨太又抓牌，说道："你看你看，打完幺鸡来四条。四条！"

大太太伸手刚要抓牌，对家曾夫人叫了一声："杠！"

曾夫人伸手从牌尾抓上一只八万，她迟疑了一下，望着老夫人说："老太太，你出九万不会和五八万吧？我再杠八万！"

曾夫人伸手去摸牌。

奶奶把牌推倒说："我抢杠和！混一色大和！"

曾夫人把摸起的牌一看，惊叫起来："老太太呀老太太，你坏了我的大事。你看看，我从牌尾摸的这绝张东风多好！我也是对对碰大和自摸呀！"

曾夫人把牌推倒给大家看。

欧阳玉一声叫唤："奶奶！"

奶奶抬起头："哎呀！我大孙女回来了。"

欧阳玉依次打招呼："妈！二娘好！曾太太好！"

曾夫人看着欧阳玉，笑着说："大太太，你有福气哟！这闺女，又水灵，又俊俏！今年多大啦？"

"我孙女今年二十三岁了。"奶奶说。

曾夫人问："许人家了吗？"

"是哟！玉儿都二十三了。"奶奶说，"秀贞，你们做父母的怎么一点不着急？"

大太太笑着说："妈，玉儿这几年一直在广州读书。广州离虎穴有好几百里地。我们做父母的也是鞭长莫及呀！"

欧阳玉抱着奶奶，偎在奶奶身边撒娇地说："奶奶，急什么！我才刚刚二十三岁。"

"二十三岁还小哇！你看在座的这几个，哪个不是十六七岁就出嫁了？"奶奶轻轻地拧了一下欧阳玉的脸说，"奶奶十六岁时嫁给你爷爷，十八岁那年生了你爸爸。我今年整七十了。你怎么也得让奶奶七十五岁前抱上小曾外孙啊！唉！奶奶我老了，也不知道哪天腿一蹬就去见你爷爷了。"

欧阳玉笑了："奶奶，早着呢！奶奶能活到一百多岁！"

"玉儿，现在的年轻人都时兴自由恋爱。"二姨太问，"你在广州读书有没有心仪的同学呀朋友呀，自由恋爱一个？你应该有了吧？"

"是呀！"曾夫人接过话，"我小孩伯家大侄女曾蝶，去年就自由恋爱，找了一个当兵的，还是一个军官呢！"

"玉儿，你可千万别找当兵的。"二姨太说，"好铁不打钉，好汉不当兵！现在江西国民党跟共产党正在打仗。子弹到处飞，碰上一颗就玩完了。"

"老二你这乌鸦嘴！"曾夫人说，"我家曾蝶的女婿可不用上战场打仗。他在蒋委员长身边当侍卫官。侍卫官你知道吗?！据说当时有好几千人参选，才选中他们十个人。身体要棒，个头要高，眼睛要大，英俊潇洒！我个头不低吧，我侄女比我高半个头，他比我侄女还要高上半个头。那照片上穿着礼服，别提有多精神，别提有多威风，更别提有多帅气！"

二姨太一撇嘴，说："哼！侍卫官侍卫官，不就是侍候蒋某人的官吗？从前侍候皇帝的男人叫太监！现在侍候蒋委员长的男人叫侍卫官。这叫换汤不换药！再说，伴君如伴虎！说不定哪天说了句不该说的话，或者熬不住跟宋美龄偷了情，那都是随时可能发生的事情。到那时，蒋委员长龙颜大怒，那就小命难保啰！”

曾夫人气得指着二姨太：“老二你……你……你这张嘴！”

“扯远了。还是说玉儿吧！”大太太说，“你二娘说的，你有没有心仪的男同学啊！”

欧阳玉一笑：“妈，我今天在路上给你捡回来个女婿，你去看看中意不中意？”

奶奶大太太二姨太急问：“真的？”

“真的。”欧阳玉点了点头，说，“他现在正在大厅跟我爸说话呢！”

曾夫人问：“大家光顾着说话，还打麻将不打？”

奶奶把牌一推：“不打了！我看孙女婿去！”

大太太说：“不打了！我得看女婿去！”

二姨太说：“不打了！我也看女婿去！”

曾夫人无可奈何地说：“都不打啦?！以前你们仨总是叫我快过来呀快过来，三缺一！现在好了，是一缺三！”

第四章
暗藏杀机

1

夜，欧阳府大厅里灯火通明。欧阳山一家、金师爷、钟龙华围坐一张大圆桌，桌上摆满了山珍海味。这是欧阳府替钟龙华摆的接风酒。

大太太用勺子挖了一碗海参炖老母鸡汤，上面两只大海参，放到钟龙华面前。

大太太呵呵笑着说："恩公，你吃，多吃菜！"

钟龙华说："谢谢太太！不用客气，我自己来。"

欧阳山端起一杯酒说："这一杯酒，我代表我们全家敬恩公一杯！今天要不是恩公出手相救，玉儿和师爷的处境不堪设想，真是不堪设想！来，恩公，我们干了！"

钟龙华忙站起身，和欧阳山碰杯干了："欧阳堂主言重了。"

二姨太说："老爷，这个王宝，不就是当年你在韶关惹出来的风流债吗？"

大太太忙打圆场："老二，这事就别提啦！老爷他早就认错了。"

"这事想起来我就来气！当年我就跟在他身边。"二姨太哼了一声说，"他叫我独守空房，自己却去包了那个千人骑万人压的赛牡丹逍遥快活，惹是生非！这才有了今天王宝那贼子寻仇的故事！"

“二姨太，旧事莫提，旧事莫提！”金师爷忙说，“来！恩公！感谢你救了我和大小姐。我们欧阳一府都永远铭记你的大恩大德。来，我们干了这杯！”

钟龙华和金师爷干杯。

“欧阳堂主，我钟龙华也就一介商人，到虎穴来收些山货贩回广州。救小姐和师爷，纯粹是碰巧遇上，只是出手相助而已，你们不必一直放在心上。”钟龙华诚恳地说，“在座各位都是我的长辈，以后千万别再叫我恩公长恩公短的，怪不好意思。如果要叫，大家就叫我阿华好了。”

奶奶、二姨太异口同声：“是呀，叫阿华好！”

大太太也说：“叫阿华显得亲切，就像一家人！”

金师爷点头：“就叫阿华！”

欧阳玉高兴地笑了：“你们都叫阿华，我叫华哥！”

欧阳山一击掌说：“好！以后我们就叫你阿华。这名字不生分，像一家人叫的。以后你也别再叫我欧阳堂主了，就叫我欧阳伯伯吧。”

钟龙华点头说：“好！”

大太太笑着说：“阿华，你以后得随着玉儿叫我妈。”

钟龙华愕然地望着大太太，一怔：“妈？……”

大太太喜笑颜开应道：“哎！”

欧阳玉忍不住开心地笑了。

二姨太说：“对呀！叫妈。以后你得叫我二娘。”

奶奶也说：“是呀！以后你得叫我奶奶。”

“来！”金师爷举起酒杯，“大家举杯，为阿华加入我们欧阳府大家庭干杯！”

众人都端起酒杯，齐声道：“干杯！”

奶奶碰了碰身边的二姨太，说：“老二，你看，秀贞一直目不转睛地盯着阿华看呢！”

二姨太笑了：“这叫丈母娘看女婿，越看越欢喜！”

奶奶也笑了：“这事成了，全家人都中意阿华。”

欧阳山看定钟龙华说："阿华，以后你就住在我府里，出入也方便。你想去收购药材山货什么的，白天你就出去，晚上回到府里。"

钟龙华说："只是给贵府添了诸多麻烦。"

欧阳山叮嘱道："只是你一人出去，须得提防着王宝那贼子，此人报复心最重！"

钟龙华点点头："好，我会提防着他。"

"阿华，明枪易躲，暗箭难防！我们在明他在暗。"金师爷也叮嘱道，"以后出去，多加小心，小心为上！"

2

清晨，欧阳玉走到钟龙华的房门口，她轻轻敲门："华哥，华哥！"

房里无人应答。欧阳玉推开房门，只见床上的被子叠得整整齐齐、有棱有角。欧阳玉一惊，不禁自言自语："阿华是个军人，难道他是红军？"

欧阳玉走到大门口，看门的刘大爷正在扫地。欧阳玉问："刘大爷，你看见昨天同我们一起来的那个后生阿华出去了吗？"

刘大爷说："大小姐，他刚才出去了。"

"他说去哪里了吗？"

"他问我去西大街元生堂大药房怎么走，我告诉他了。"

欧阳玉大吃一惊："糟糕！"

欧阳玉出门往西大街跑去。

西大街元生堂大药房是接头地点，早被人监控了，可钟龙华一无所知。

钟龙华走进药店，他假装很随意，打量了一下店内。店内除了老板卫鑫外，有两个伙计和两个顾客。一个矮胖伙计在给一个妇女抓药，一个小伙计在给一个老汉抓药，并无异样。刚才大门口进店时也没发现什么可疑的人。卫鑫见钟龙华进店来，马上笑脸相迎：

“这位先生是来抓药呢还是看病?”

钟龙华答:“抓药。”

卫鑫又问:“这药是你自己吃呢,这是替人抓药?”

钟龙华淡淡地说:“替一个亲戚来抓药。”

卫鑫手一伸说:“把你的方子拿来?”

钟龙华正欲伸手取上衣口袋里的那张接头的药方,他突然敏锐地察觉到给那个妇女抓药的矮胖伙计停止了抓药,他右手伸向后腰间,是一个标准的掏枪动作。

那妇女在催他:“哎哎哎!你这人怎么搞的?一动不动发什么呆?快给我抓药呀!我还急着回去给病人煎药照看病人哪!”

钟龙华抬起的手顺势自然地梳理了一下头发,话锋一转,反问:“什么方子?”

“抓药的方子呀,药方!”卫鑫说,“就是一张纸,上面写着很多药名的一张纸。”

钟龙华知道卫鑫问自己要接头的药方。他装作不经意地扫了一眼店门口,店门口不知从何时起多了一高一矮两个汉子把守着。两人的右手都插在口袋里,像是在准备掏枪。内室的门帘也动了一下,似乎内室也埋伏着人。钟龙华暗想:看样子卫鑫已经叛变了。怎么办?敌人是不是已经把药店包围了?

钟龙华随即摇了摇头说:“我没有药方。”

“你没有药方你怎么抓药?”卫鑫说,“开什么国际玩笑!”

钟龙华沉着地一笑:“没有药方照样抓药。亲戚交代我就买三味药。”

卫鑫问:“哪三味药?”

“二两沉香,三两牛黄,四两川天麻!”钟龙华说。

卫鑫突然凑近钟龙华,压低声音:“同志,快把你接头的药方拿出来。”

钟龙华故作糊涂地说:“我不要桐籽!你给我把这三味药抓齐就行了。”

就在这时，欧阳玉闯了进来，门口两个特务伸手拦住她："不许进！"

"为什么？这是我表叔的药店。"欧阳玉柳眉倒竖，喊道，"表叔！"

"哎！"卫鑫抬头答应一声说，"阿玉，好长时间没见你了，你是来……"

"表叔，是我爸叫阿华来买药的。"欧阳玉走了进来，"他忘了带钱，我就带钱赶来了。"

"阿玉，你爸说你在广州念书，你什么时候回来的？"卫鑫疑惑地问，"这位是……"

"昨天刚回来，这是我的未婚夫阿华。"欧阳玉大方地一笑，"阿华，这是我表叔。"

"原来是表叔，"钟龙华笑了笑说，"小侄不知道。表叔好！"

卫鑫尴尬一笑说："好，好。你刚才说的是哪三味药，有没有方子？"

钟龙华摇摇头说："没有方子，就三味药。二两沉香，三两牛黄，四两川天麻！"

卫鑫沉默了一会儿，吩咐说："好，小六子，快把三味药抓齐。阿玉，你和阿华到后堂坐一会儿，沏壶茶喝。"

"表叔，不用啦！我爸在家还等着呢！"欧阳玉说。

正在这时，小六子已经把药抓齐包好，送了过来，递给钟龙华。欧阳玉拿出两块银圆，递给卫鑫："表叔，这钱够吗？"

"够！一块就够了。"

那边买药那妇女突然发作起来："老板，这药我不要了！你看你这胖伙计，人长得像头猪，办事毛毛糙糙、丢三落四的。我这方子上没有蜈蚣，他硬是给我放上两条大蜈蚣；我这方子上没有砒霜，他又给我称了砒霜。谋财害命呀！他这是成心想把我男人害死，让我年纪轻轻就守寡呀！操的什么歪心！"

那胖伙计抓起柜台上的算盘，高举过顶，骂道："操！你骂谁像头猪？我砸死你！"

那妇女惊慌起来，双手护住头往店外跑去，大喊：“打死人啦！打死人啦！”

卫鑫大喊：“你回来！我给你抓药。”

那妇女头也不回地喊：“我不要了！少了你张屠夫，我能吃连毛猪吗?!”

欧阳玉伸手挽着钟龙华的胳膊说：“华哥，走，我们回家。”

欧阳玉和钟龙华走到店门口，欧阳玉扭回头对卫鑫说：“表叔，记得上家去坐，我爸说好久没和你杀两盘了。”

卫鑫连连点头：“好，好，一定去，有空我去和你爸杀上两盘。”

卫鑫眼巴巴地看着欧阳玉和钟龙华出门而去。矮胖特务走上前说：“老卫，你怎么不发信号把他们抓起来啊?”

卫鑫摇了摇头：“证据不足。”

卫鑫一脸晦气地走进元生堂大药房后院大厅，于副官坐在太师椅上，跷起二郎腿问：“那个人到底是不是来接头的?”

“他前两句答的话没问题，好像都对。”卫鑫说。

于副官轻哼一声：“好像？我不需要好像，我要确定！到底是，还是不是?”

“不确定!”卫鑫说，“我这样问，他那样答，好像也是顺理成章的事。无可厚非，无可厚非！问题的关键是他没有拿出来那张联络用的药方。只要他一拿出那张接头用的药方，我们就可以动手抓人!”

“他那张药方和其他药方有什么不同?”

“有！这是一张治中风的药方，一共十二味药，其中缺了一味防风。”

于副官沉思了一会儿，说：“你们再好好想想，到底是哪个环节出了问题?”

矮胖特务说：“哼！当时就不应叫他走，抓起来一拷问他就招了。”

卫鑫摇了摇头：“没有呀，哦，对了!”

于副官皱了皱眉问：“你这一惊一乍的干什么?”

“于副官，我想起来了。一个细节，一个非常重要的细节!”卫鑫好像发现了新大陆，“我问他要药方的时候，他的手好像准备去上衣口袋里掏取东西，可突然就中止了。是不是他发现了什么？有鬼！肯定有鬼！当初要是把他抓起来一搜，那证据就搜出来了。欧阳堂主的黄毛丫头跑来一搅和，把事给搅黄了。于副官，我带上几个人现在追上去，把他抓回来一搜，他就现出了原形。”

于副官讥讽道：“人家此刻早就到家了。马后炮！”

“那我就追到他欧阳府上去，看他往哪里逃！”

“真是猪脑子，自作聪明！”于副官训斥道，“你怎么不好好想想，偌大一个欧阳府，你未必能搜得到那张药方。再说，这欧阳山也不是一盏省油的灯。身为一堂堂主，门徒有数千之众，岂是好惹的。你看我们的蒋委员长，他对上海的青红两帮还恭敬有加呢?！这种没有铁证如山的事，是万万不能做的！”

“那怎么办？”

于副官沉吟一下：“这样，我派几个人盯紧欧阳府。你呢，还是得去一趟欧阳府，旁敲侧击，问他有没有叫那个人去你店里买药？那个人到底是不是他的女婿？”

卫鑫领命：“是，是。”

3

欧阳玉一回家就跟父亲说：“爸，等会儿要是卫鑫来问你，你一定得说是你叫阿华去他店里买三味药的。就是二两沉香，三两牛黄，四两川天麻！”

欧阳山不解地问：“怎么回事？”

“爸，你别管怎么回事。只要卫鑫问起，你就这样回答他。”

“为什么？”

“你要是说错了，或者说没有，欧阳府马上就要大祸临头了！”欧阳玉调皮地说。

欧阳玉说完，挽着钟龙华的胳膊，两人亲昵地走出大厅。

欧阳山望着他们的背影，沉思良久。

欧阳山问："师爷，你说，这钟龙华会不会是共党？"

金师爷答："老爷，我看十有八九是。"

"怎么办，怎么办？我本以为捡来个宝，谁知道招来了祸。"

"老爷，阿华今天去药店买药，我估计他是去接头。"金师爷说，"问题是，他不知道卫鑫已经叛变投敌了。"

"这个钟龙华，不能把他留在欧阳府了。"

"堂主，这钟龙华确实是个人才，仪表堂堂，能文能武。不过，你现在叫他走，我看大小姐未必会同意。"

"为什么？卫鑫已经被抓叛变投敌。"欧阳山哼了一声，"今天要不是我们家阿玉赶去随机应变，就出大事了！"

金师爷小声地说："堂主，这你都看不出来？大小姐爱上他了。"

欧阳山震怒之下，把手中的茶杯摔在地上，大吼一声："混账！"

卫鑫刚好走到大门口，诧异地问："表兄，什么事呀？让你如此大动肝火！"

欧阳山变脸一笑，说道："茶太热，不小心，茶杯掉地上了。唉！着实可惜！我这是咸丰年间正宗景德镇官窑定制的一套茶具，就这么平白无故地少了一只。可惜，可惜，着实可惜哇！"

卫鑫一笑："这么说来，真是可惜了。表兄，表姑她身体欠安？"

"老太太还是老毛病。刚才我不是叫阿华去你药店买了几味药吗？"欧阳山反问，"怎么？他们没给你钱，让你紧跟着屁股后找上门来要？"

卫鑫连忙摇手："不不不！不是这个意思，钱已经给过了。"

"不是这个意思，那又是什么意思？"

"我是说，你应该叫大夫给表姑开一个药方。"

"开什么药方，就买三味药。"

卫鑫追问："是哪三味药？"

"二两沉香，三两牛黄，四两川天麻。"欧阳山轻描淡写不紧不慢地说，“不对!”

卫鑫心一紧，急问：“什么不对?”

欧阳山沉下脸，手一指卫鑫：“是你不对!”

卫鑫惊愕：“我不对?”

“嗯!”欧阳山大声地说，“则才在你那里买了药，钱也给过你了，你还在这里穷追问什么？是不是在审犯人?!”

卫鑫被问得目瞪口呆，答不上话，他突然扇了自己嘴一巴掌，自骂自道：“你看我这张臭嘴，尽胡说八道!”

金师爷把一杯茶放在卫鑫跟前说：“卫老板，嘴是用来喝茶的，请喝茶!”

卫鑫点点头，掀开茶杯盖，赶紧喝了一口，“哇”的一声吐在地上。

金师爷笑了：“卫老板，你悠着点，小心烫伤!”

卫鑫吸着嘴：“哎哟，真烫！把嘴烫起泡了。”

欧阳山看着卫鑫狼狈的样子，摇了摇头。

停了一会儿，卫鑫讪讪地道：“表兄，刚才去买药那阿华，想来是表兄的乘龙快婿?!”

欧阳山呷了口茶：“这只是小女自己的意思，我们大人还没有同意呢!”

“这样就好，这样就好!”卫鑫连连点头，“玉儿年轻，年轻人呢，容易上当受骗。再说，这阿华又不是本地人，身份清白，知根知底。万一是共党赤匪乔装打扮……”

欧阳山盛怒：“闭上你那臭嘴！你的意思是我私通共党赤匪?”

“真是臭嘴，该打!”卫鑫又扇了自己嘴一巴掌说，“表兄，我岂敢说你私通共党赤匪？我的意思是在这多事之秋，自然是谨慎为上，小心为上!”

欧阳山不悦地说：“我欧阳山不是三岁小儿，用得着你来这里指点教训!”

卫鑫连忙起身赔笑：“表兄，今天多有得罪。小弟我生意忙，告辞了！”

欧阳山哼了一声：“送客！”

卫鑫起身告辞，讪讪离去。

“哼，狗眼看人低！”欧阳山见卫鑫走了，哼了一声说，“别以为你投靠了白湘君，抱上了粗腿，就想骑在我脖子上拉屎拉尿！”

“堂主，我看卫鑫是盯上了钟龙华。”金师爷说。

“怎么办，这个问题怎么解决？这真是个棘手的问题！”

“要不，我们把他打发走。”

欧阳山摇摇头，说：“既然被盯上了，我看白湘君是不会这么轻易让他走的。我欧阳府周围他们一定布下了暗哨。看来，他钟龙华是插翅也难飞出欧阳府了。”

金师爷点点头：“是啊是啊，这如何是好？”

欧阳山思索了片刻，目露凶光，说道：“看来，只有把钟龙华杀了！”

金师爷一惊：“杀了？堂主，这恐怕不妥吧？堂主，钟龙华毕竟有恩于我们欧阳府。”

“没什么不妥！”

“堂主，恐怕大小姐第一个就不愿意。”

“这事由不得她。”欧阳山说，“杀了杀了，一了百了！就当什么事也没有发生。量小非君子，无毒不丈夫！这事要快！”

“这事不能叫大小姐知道。”

“肯定不能叫她知道。”欧阳山交代说，“你亲自选两个功夫好手脚麻利的弟子。为免夜长梦多，今晚下半夜就动手。要用刀不准用枪，要做得神不知鬼不觉。完事后，叫他们把死尸往后院那口废井一扔，然后把石板盖上，就永不见天日了。”

“遵令！”

欧阳山又说：“这事千万不能叫大小姐知道了。”

“堂主放心，这事除了你知我知，天知地知！”

4

欧阳玉和钟龙华在房间里聊天，欧阳玉突然拔出手枪，指着钟龙华沉着脸说：“别动！阿华，把手举起来！”

钟龙华惊愕地问：“阿玉，你……”

“现在把你的手枪掏出来，放在桌子上。记住：别耍花招！”

钟龙华把手枪掏出，放在桌子上。

“你真是个听话的乖孩子，”欧阳玉说，“现在转过身去，向前走几步，靠墙。”

钟龙华转身，向前走了几步，靠着墙。欧阳玉把钟龙华的枪抓在手上，熟练地把枪里的子弹退了出来。

“好了，现在转过身来。”欧阳玉指挥着，“你老老实实坐在桌子对面，回答我的问题。”

钟龙华转过身，坐到桌子对面。

欧阳玉问：“我现在问你第一个问题：你到底是什么人？”

钟龙华一笑：“我就是一个生意人。”

“哼！你是共产党！你骗得了别人，骗不了我。”欧阳玉哼了一声说，“如今兵荒马乱，一个生意人跑到这虎穴城来干什么？生意人为什么带枪？你的一举一动，一看就是一个标准的军人！”

钟龙华两手一摊说：“阿玉，你不相信我，我就没必要解释了。”

“你只是不想承认而已。”欧阳玉说，“我再问你第二个问题：你今天去元生堂大药房到底想干什么？”

“买药呀。”

“二两沉香，三两牛黄，四两川天麻！给谁买？那都是你临时编出来的。”欧阳玉说，“其实，你是去和卫鑫接头！”

“我的确是去代人家买药。”

“买药不带药方？”

钟龙华辩道："就三味药，不需要药方。"

"狡辩！"欧阳玉哼了一声，继续说道，"我实话告诉你吧。卫鑫是我的一个远房表叔，他以前是共产党在虎穴城的一个地下交通联络员。但是，你不知道的是，他在半个月前就被白湘君密捕了。经不起严刑拷打，他叛变了，交代了他所知道的一切。万幸的是，你在和卫鑫接头时，已经察觉到一些异样，才没把你接头时的重要信物那张药方拿出来。否则，今天就算天师来了也救不了你。那元生堂店里店外、里三层外三层埋伏了几十个特务，张网以待，他们就等着抓你！"

钟龙华倒吸了一口冷气。

欧阳玉掏出一张药方，晃了晃说："怎么样？现在人证物证都在我手上，你还有什么说的，还不彻底向我老实交代！"

"阿玉，我真没什么好交代的。这是一场误会。"

"哼！"欧阳玉又哼了一声，"你跟我说误会不要紧，白湘君他可不会跟你说误会。你要不相信，你到我家大门外去看看，他们已经派了很多便衣特务，把我家包围得水泄不通。看来，你现在已经成了一只笼中之鸟，插翅也难飞出去了。现在你回答我的第三个问题，你这次到虎穴城的任务是什么？"

"我不是共产党，我没有什么任务。"钟龙华说，"要说任务，我这次最大的任务就是在这里收购几车山货药材，把它运回广州狠赚上一笔。"

欧阳玉摇了摇头，走到他身边，用食指点了他额头一下。

"你呀，油嘴滑舌！"欧阳玉说，"你心里明白，就是不想承认罢了。本来，我也没指望从你这种死硬分子嘴里能问出些什么。但我告诉你一句实话，如果你没有本小姐我的支持，恐怕你连出去都困难，更别谈去执行什么任务了。"

正在这时，响起了敲房门的声音。

欧阳玉问："谁？"

金师爷小声说："大小姐，是我。"

欧阳玉又问："师爷，有什么事吗?"

"老爷备下了酒宴，叫你和阿华去吃晚饭。"

"好，我们一会儿就来。"

欧阳玉转向钟龙华，说："给！你的枪。记住，今天晚上吃饭时要表现得和平时一样。走，我们去吃晚饭。"

欧阳玉和钟龙华手拉手，出门而去。

5

大厅灯火通明。金师爷站在大门边，在欧阳玉拉着钟龙华的手进门的一刹那，他不经意地塞给钟龙华一颗小纸团。钟龙华不动声色地迅速放进口袋里。

钟龙华借故上厕所，在厕所他打开纸条，只见上面写了一行小毛笔字：少喝酒，别睡死。

钟龙华看完把纸条放进嘴里嚼烂吞下，回到大厅。奶奶把钟龙华喊到自己身边，让他和欧阳玉坐在一起。

酒过三巡，大家开始吃菜。

二姨太问："阿华，听说你家在广州有一家很大的贸易货栈?"

钟龙华答道："二娘，在广州来说，就不算很大，也就是中等规模。"

二姨太兴奋地说："广州真是大地方啊！花花世界，人山人海！那高鼻子洋人也多。那年我和老爷去了趟广州，就住在西关。那西关的小吃真是好吃、精致。莲香楼、陶陶居的糕点，皇上皇的腊肠，还有及第粥、肠粉、烧鹅，等等，真是太好吃了，百吃不厌！真叫人流连忘返，乐不思蜀!"

奶奶往二姨太碗里夹了一只大鸡腿说："老二呀，别说个没完，少说多吃!"

"哎呀！老寿星。"二姨太说，"我这段时间正在减肥。大夫说，多吃蔬菜少吃肉。”

奶奶笑了：“减什么肥！你是丰满不是肥。”

二姨太把鸡大腿夹到钟龙华碗里说：“鸡大腿给阿华吃，吃了身体棒，过年就让玉儿给你生个白胖白胖的曾外孙！”

奶奶点头：“对，玉儿，得早些把这喜事办了。”

“不急，奶奶。”欧阳玉说。

“我能不急吗？我已经七十了，还没抱上曾孙。”奶奶说，“那肖家老太太，比我大几岁，已经五世同堂了。”

二姨太笑了笑：“玉儿不急奶奶急，皇帝不急太监急！”

欧阳山板起脸说：“老二，你这是胡言乱语！罚酒三杯！”

众人起哄：“罚酒三杯！”

“好！我认罚！我认罚！”二姨太忙不迭地说。

二姨太把三杯酒依次喝完。

钟龙华起身，端杯酒走到欧阳山跟前说：“欧阳伯伯，我敬你一杯！”

欧阳山举起杯：“好，我们干杯！”

两人碰杯后一饮而尽。随后，欧阳山说：“阿华，你跟你奶奶、大娘、二娘她们敬酒！”

钟龙华答应一声后依次给奶奶、大太太、二姨太敬酒。

金师爷端起一杯酒说：“阿华，我敬你一杯！”

钟龙华慌忙站起身说：“师爷你坐下。我阿华是晚辈，应该是我给你敬酒才对。来，师爷，我敬你一杯！”

“阿华，你酒量不行，就随意喝。我干了！”金师爷把酒干了。

钟龙华把喝了一半的酒杯刚放下。

“阿华，你和师爷碰杯，师爷喝完了，你怎么可以喝一半？”欧阳山用长辈的口气命令道，“干了！”

钟龙华答应一声，只得端起酒杯干了。

二姨太给钟龙华空杯斟满酒，钟龙华说：“二娘，小侄酒量有限，的确不能再喝了。”

二姨太笑着说：“我跟你碰杯，这杯酒一定得喝！”

欧阳玉抢先端起钟龙华的酒杯说：“二娘，阿华不能喝酒，我代他跟你碰杯！”

“好，夫唱妇随！”二姨太说，“但你得答应我明年给生一个大胖小子。”

欧阳玉笑了：“好，明年我生一对双胞胎小子！一个我妈抱，一个二娘抱！”

“最好一胎生三个小子，老寿星也抱一个！”

众人哈哈大笑起来。二姨太和欧阳玉碰杯。

金师爷提着马灯，用人阿才扶着假装喝醉的钟龙华，穿堂过屋。金师爷一路上叮嘱：“唉！阿华，叫你少喝，你偏要喝。看看，醉成这样了吧！连大小姐也跟着喝醉了！小心！脚抬高些，过门槛啦！”

金师爷推开房门，招呼着把钟龙华放在床上。阿才给他把鞋子袜子脱掉，拉过被子给他盖上。

“喝，我们一醉方休！”钟龙华还在嚷嚷。

金师爷摇摇头说：“还喝？你看你醉成啥样了。你休息吧。阿才，我们走，把门关上。”

钟龙华见金师爷和阿才走了，急忙翻身起床下地。他检查了一下窗户，又把门闩闩好。然后回到床边，他往被子里塞上些衣服，伪装成一个人躺在里面。接着他把那张八仙桌移到屋的左边。一切布置好后，他把灯吹灭。自己则裹着一床被子坐到一个靠衣柜角落的一张椅子上，闭目养神。

钟龙华回想起这些天梦幻般的经历，这才真正感到自己现在的处境，真像马戏团里困在铁笼里的一只猛虎。怎么办？他知道，欧阳府现在就是一只大牢笼，外面布满了白湘君的便衣特务。他从欧阳山平静的表象中看出来了，欧阳山也已经对他动了杀机，就在今天晚上后半夜一定会动手。欧阳山是个老江湖，他不会顾忌什么救命之恩。而自己现在就像一只圈在羊圈里的待宰的羔羊，等待着这些屠夫随时动手。

怎么办？这时，他想起了欧阳玉。

他知道欧阳玉现在对自己一往情深，但他不想也不会去欺骗欧阳玉的感情。欧阳玉的感情很纯，清澈得就像一汪很深很深的清泉水。他看不清底，也看不到底。这几天，他一直在想这个问题。欧阳玉到底是什么人？学生？有几分像，但不完全像。她能文能武，英姿飒爽，像是受过专门训练的人。难道她是特工人员？他不敢往那边想，他也不敢把欧阳玉这么纯这么美的一个姑娘和一个杀人不眨眼的特工人员联系在一起。

她到底是什么人？

钟龙华努力控制自己，不让自己睡觉。

金师爷回到大厅后，欧阳山问："师爷，那个人怎么样？"

金师爷答："他喝醉了。"

"是真醉还是假醉？不会是装的吧？"

"不像，应该是喝多了，躺在床上他还嚷嚷着要喝酒呢。是阿才给他把鞋袜脱了，给他盖好被子。"金师爷说，"我们出门的时候，听见他打鼾了。"

"杀手都安排好了？"

"都安排好了。"金师爷点点头说，"他俩在门房边那间空房里待命，是'操刀手'梁坤和'鬼见愁'江飞。"

"这两人没问题吧？"

"没问题。这梁坤一把刀耍得出神入化，杀人不见血；江飞轻功了得，上梁蹿屋，如履平地。有他俩，万无一失！"

欧阳山点头："好！现在时间尚早，等天交三更时动手！"

6

夜深人静，欧阳府外的大街一片漆黑。守更人提着马灯，敲着竹筒，报着更，喊着平安无事，一路走过去。

欧阳府内，两条身影在寂静的院子里穿行。随后，这两人进入钟龙华住的那座房子。

房门边传来轻微的声音，一把刀尖从门缝中伸进来，把门闩向一边慢慢拨开。

门被轻轻推开了，梁坤和江飞轻手轻脚进入房间，在伸手不见五指的房间里摸索着前行。

梁坤站在床前，他手握牛耳尖刀，对着被子里的人奋力一刀刺了下去。

梁坤感觉那刀不像刺在人的身上。他随即伸手一摸，惊叫起来："不好！我们上当了！"

江飞一惊问："上什么当？"

突然，他腰上挨了一棍。江飞痛得大叫："哎哟！有人偷袭了我！"

梁坤赶紧说："我们散开，各自为战！"

梁坤向左闪去，他没想到钟龙华把桌子移到了左边。天黑看不见，一下撞在桌子角上，腰间隐隐作痛。他刚"哎哟"一声，钟龙华练就的夜战近战功夫大显身手。他站在八仙桌上，居高临下，顺手一棒，正打在梁坤左肩骨上。梁坤大叫："他在八仙桌上！"

梁坤强忍着疼痛，用刀往桌子上乱刺。江飞闻声也转向桌子上用刀乱劈。其实，钟龙华早就跳下桌子躲到柜子后。江飞一刀划过去，把梁坤半拉耳朵削了下来，顿时血流如注。

梁坤哇哇大叫："我的妈呀！我的耳朵耶！叫贼子给削了！"

梁坤顾不了许多，他往床上一滚，用被子蒙着头，退出了战斗。

江飞吓了一跳，自知刚才自己那一刀把梁坤的耳朵给伤了。他猛然感觉身后有响动，赶紧回身刺去，却扑了空。又感到有人在背后袭击他，忙反身用力刺去。就这样，他抡着刀转着圈，漫无目标地乱捅乱刺。他退到柜子边的时候，钟龙华向他腿上一棍扫去，一声闷响，生生地把江飞左小腿打断。江飞惨叫一声，扑倒在地。

江飞惊恐地大喊："好汉，别杀我！救命啊，救命啊！"

凄厉的喊声在欧阳府大院夜空中回荡，各个房间的灯相继亮了。

金师爷提着马灯，带着一干家丁赶忙过来。走进房间，只见钟龙华坐在太师椅上，江飞趴在屋中间地上，双手抱头大喊救命；梁坤则在被窝里捂着流血的耳朵瑟瑟发抖。

金师爷问："阿华，怎么回事？"

钟龙华摇摇头说："我也不知道。昨晚我喝醉了酒，正在床上睡觉，突然有人拨开门闩进来，对着我用刀又砍又刺！"

欧阳山斥道："一派胡言！你说他两个用刀砍你，怎么你没受伤？反倒是他两个伤成这样？来人！把他给我拿下！"

几个家丁上前欲抓钟龙华，欧阳玉闪身出来拦住。

"不准动他！"欧阳玉质问道，"爸，这事着实蹊跷。阿华昨晚和我明明都喝醉了。这两个人身穿夜行衣，短装打扮，一看就像个刺客。他两个半夜三更手持凶器偷偷闯进阿华的房间里，不是行凶又是干什么？把这两人抓起来一审就真相大白了。"

欧阳山训斥道："你丫头家家懂什么，把他们全部抓起来关押好，明天我要审讯！"

第五章
大红灯笼高高挂

1

大厅里，欧阳山坐在太师椅上，欧阳玉和师爷站在两边。

“爸，我明白了，这是一场你精心编导的谋杀！”欧阳玉说，“你背着我，找来两名刺客，半夜想把阿华杀掉！是吧？”

欧阳山停止抽烟说：“玉儿，爸就跟你打开天窗说亮话！他钟龙华横竖都是个死，他是共匪！这事白湘君已经知道了。他不死，我们家就有麻烦。”

“他不是共党。”

“哼！他不是共党？”欧阳山说，“他去元生堂大药房跟卫鑫接头，要不是你和我救他，恐怕他早就被抓了。你自己出去看看，大门外布满了白湘君的便衣暗哨！”

“不管他是什么人，我一定要嫁给他。”

欧阳山坚决地说：“不行，不可以！你不要这么痴情，我是不会同意的！”

“爸，我也实话告诉你，我已经是他的人了！”欧阳玉说。

“你……”欧阳山随即软了下来，和风细雨地说，“玉儿呀，你该好好想想，这包庇共党，绝非儿戏！那是要杀头的，要株连九族，要满门抄斩！”

“爸，你杀了阿华，女儿就跟着去死！”欧阳玉寸步不让。

“你敢威胁你爸爸？”

欧阳玉掏出手枪，打开保险，顶在自己的太阳穴上，认真地说：“你不答应，我就死在你面前！”

欧阳山大声呵斥道：“你敢？”

欧阳玉斩钉截铁：“我说到做到！”

金师爷赶紧上前劝阻说：“小姐，你可千万别做傻事啊！”

金师爷又转向欧阳山劝说：“老爷，你就答应小姐吧！小姐性子烈，从小就这样，说一不二，说到做到！你还不知道吗？”

就在这时，大门外传来一阵喧闹，大太太、二姨太扶着奶奶走了进来。

奶奶进门见欧阳玉用枪顶着自己的太阳穴，便哭了起来：“哎呀，我的心肝宝贝儿呀！你怎么可以这样拿枪对着自己哇？”

大太太几步上前，夺下欧阳玉手中的枪，泪眼婆娑地说：“玉儿啊，你有什么事跟妈说，跟奶奶、二娘说，我们会给你做主！你这么用枪对着自己脑袋，是好玩的吗？万一枪走火了怎么办哪？”

欧阳山叹息一声：“唉，都怪我从小把她宠坏了。”

二姨太问：“老爷，什么事闹出这么大的动静来？”

欧阳玉说：“二娘，他派人半夜来想把阿华杀了。”

奶奶、大太太、二姨太：“啊！这事是真的？”

“他要把阿华杀了，我也就跟着阿华去死。”欧阳玉说。

“你们知道不知道？”欧阳山说，“这个钟龙华是共党，是赤匪！”

奶奶、大太太、二姨太异口同声地问：“这是真的？”

“这个共党如果不杀！让白湘君知道了，给我们安上个通共窝藏共匪罪，那全家人都得坐牢，杀头！”

欧阳玉坚决地说：“我知道，阿华他不是共党，我要嫁给他！”

欧阳山也坚决地说：“不行，一定得把他杀了！”

“那你就干脆连我一起杀了！”

奶奶突然大叫一声，跌坐在地上，口吐白沫，人事不省。大太太急忙弯腰掐奶奶人中。

大太太、二姨太："妈，你醒醒!"

欧阳山一只脚单跪在母亲身边："娘，你醒醒!"

许久，奶奶才慢慢醒来，哭唱着："我的心肝宝贝呀！我的玉儿呀！你可千万不能去寻短见啊！奶奶我会替你做主哇！你要有个三长两短，奶奶也不活了……"

大太太哭着说："妈，你千万别这样说……"

二姨太问："我说老爷，我看这白湘君也没坐实阿华就是共党，他也仅仅是怀疑。"

欧阳山手指门外说："你去大门外看看，我家周围布满了白湘君的便衣暗哨。"

"这么说，他白湘君还没有真凭实据。"二姨太说，"你想，他要是掌握了真凭实据，白湘君早就进府来动手抓人了!"

金师爷点头："是呀，老爷，二姨太说得对。他白湘君也就仅仅是怀疑罢了。"

欧阳山也点点头："嗯，好像是这样。"

"他怀疑我们怕他做什么?"金师爷说，"强龙不压地头蛇，不鸟他!"

二姨太右手一拍右大腿："对，要我说呀！现在就叫玉儿跟阿华成亲!"

欧阳山一愣："什么？你支持他们成亲?"

"当然支持!"二姨太说，"不但支持，而且这亲事要办得大张旗鼓，张灯结彩，热热闹闹，还要遍请虎穴城里的各界名流、地方士绅、军政要人。"

欧阳山手指二姨太，不高兴地说："老二，你抽的是哪根筋？你是怕全城人不知道，我们家找了个共党女婿?"

"老爷，你还真的要给白湘君发张请柬，把白湘君、于副官请来。"二姨太说，"你想啊，他白湘君不是怀疑阿华是共党吗？你这么一来，就把他的怀疑消除了一多半。"

金师爷竖起大拇指：“对，二姨太说得有道理！虚则实之，实则虚之；虚虚实实，莫辨真伪。高，二姨太这主意实在是高！”

“对，”奶奶笑了，说，“老二说得非常正确！就这么定了。早办喜事，我早抱曾外孙！”

欧阳山想了想道：“暂时也没其他好办法。罢了罢了，死马就当活马医吧！”

二姨太上前轻拍欧阳玉的肩膀，说：“玉儿，你爸他答应了。”

房间里，钟龙华坐着，欧阳玉站着。

“事情我都跟你说明白了。”欧阳玉说，“这也是目前能想到的唯一的办法。我们成亲了，一可以解除白湘君对你的怀疑。而更重要的是，我们家有一条密道，直通城外后山。只有我们俩成亲以后，我才有可能向我爸拿到密道的钥匙，你才有可能自由出入密道，去做你想做的事情，去完成你想完成的任务。”

钟龙华沉思了一会儿说：“好吧，我答应和你成亲，但我俩暂时各睡各的，好吗？”

欧阳玉调皮地歪着头，笑了笑：“随便你。我就这么让你讨厌吗？好，我去跟我爸妈说，我们成亲的大喜日子就定在后天。”

2

欧阳府大门口，贴着对联，张灯结彩，一派喜气洋洋的景象。

欧阳山和大太太，站在大门口，迎接亲朋好友，跟每位来宾客套几句。

单老板偕三姨太来了，道喜说：“欧阳堂主，恭喜恭喜！”

欧阳山说：“单老板，同喜同喜！里面请！”

曾会长偕曾太太一起道贺：“欧阳堂主，恭喜恭喜！”

欧阳山说：“曾会长，同喜同喜！里面请！”

曾夫人说：“大太太，大前天打麻将才见着你女婿，这一转眼就成亲，速度真快!”

大太太说：“是呀，现在的年轻人呀，就讲究一个快字，这叫飞机速度!”

欧阳山说：“这不，时间仓促，没有准备，略备薄酒，不成敬意!”

曾夫人说：“只要人好，其他事小。我看你这女婿，一表人才，气宇轩昂，日后必出人头地！你们家阿玉，就是有眼光。大太太好福气哟!”

欧阳山和大太太齐声说：“过奖，过奖！曾会长曾夫人，里面请!”

卫鑫笑容满面地走了过来说：“表哥，表嫂，玉儿成亲这么大的喜事，也不给我发张喜帖，也不告诉我一声，把我当外人了。我还是听日升米行房老板说起，才知道的。”

欧阳山笑着说：“太太，怎么把这厮给忘了?！刚才我思来想去，总觉得少请了一个人，一时想不起来，原来是你。奇了怪了！怎么会把你给忘了呢?!”

“小弟我做了什么对不起哥嫂的错事，哥你尽管惩戒就是了。像玉儿成亲这么大的喜事，你不叫我出份大礼，要叫外人知道，我这脸面往哪里放?”

大太太说：“好！老表，里面请!”

突听金师爷大声喊道：“白司令长官到!”

欧阳山赶紧迎上前去，只见白湘君带着于副官和两个警卫走了过来。

欧阳山双手一揖，说：“白司令，今天是小女大喜的日子，时间仓促，略备薄酒。白司令肯赏脸，于百忙之中亲临寒舍，真是蓬荜生辉，不胜荣幸!”

白湘君说：“恭喜欧阳堂主！兄弟我略备薄礼，不成敬意!”

于副官叫警卫递上礼盒，金师爷接过。

欧阳山说：“同喜同喜！白司令，于副官，里面请!”

3

正午，唢呐高奏，鞭炮齐放，高朋满座，欢声笑语。

新郎新娘拜堂仪式开始。钟龙华西装革履，打着领带，头发梳得油光，更显得英俊潇洒，俨然一个新郎官。欧阳玉一改往日武装，穿一袭大红旗袍，一副大家闺秀风范，脸上洋溢着幸福的喜悦。欧阳玉是新式知识女性，所以没有戴红盖头。

司仪朗声喊道："一拜天地！"

新郎新娘拜天地。

"二拜高堂！"

新郎新娘拜高堂。

"夫妻对拜！"

新郎新娘相互对拜。

婚礼仪式完毕，酒宴开始。

欧阳山陪白湘君、于副官、曾会长、单老板等人一桌；旁边一桌是奶奶、大太太、二姨太、曾夫人、单姨太等女眷。

欧阳山说："小女完婚时间过于仓促，略备薄酒。来，白司令，吃菜！"

酒过三巡，白湘君说："欧阳堂主，我听说新郎官是广州人。你不妨叫他来敬酒，认识认识！我在广州驻军也是多年，也算是半个广州人啰！"

欧阳山说："好，师爷，你去叫阿华、阿玉，来给白司令以及各位嘉宾敬酒。"

金师爷答应一声："好。"

不大一会儿，金师爷把钟龙华、欧阳玉领过来了。

欧阳山说："阿华，玉儿，白司令乃我虎穴城的父母官，上马管军，下马管民。今天抽空来给你俩大喜的日子道贺。你夫妻俩先给白司令敬酒，然后给于副官敬酒，再给在座各位亲朋嘉宾依次敬酒。”

钟龙华、欧阳玉答应一声后来到白湘君跟前，给白湘君斟上一杯酒。

钟龙华、欧阳玉说：“白司令，我们给您敬酒了！”

白湘君两眼盯着钟龙华，一动不动，良久，他突然用白话问：“听说你是广州人？”

钟龙华随即用广州话答：“是呀，广州黄埔珠村。”

“你叫什么名？”

“钟龙华。”

“我当年在黄埔一带驻军多年，怎么没听说黄埔有一个珠村呢？”

钟龙华微微一笑：“有，我就是珠村人。白司令是日理万机，贵人多忘事，怎么会记得一个小小的珠村呢？”

此时，白湘君身后那个高个子警卫，弯下腰对白湘君小声耳语：“司令，黄埔确实有个珠村。当年驻军时我去过那里，离我们军营也就四十多里地。全村都是钟姓。”

白湘君眼一瞪，训道：“滚！你知道什么？”

白湘君继续用白话问：“听说你家里是做生意的？”

“是呀，家父在西关开了一家贸易货栈，主要经营湘粤赣的一些特产。”

“那你这次到虎穴来干什么？”

钟龙华说：“来收购一些山货土特产，比如玉兰片、茶叶、兽皮、药材等。”

“如今这世道，兵荒马乱的。”白湘君说，“山里有土匪，还有赤匪游击队，难道你就不怕吗？”

“我是生意人，不和这些人打交道。再说，我自有办法，只去村镇大地方。所以，来到贵地，以后还须仰仗白司令虎威，多多关照！”

欧阳山说：“白司令，别光顾着说话，来来来，大家一起动筷！”

曾太太摇摇头说：“这广东话就是难听。他两个说了半天，我是半句也没听懂。”

单姨太笑着说：“这是白话。要说好听，还是我们苏州话好听。”

二姨太模仿单姨太的吴语口音：“当然啦，侬苏州女人个个长得标致！柳叶眉，樱桃嘴，水蛇腰，十指纤纤，三寸金莲，白嫩白嫩。不知迷倒了多少富商巨贾，达官贵人！侬想想，单老板当年去了一趟苏州，一下子就被你勾上了！”

满桌人笑得前俯后仰。

欧阳玉笑盈盈地说：“白司令的白话说得好流利哦！我在广州四年，才学了几句夹生白话。来，白司令，我夫妻二人再敬您一杯，这叫好事成双！”

白湘君色眯眯地盯着欧阳玉，不怀好意地说：“虎穴城里出美女，此话不假。我看欧阳小姐就是虎穴城里的第一大美女！”

欧阳玉一笑说：“白司令过奖了！”

欧阳山端起酒杯说：“白司令，来，在座各位一起干杯！”

白湘君看了一眼钟龙华，语带双关，阴阳怪气地说：“欧阳堂主，你这个乘龙快婿可真不简单哪！人才，真正是个人才！”

众人一齐举杯：“干杯！”

夜，房间里。

“你看今天在筵席上，白湘君这只老狐狸，对你盘问来盘问去。”欧阳玉说，“他虽然没问出什么破绽，但他并没有完全解除对你的怀疑。”

钟龙华点点头：“嗯，白湘君的确是只老狐狸，以后得小心些他。”

“你这白话讲得真地道，纯正的广州口音，恐怕连土生土长的广州人也分辨不出来。”欧阳玉说。

“我在广州待了五年，学白话可费了心。”

“阿华，你要不要出去躲些时候?”

钟龙华摇摇头：“躲不是办法，多加小心就是了。我现在还真不能一走了之。我一走，白湘君的怀疑就坐实了，他们就会找你父亲要人。”

“好吧，明天我问我爸要来密道钥匙，以后你出去进来就可以直接走密道了。白湘君的那些暗哨守在大门外，他们不见你出去，也就放心了。”

钟龙华感激地说：“阿玉，谢谢你！”

“你怎么谢我？你拿什么谢我？”欧阳玉头一歪，嫣然一笑说，“记住，从今以后，我就是你名正言顺拜过天地、拜过高堂、夫妻对拜的‘三拜’妻子了！”

“好了，休息吧。你睡床上，我睡地下。”钟龙华讪讪地说。

欧阳玉固执地说：“不，你我是夫妻，夫妻就该睡一张床上。”

钟龙华笑了笑说：“阿玉，你忘了我们的约法三章?!”

欧阳玉狡黠地一笑：“此一时彼一时也。今天是新婚之夜，华哥，我不想让自己独睡空床。再说，那张床大着呢，一人一半，和衣而睡，谁也不侵犯谁。好吧?”

钟龙华默默无言。

欧阳玉说：“沉默就是同意。好了，我们休息吧！”

说完，她吹熄了灯。

4

夜，虎尾镇如意酒家，四个保安团丁正在猜拳喝酒，桌上杯盘狼藉。

一个年纪大的团丁喊道：“老板，再添两个菜！”

“好嘞！”谢明进来问，“军爷，要添什么菜?”

年纪大的团丁说：“来盘油炸花生米，再炒盘辣椒麂子肉。”

“军爷，不好意思，麂子肉没有了。”

年纪大的团丁说：“麂子肉好吃，偏偏没有了。好吧，那就换盘酸笋炒肚尖。”

“军爷，真不好意思，肚尖也卖完了。”

大胡子团丁急躁起来："他奶奶的！你叫不叫人喝酒？这样没有，那样没有，你开什么鸟店？"

谢明赔着笑脸说："军爷，饭店到打烊时候，一般都没什么菜了，该卖的都卖完了。"

大胡子团丁大怒，一巴掌扇过来，谢明机灵地一侧身躲过。大胡子收不住手，一巴掌扇在旁边一个胖子团丁的脸上。

大胡子团丁骂道："去，去你娘的！"

胖子团丁脸上白白挨了一巴掌，脸上火辣辣的，吐出一口血痰。他一看打他的是班长，也不好发作，一股怒气撒在谢明身上。他把桌子一掀，大骂："去你奶奶的！老子急了放一把大火，把你那鸟店烧个精光！"

这时，走进一名保安团队长，他问："什么人？狗胆包天！敢烧店？"

众团丁酒一下子醒了："报告队长！你来了？"

"你四个喝了几瓶猫尿，就在这里撒野，想吃霸王餐？"

众团丁说："不敢，不敢！"

"告诉你们！这饭店谢老板是老子表哥，以后你几个少在这里借酒装疯！"

"是，王队长！"

王队长怒喝一声："赶紧滚！"

众团丁争先恐后往外走。

王队长又大喝一声："回来，结账！你们准备赖账啊！"

大胡子团丁指着胖子："猪头，你去结账！"

胖子团丁赶紧说："我给，我给！"

"慢！你这损坏的杯盘碗筷，一起算清！"

"全部一块大洋。"谢明说。

胖子团丁给了谢明一块大洋，悻悻地走了。

谢明摇摇头说："这些人，难伺候，一不如意，就摔盘砸碗。今晚，多亏老表来了。"

"没办法，都是些兵痞，匪性难改。"王队长说，"平时在外面，也是专门欺负那些商家百姓。白吃白拿那是小菜一碟，更有甚者，就是欺男霸女。”

“老表，你稍坐一会儿，我去炒两个菜，我俩喝几杯。”谢明说。

谢明和王队长对坐喝酒。

谢明试探地问：“老表，前天一大早，我见胡镇长和胡团总亲自带着人在我店门口抓了一个什么共党。”

王队长神秘地说：“是的，这次我们胡镇长和胡团总可是立了大功啰！抓的是一个共党大官。听说，此人来头不小，是赤匪中央苏区派来的特派员。”

谢明问：“他自己招了？”

“屁，镇长、团总带着我几个审了一个通宵……”

那天，王队长在镇公所审讯室赤膊上阵，一鞭又一鞭地狠狠抽打王效。王效的衣服破了，脸上身上的鞭伤流着血，他咬紧牙关不作声。

王队长盯着王效问：“你说不说？共党派你来这里干什么？”

王效咬紧牙关还是不作声。

“你不说！老子一直抽你，抽到你说出来为止。看你嘴硬，还是我的皮鞭硬！”

王队长又抽了王效几皮鞭。

胡魁抽着烟劝说：“你还是从实招来吧，免受皮肉之苦。我们有确切情报，你是赤匪中央苏区派来的特派员。只要你把你所知道的一切从实招来，我们就……”

王效一口血吐在胡魁脸上，坚定地说：“呸！要杀要剐，随你们便！”

王队长赶紧用毛巾替胡魁擦干脸上的血，他转身从熊熊的炭火中取出烧得通红的烙铁，伸到王效胸前，恶狠狠地说：“你到底招不招？不招！我这一烙铁下去，就从你前胸进去后胸出来穿个洞！叫你生不如死去见阎王！”

王效轻蔑地哼了一声。

“我数五下，再不招，我就不客气了！一……二……三……”

胡三按住了王队长拿烙铁的手说：“王队长，不必动怒。白司令一再交代，此人是共党要犯，一定要活着押送到虎穴城。既然他不招，先把他关押好。后天一早我亲自带队把他押送到虎穴城，向白司令请功领赏。”

……

王队长喝下一杯酒说：“此人骨头硬，我皮鞭都打断两条，那些真正的共党分子，都是这个样！”

谢明给王队长酒杯斟满：“来，表弟，别光顾着说话。来，喝酒，吃菜！”

王队长醉眼蒙眬地说：“这……这是第几瓶了？”

“这第二瓶还有一半呢？”

“喝完这瓶不能喝了。每次喝酒都是你喝得少我喝得多。快醉了，不能再喝了。”

“没事，你酒量大。”谢明说，“老表，为什么不明天送非得后天往虎穴送呢？”

王队长打了个酒嗝说：“我们镇长择了个黄道吉日。再说，明天是圩日，怕人多，游击队浑水摸鱼。后天一早，镇长领着我们不走大路，走十八排那条小路，神不知鬼不觉地把他押送到虎穴城。嘿嘿！胡镇长说了，领赏后，每人发三块大洋。”

“老表，明天你又发财了。”

“发个屁！”王队长大发牢骚，“我们才有多少？听说这共党头目往虎穴城一送，起码三千大洋！这些都进了镇长、团总他们的腰包里。”

谢明笑了，说：“他们是镇长、团总，不能比！”

王队长捶了一下桌子：“他娘的！这就是不公平！冲锋时，老子带着弟兄们冒死在前！分赏时，老子还没他零头多！”

“表弟，你喝多了。”谢明轻声地劝道，“轻点声，叫人听见了不好。”

王队长火气更大："怕他个鸟！来，表哥，喝！干杯！今朝有酒今朝醉！"

5

箭山游击队营地。

"林春，今天你下山一趟。"罗威说，"去虎尾镇如意酒家，和谢明接一下头，看看有什么新的情报。"

罗红说："哥，我同林春一起去。"

罗威想了一下说："也好，你俩扮成夫妻，假装送柴火到如意酒家。快十天过去了，中央苏区派来的特派员一直没有消息。"

罗红羞红了脸："哥，你看你……"

"怎么？你要不好意思和林春扮夫妻就别去，我叫人家去算了。"

罗红嘟着嘴："不！我就要去。"

林春和罗红担着柴火，行走在山路上。

"春哥，我问你个事？"罗红说。

"阿红，你说。"

"春哥，我俩什么时候圆房成亲啊！"

"你说，我们什么时候成亲好呢？"

罗红嗔道："闹半天你还没跟我哥商量啊！"

林春一笑："对不起，阿红，我忘记了。"

"看来你的心里就没有我。这终身大事怎么会忘了！"罗红不高兴地说，"过了这个年你就二十六，我就二十四了。"

林春停了一下说："这段时间忙啊！对敌斗争又是这么残酷，形势紧哪！"

"我们本来就处在白色恐怖之中，什么时候斗争形势不残酷？什么时候不忙？"

林春沉默了一会儿说："好吧，阿红，等中央派来的特派员来了后，忙完这阵，我亲自跟特派员和你哥商量一下，定个时间，我们成亲。好吗?”

“到时候你别又忘记了。”

“这次不会忘了。万一忘了，你就提醒我。”

“你看你看，你这人就该拧耳朵。”

林春笑了:“阿红，拧耳朵就留着新婚那天晚上拧吧。到时，我让你拧个够。”

罗红嗔道:“贫嘴!”

林春手一指，说:“阿红，你看，前面就是虎尾圩了。”

罗红望着早晨阳光下炊烟袅袅升起的虎尾镇，兴奋地说:“春哥，我是第一次来虎尾圩，那村子真大啊!”

林春嘱咐道:“阿红，别说话了，马上就上大路，大路上赶圩的人多。”

虎尾镇如意酒家。林春和罗红来到饭店门口，林春大声喊:“老板，送柴火来啰!”

谢明闻声出来，见是林春，点点头说:“要，给我挑到后院。”

在后院，林春和罗红放好柴火。谢明把钱递给林春说:“给钱。”

谢明见四下无人，悄悄对林春说:“中央特派员已经到了。”

林春问:“他和你接上头了?”

“没有。”谢明说，“大前天他准备前来和我接头时，我亲眼看见他被保安队追捕。在我饭店门前，他掏枪打死了一个团丁，后被抓获。明天一早，镇长胡三，亲自带着保安队的几十号人，押解特派员到虎穴城。”

“情报来源可靠吗?”

谢明点点头:“绝对可靠！胡三对他进行了严刑拷打。我们的同志经受住了考验，他没有叛变。”

“他们走哪条路?”

“走十八排。”

“好，我们赶紧回去，明天一定要把特派员救下。”

谢明大声地说：“两位到前面店里喝口水再走。”

林春也大声地说：“不啦，多谢老板！我们回去了。”

6

崇山峻岭，一条大路蜿蜒在半山腰上。

前面一个班的保安团丁押着囚车，囚车里囚着王效。靠后一段距离，镇长胡三骑着马，和胡魁带着几十名保安团丁殿后。

一个结巴嘴团丁说：“队……队长，你说有……没有游……游击队来劫囚车？”

胡魁骂道：“去你妈的！乌鸦嘴，游击队来了先把你干掉！”

“弟兄们，大家精神点！”胡三鼓动大家，“等把共匪押解到虎穴城领赏后，每人发三块大洋，放假一天。吃喝嫖赌，谁想干什么就干什么！”

众匪兵乱叫：“好！好！”

十八排山嘴，大道在这里拐了一个急弯。一边山陡林密，一边是万丈深渊。游击队就埋伏在山陡林密处。

罗威对身边的林春说：“等前面的囚车那班人一过去，大树就倒下，把路堵死，把两边敌人分割开。我在这边挡住后面大队的敌人，你和罗红在那边带人火速冲下去消灭敌人救特派员。”

林春答：“是！”

“记住，第一要保证特派员的安全。”

“保证完成任务！”

“好！你们去吧。”

罗红指着远处路上，说：“哥！看，敌人来了。”

前面那班押解王效的敌人刚过了十八排山嘴的那道急弯，突听得一声大喊：“倒下！”伴随着“哗啦啦”的一声巨响，一棵浓密的大树从山上倒下，树冠正倒在大路上，把前面和后面两伙保安团分割在路的两边。

前面那班押囚车的保安团丁，被突如其来的大树倒地声吓得惊慌失措。林春、罗红带着一队人很快从山上冲了下来。林春大喊："缴枪不杀！"

众游击队员齐声大喊："缴枪不杀！"

一个团丁举枪对准林春，被罗红一枪击毙。

众游击队员和团丁展开了厮杀。跟在后面的大队保安团，一看前面大路被大树封死，顿时目瞪口呆。

罗威大喊一声："打！"

游击队立即向敌人开火，有几个保安团丁中弹倒地，众团丁乱成一团。

胡三大喊："大家不要慌！机枪，给我打！"

机枪手趴在地上，架好机枪，对着游击队开火。

林春一刀砍死了敌人的班长，敌人死伤惨重。

林春大喊："缴枪不杀！"

剩下三个保安团丁，见游击队人多势众，赶紧举手投降。两个游击队员把囚车打开，扶出王效。其中一个大个子队员，背着受伤的王效，上山钻进了密林。其他游击队员捡起敌人的枪支弹药，跟着钻进了密林。

罗威还在和胡三的大股敌人交火。高强、张猛居高临下，扔了几颗手榴弹，把敌人的机枪手和另外几个敌人炸死。罗威大喊："同志们，冲啊！活捉胡三！"

胡三吓得赶紧拨转马头，往来路方向逃窜。胡魁带着剩下的保安团丁，紧跟着胡三马后拼命逃，剩下几个，被冲下山的游击队员俘虏。

高强端着一挺刚缴获来的机枪，说："罗队长，我们缴获了敌人的一挺新机枪，我们游击队有机枪了！"

罗威大声喊："好！大家赶紧打扫战场。"

第六章
分身有术

1

游击队驻地房间里，王效躺在床上，下半身盖着被子，上半身脱去衣服，露出满身鞭伤。罗红、高英正用温盐水给他清洗伤口，两人小心翼翼地擦拭着。

罗红轻声问："同志，你痛吗？"

王效闭上眼睛，咬紧牙说："不……不痛。"

"你坚持一会儿，马上就好了。"

这时，罗威和林春走了进来，两人站在王效跟前，罗威轻声地喊道："同志。"

王效睁开眼睛，盯着罗威问："你们是……"

林春介绍说："我们是箭山游击队的，这位是游击队队长罗威同志。"

王效惊喜地伸出一只手，紧紧地握住罗威的手，他想起身，激动地说："箭山游击队！罗威同志，我终于找到你们了！"

罗威轻轻地按住王效问："你是……"

"我是苏区中央派来的特派员，王效。"王效自我介绍说。

"你躺着，你躺着！不要起来，你有伤！"罗威紧紧地握着王效的手激动地说，"王特派员同志，我们知道得太迟了，让你受苦了！"

王效眼睛都湿润了，声音有些哽咽地说：“罗威同志，真没想到，我们会在这种情形下见面。我是在去如意酒家接头时，被敌人盯上后被捕的……”

罗威替王效压了压被子说：“你的一切情况，我们都清楚。面对敌人的刑讯拷打，你经受住了考验，表现出了一个共产党员应有的气节和坚强！”

王效笑了笑，说：“我相信，这是每一个真正的共产党员都应该做到的。”

“阿红，”罗威吩咐说，“你和阿英这段时间负责照顾王特派员的伤势，把我们留的那点最好的消炎药给王特派员用上。”

王效感动地说：“罗威同志，我建议把药给更需要的游击队伤病员用。其实，我只是些皮肉伤，休息一个星期后自然就好了。”

“王效同志，你好好休息静养。”罗威说，“等你养好了伤，我们再谈工作。”

王效点点头，他看着罗威和林春走了出去。

2

胡三和胡魁如丧家之犬，狼狈地逃进白匪司令部。

胡三痛哭流涕地说：“白司令，你得救救我！我这次损失惨重，血本无归呀！”

胡魁一头跪倒在地，一把鼻涕一把泪，呜呜呀呀地哭。

白湘君和于副官正在办公室商量事情，见胡三和胡魁如此狼狈，白湘君皱皱眉说：“胡镇长、胡团总，你们这是干什么？哭哭啼啼的，成何体统，成何体统啊！”

胡三哭诉道：“白司令、白司令，今天我们押送共党要犯王效。我说走大路安全，你偏偏安排我要走小路，而且一定要走那个十八排。好了，结果，在十八排山嘴那个地方，我们被共党游击队打了个埋伏，机枪、步枪、大炮、手榴弹一阵猛打，我们抵挡不住哪！共党那个要犯被游击队劫走了，我还白白搭上了二十好几个兄弟的性命，真是鸡飞蛋打！”

白湘君正色道：“胡镇长，你没被共匪游击队吓破胆吧？”

胡三拼命摇头说：“没，没有呀！”

“你没说胡话吧？”

“没有，白司令，”胡三反问，“白司令，你这话什么意思？”

“你确定那个共党要犯被游击队救走了？”

胡三赌咒发誓：“白司令！这么大的事我还能造假吗？我亲眼看见游击队砸开囚车，劫走了那个共党要犯！”

白湘君大喜：“好！胡镇长，当初抓住共党要犯，你是大功一件。这次被游击队劫走要犯，你同样是大功一件。有奖！”

胡三和胡魁听得目瞪口呆，张大着嘴，合都合不拢。

胡三疑惑地问：“白司令，你不会是在耍我吧？”

白湘君拍了拍胡三的肩膀，笑着说：“胡镇长，我白某说话从来算数。”

“真的？”

白湘君转身对于副官说：“于副官，去给胡镇长拿两千大洋赏金。”

胡三赶紧又说：“白司令，我还损失了二十几个弟兄呢！”

白湘君大方地说：“好吧，再给胡镇长两支驳壳枪，二十支长枪，一挺机枪，五千发子弹，再加抚恤金三千大洋！”

胡三受宠若惊，感激涕零地说：“白司令大恩大德，本镇长铭记在心。以后只要白司令一声令下，兄弟我上刀山，下火海，万死不辞！”

胡魁跟着大献殷勤：“白司令是我们的再生父母！我们赴汤蹈火，永远跟着白司令！”

白湘君摆摆手，说：“好了，你们跟于副官去领赏吧。”

胡三、胡魁一鞠躬：“谢谢白司令！”

胡三和胡魁领完赏走出司令部大门。

胡三忍着笑说："兄弟，千古奇闻！我来的时候还以为这次完了。吃了败仗，损兵折将，还丢了共党要犯，搞不好我两个会'叭'一声吃枪子儿。所以我呀，一见白司令面我就痛哭流涕，像死了爷娘样号哭起来。"

胡魁点着头说："我也是，我也是，我也像死了爷娘样跟着号啕大哭。"

胡三笑着摇摇头说："没想到因祸得福，白司令不但没处罚我们，反而有奖！想不到打败仗比打胜仗还划算。千古奇闻！"

胡魁高兴地说："哈哈，真是千古奇闻！"

3

欧阳府新房间内，钟龙华和欧阳玉坐着说话。

"阿玉，今天我有事必须出去一趟。"

欧阳玉正在梳头，问道："去哪里？"

"我去虎尾镇。"

"好吧，我爸昨天把地道的出口钥匙给了我。走，我送你出去。"欧阳玉放下梳子说。

欧阳玉领着钟龙华穿堂过屋，来到后院。后院西北角三间瓦屋，正门上一匾书：颂经堂。两人走进厅堂，堂中香案上供着一尊观世音菩萨，香烟缭绕。

欧阳玉说："这是我奶奶初一、十五打坐诵经的地方。"

欧阳玉转到观音像后，神案上又有一座莲花座观音小铜像。欧阳玉按了三下观音的左眼，接着又按了一下观音的右眼，观音像自动移开，露出一个锁孔。欧阳玉把钥匙插入锁孔，然后向左转了三圈，后墙随即移开一个半人多高的洞口。欧阳玉用手电筒照着，弯下腰领着钟龙华进入洞中。

钟龙华惊叹：“这洞好大，在里面能跑步。”

“洞有三里地远，直通城外东山。”

“这样来去就方便了。”

欧阳玉指着墙上的一处小孔说：“你回来时，把钥匙插入小孔，然后向右转三圈，门就自动开了。你切记，出来是向右三圈，跟进洞时正好相反。”

“好，我记住了。”

“你复述一遍。”

钟龙华复述：“进洞时，先按观音像左眼三下，再按一下右眼。插入钥匙后向左转三圈，门就开了。回来时插入钥匙向右三圈，出洞后复原。”

“对，早去早回，再见！”

“再见！”

欧阳玉深情地说：“阿华，我等你平安归来！”

4

虎尾镇如意酒家。一大早，老板谢明刚刚打开店门，于副官就领着几个便衣挤进门来。

谢明忙拦住说：“客官，小店刚开门，尚未生灶火，暂不营业。”

一个麻脸特务用枪顶住谢明后腰，低声喝道：“爷们儿不是来吃饭的，不许喊！”

谢明茫然道：“你们是……”

于副官一挥手，一胖特务用块布堵住谢明的嘴，推搡着上了二楼。

二楼房间里，于副官坐在一张椅子上，谢明被两个特务一左一右夹着。

不一会儿，又有两个特务把谢明的妻子和一双年幼的儿女五花大绑着推了进来。一双儿女哭哭啼啼，叫着爸爸，让人揪心。

于副官端坐在椅子上，跷起二郎腿说："先把那对儿女的嘴给堵上，押下去！我先跟谢老板谈谈。"

两个特务把一双儿女的嘴用布堵上，然后带了出去。

于副官点点头说："谢老板，我今天来，是想和你谈一笔生意。"

谢明摇了摇头："老板，你一定搞错了。我只开饭店，不会做生意。"

"我没有搞错。"

"你要多少钱？你开个价，请放了我老婆孩子。"

于副官仰天一笑："哈哈，到现在你还以为我们是山寨绑架勒索的土匪吗？错，错，错，你大错特错！"

谢明疑惑地问："那你们是……"

于副官收起笑脸说："好了，我不跟你兜圈子了，告诉你吧，我们是虎穴城剿共司令部的。这会儿你总该明白了吧。"

谢明又摇了摇头："我还是不明白。长官，我看你是真的搞错了。我一介良民，本本分分做生意，从不违法，凭什么抓我？"

于副官一声冷笑："哼，好一介良民！我看你是不见棺材不掉泪！告诉你吧，虎穴城西大街元生堂大药房的老板卫鑫，已经供出了你。我们之所以前些时没有抓你，是要利用你给山上的游击队送一份情报。"

谢明大叫一声，挣脱了两个特务，他向门口跑去。刚到门口，被门外的另外两个特务用枪逼回房间。

特务说："你跑呀，回去！老实点！"

"谢老板，我看你还是老老实实地跟我们合作吧。"于副官说，"我们里三层、外三层，把你的饭店围得铁桶似的，谁都休想跑掉。我们知道，你们中央苏区派了一个特派员来虎穴，对吧？就这两天，他一定会来跟你接头。我的要求非常简单，只要那个特派员来跟你接头时，你给我们发一个暗号就行了。"

谢明沉默不语。

“你夫妇同我们的人一起下去。”于副官警告说，“记住，自然一些，跟平常待客一样。我警告你，千万别跟我耍滑头！你记住，你们的一双儿女在我手上。刚才你们也听见，一双可爱的儿女哭爹喊娘的揪心哭声。他们的生死由你们夫妇决定！”

特务们把谢明两口子带出房间。

于副官对麻脸特务说：“你去把饭堂的伙计都换成我们的人，再安排四个人在一张桌子上喝酒。一旦姓谢的确认目标，发出暗号，立即给我拿下！”

麻脸特务答应一声：“是！”

5

中午时分，虎尾镇赶圩的人越来越多，大街上人来人往，熙熙攘攘。化了装的钟龙华戴礼帽，架墨镜，八字胡，长衫马褂，手持一根文明棍，一副中年绅士的样子。在大街上悠闲地走着，向如意酒家走去。

如意酒家，坐了不少客人。一张桌子上，刚坐下一位也是戴礼帽，架墨镜，八字胡，长衫马褂，手持一根文明棍的中年绅士。谢明过来给他点菜。

谢明问：“这位老板，你要吃点什么？”

中年绅士坐下，说：“来一盘炒肉片。”

“好，一盘炒肉片。还有？”

“再来盘小炒鱼。”

“老板，不好意思，本店今天没有鲩鱼。”谢明说，“只能用鲢鱼块做小炒鱼。”

中年绅士瞪了谢明一眼。中年绅士说：“这算什么小炒鱼？不要！给我来半只卤鸭。记住，我要鸭屁股。外加一壶上好的水酒。”

谢明喊道：“好嘞！老板，你先喝茶，菜马上就好。”

谢明刚走到大门口，正好钟龙华走进店内，两人四目对视。

钟龙华问："老板，有座吗？"

谢明点点头："有，先生几位？"

"就我一个。"

"好嘞，这边请。"

谢明领钟龙华到一张靠后院窗户的桌子前坐下，谢明说："先生请点菜。"

钟龙华扫了一眼周围环境，感到有些险恶。他顿时明白这位联络员同志安排他到窗口坐的良苦用心。他不动声色地说："简单点，就来盘小炒鱼，一碗米饭。"

谢明一笑，说："先生，不好意思，本店今天没有鲩鱼，只能用鲢鱼块做小炒鱼。"

钟龙华点了点头："鲢鱼好哇，连年有余嘛！吉利，吉祥！"

谢明一惊，暗号对上了，便说："鲢鱼吃也可以，就是刺太多，你小心刺卡喉咙啰！"

钟龙华警觉地用眼角扫视了一下周围。他明白，这是联络员在用暗语警告他：小心，危险，周围有很多敌人！

钟龙华淡淡一笑，说："不碍事，我经常吃鲢鱼。"

谢明扫了一眼，见旁边桌上的四个特务都看着他，把手伸向后腰，显然是在准备掏枪。门口的两个特务也在向这边移动。情况万分紧急！谢明灵机一动，转身走到正在喝酒的中年绅士跟前，一把压住他端酒杯的左手，大声说："先生，上次你还欠我一块大洋！"

中年绅士一怔："你这话什么意思？"

刚刚准备冲向钟龙华的两个特务一愣，赶紧一个急转身冲向中年绅士，一左一右，按着中年绅士的肩膀。那中年绅士也非善茬，反应快，身手十分了得。只见他右脚用力一跺，右边那个特务痛得立马松了手，抱着自己的脚跳着叫喊起来。他双手向后抓住左边特务的一只手臂，一个大甩背动作，把那特务生生地甩到桌子对面去了。后面的两个特务刚好到他身后，一左一右用枪顶住他的后腰。

特务喝道："不准动，把手举起来!"

中年绅士同时把两支手枪拨开，一转眼，右边的手枪到了他手上。他左手向后猛一砍，正砍在左边特务脖子上。那特务惨叫一声，倒在地上。

饭店里顿时大乱。那些吃饭喝酒的顾客，见真刀真枪地打起来了，吓得一个个夺门往外逃，有的一头钻到桌子下面。

中年绅士对天开了两枪，大喊："大家都不准动！谁动老子就毙了他!"

几个特务都站着不敢动。

中年绅士指着麻子特务，命令道："你，把手上的枪扔给我!"

麻子特务把手枪扔在他面前的桌子上，中年绅士伸手去抓枪。

就在这时，一个特务趁机在背后偷袭。特务用枪柄猛砸他的头一下，中年绅士倒地。

谢明见特务们已被引向那中年绅士，又见钟龙华已经从窗户跳到后院，便往厨房退去，站在厨房边的那个光头胖特务用枪顶着他。

光头特务厉声地说："别动!"

谢妻正在厨房炒菜，她见那特务用枪顶着谢明。她端起炒锅，从背后把一锅滚烫的小炒鱼全扣在那特务的光头上，那特务惨叫一声，倒在地上。

谢明快速捡起特务的手枪，跟老婆说："走，快去救孩子!"

谢明冲上楼梯，只见一个特务正端着枪从上往下。谢明开了一枪，将特务击毙，特务的死尸顺着楼梯滚了下来。于副官突然出现在楼梯口，向谢明开了一枪，击中谢明左臂。谢明回了一枪，没打中。谢明身后一个敌人趁机向他开了一枪，击中右胸。谢明回身向敌人射击，把那敌人击毙。于副官趁机站在楼梯口，对准谢明连开数枪，谢明倒在楼梯上。谢妻手握菜刀，对着楼梯口另一个特务就是一刀，那特务倒在地上，头上血往外喷。谢妻见谢明被于副官打死，举着菜刀发疯般地冲上楼梯。于副官对准她开了两枪，谢妻倒在谢明的身边。

于副官大喊："快，刚才跳窗逃跑的那个人才是真正的共党！"

几个特务追了出去。

于副官走下楼梯，走到中年绅士跟前。只见中年绅士慢慢地从地下站了起来，满头满脸满脖子全是血。他犹自嚣张地叫喊："狗日的王八蛋！你们敢打老子！看老子怎样活剥了你们！"

于副官冷冷地说："你算什么东西，在这里牛皮哄哄？"

这中年绅士是南乡村的保长，叫南亭。南亭平日里横行乡里，欺男霸女，骄横惯了，如何受得了那鸟气？

南亭喊道："你们打听打听，老子是南霸天！"

正在这时，胡三和胡魁带着几个保安团丁闯了进来。

胡三一怔说："这位不是南亭老弟吗？你怎么弄成这样？"

于副官问："胡镇长，你认识他？"

胡三点点头："于副官，这位是南乡村保长南亭老弟，人称'南霸天'，自己人。"

于副官赔笑："原来是南兄！怪不得这么牛！南兄，不好意思，多有得罪。我们也是在执行公务。"

南亭哼了一声。

胡三哈哈一笑："这真是大水冲了龙王庙，一家人不认识一家人。"

于副官一挥手："走，快去追共党！"

于副官带着一干特务追了出去。

钟龙华见谢明为自己引开了敌人，忙起身推开窗，跃出窗外。他脚刚落地，两个躲在后院的特务就扑了上来。钟龙华闪身让过先扑上来的特务，后心一拳，把那特务打趴在地。另一个特务刚好到跟前，用枪指着他："别动，举起手来！"话没说完，钟龙华迅速抓住他握枪的手往上一抬，枪响。他顺势夺下枪，向特务开了一枪，特务中弹倒地。他快速向后墙跑去。原先被打倒的那个特务忍痛爬起身，向他射击，一边大喊："在这里！抓住他！"

钟龙华见后面那个特务向自己开着枪追了过来。他回身一枪，击中了那特务握枪的手背，枪掉在地上，那特务慌忙趴在地上不敢动弹。钟龙华几步冲到围墙根，纵身一跃，抓牢墙头，向上一纵，上了围墙。

正好一群特务冲进院子，子弹在他身前身后呼啸。

于副官在后面大喊：“快！别让共党跑了！”

钟龙华翻墙跳下，脚刚落地，只见一个穿黄军装的白狗子端着枪刺，奋力向他刺来。钟龙华闪身躲过。那白狗子刺刀正刺在钟龙华身后的一棵大魔芋的主秆上。因为用力太猛，整个枪刺卡在魔芋秆上，一时拔不出来。那白狗子见钟龙华拳头砸到，慌忙松开手招架。这时，另一个白狗子也端着刺刀刺过来。钟龙华闪身让过一把抓住枪管往旁边一送，这一枪正刺中第一个白狗子的腹部。那白狗子惨叫一声，手指点着那白狗子说：“你……你……” 话没说完，眼见着没气了，倒在地上。

另一白狗子见状，吓得丢下枪，回头就跑。钟龙华抬手一枪，白狗子应声倒地。

于副官带着一伙特务追到围墙外，只见两具白狗子的尸体横躺在地上，其状可怖，哪里还有钟龙华的踪影。

于副官大喊：“快给我追，一定要把这个危险的共党抓到！”

麻子特务说：“于副官，那人踪影不见，往哪儿追？”

于副官急切地说：“往那边，这边！往四面八方，分头追！务必抓住，快！”

小个子特务报告说：“报告于副官！刚才跑的那个共党，很像是欧阳堂主的新婚女婿。”

于副官一惊：“什么？你说他是欧阳堂主的新婚女婿钟龙华？”

小个子特务说：“是，我又有些不敢确定。”

“你这是什么意思？”

小个子特务说：“那天新婚时，他春风得意，没有胡子。今天他戴着墨镜，留着八字胡。可是我看他身形举止，分明就是那个欧阳堂主的女婿，跑不了！”

于副官瞪着牛眼问：“到底是，还是不是？你确定?!”

小个子特务摇摇头："还是不能确定！"

于副官伸手一巴掌，掴在小个子特务的脸上，骂道："混蛋，饭桶！"

于副官大声喊："都给我回来！"

特务们一个个气喘吁吁地跑回来。

麻子特务问："于副官，我们不追啦？"

"哼，跑得了和尚跑不了庙，我要叫他现出原形！"于副官手一挥，说，"走，回欧阳府去等他。"

6

欧阳府大门外，一辆军用吉普和载满白军的两辆卡车骤然停在欧阳府大门口。于副官先下车拉开车门，白湘君走下吉普。于副官指挥众兵包围欧阳府。

于副官命令："一排正门、左边，二排后门、右边，四面包围，快，快！"

白湘君和于副官走到欧阳府大门口，欲进门，被七八个白虎堂弟子拦住。

于副官厉声喝道："谁敢阻拦，格杀勿论！"

身后匪兵听到命令，都端起了枪，枪栓拉得响成一片。那白虎堂弟子也都掏出了枪，双方对峙着。

欧阳山、欧阳玉、金师爷一行出现在大门口。

欧阳山摆摆手下令："把枪放下！"

众弟子把枪收起，欧阳山冲白湘君一抱拳："白司令大驾光临，有失远迎！"

白湘君哼了一声说："欧阳堂主，你知罪吗？"

"白司令此言差矣！我欧某一贯守法，不做违法之事。"欧阳山说，"不知罪在哪里？"

白湘君冷笑一声说："好一个一贯守法！欧阳堂主。今天我们在虎尾镇布网抓捕一个共党特派员要犯，有人认出这个共党特派员，就是你的新婚女婿钟龙华。"

"是真的吗？"

"是真的。此事千真万确！"于副官说。

"那恭喜司令，抓到了共党特派员要犯！让我见一见他如何？"

"可惜我们当时没抓住，让他给逃了。"

"白司令，你们的人怎么可以红口白牙信口雌黄凭空诬陷好人？"欧阳玉气愤地说，"这些天阿华天天都在府里，从未迈出府半步。你们的人怎么就看见他在虎尾圩上，真是活见鬼了！"

金师爷接道："是呀，我们姑爷中午还和一家人一起吃饭，怎么会突然出现在三十多里外的虎尾圩上？还和你们这么多人打打杀杀？！你们布下了天罗地网，居然还叫他逃脱了。你们是不是在编一个故事？"

"当时在虎尾镇如意酒家，在他和他同党接头时，我们正要抓捕他时，被他逃脱了。"于副官说，"不过，我一个手下认出了他。他确确实实是堂主的女婿。"

欧阳山责怪道："你们当时就应该抓住他，不让他跑了，不就铁证如山？我自然就无话可说。你们在我家四周放了这许许多多便衣暗哨，他怎么可能来无影去无踪呢？他是土行孙还是孙悟空？"

"欧阳堂主，你让我们进去找找。"白湘君说，"只要见了贵女婿，我们自然无话可说。"

于副官肯定地说："我相信他现在还在城外。他两条腿不可能跑过我四个轮子的卡车。"

欧阳山质问："这朗朗乾坤，青天白日，强闯民宅，党国还有王法吗？"

"欧阳堂主，得罪了！"白湘君说，"今天，我们是非进去不可！"

于副官举枪的手一挥："走，进去！"

众白虎堂弟子又拔出手枪："不许进！"

于副官黑下脸：“全体准备开枪，预备……”

“让他们进去搜吧！”欧阳玉一摆手，“白司令，请！”

欧阳玉紧跟在白湘君身后，右手伸在裤袋里，紧握着那支勃朗宁手枪。

颂经堂的地道口轻轻地开了，重新化了装的钟龙华钻了出来，然后把地道口复原。

欧阳山带着白湘君一行人穿过院落，来到一处厅堂。

于副官问：“欧阳堂主，钟龙华住在哪个房间？”

欧阳玉左手一指说：“就住在这里。”

于副官抢先一步，左手推开虚掩的大门，右手握枪指着里面。只见大厅里的钟龙华，两手背在身后，手拿一卷书，慢慢地踱着步。口中平仄有声，正在背诵苏东坡的诗《题西林壁》：“横看成岭侧成峰，远近高低各不同。不识庐山真面目，只缘身在此山中。”

众人都呆站在门口，欧阳玉把一直握枪的手抽了出来。

7

清晨，游击队驻地，林中百鸟齐鸣。

王效走出屋，在林中小路上漫无目的地走着。两个战士和他打招呼：“特派员早！”

王效点点头：“早！”

王效走到一户人家门前。这是山坡上独户人家。他走进院子，院子里坐着一位老人。老人正用篾刀削着竹扦。旁边是一堆削好了的竹扦。

王效打招呼：“老人家，早上好！”

老人赶忙应答：“呵呵，是新来的王特派员。早上好！”

“老人家，怎么称呼你啊？”

“这游击队的人都叫我老根爹。”

“老根爹，你削这么一大堆竹扦做什么用啊？”

“这个呀，是用来杀白狗子的。”

王效拿起一根竹扦，看了看，也就尺把来长，一端削得锋利无比。握在手里，倒像一把匕首。王效握着挥舞了几下问：“这怎么杀敌人？”

“我们在树林里挖一个大坑，坑底插满竹扦，上面再用木棍架好，铺满树枝树叶，然后撒上土，叫敌人看不出来。”老根爹比画着说，“白狗子一旦掉下去就给他戳上十个八个洞，那是九死一生啊！每年也得杀他十来个白狗子。”

王效惊出一身冷汗说：“那我们自己人也得小心哪！”

老根爹笑了：“我们自己知道陷阱布在哪里。这是专门用来对付那些来偷袭我们游击队的敌人。”

王效问：“老根爹，你有几个孩子？”

“我就三个儿子，没有妹子。”老根爹说，“老大、老二跟着毛委员去了瑞金。老三现在也在你们游击队上，大名叫陈宝，小名叫小宝。家中就我老两口喽！”

“老根爹，罗队长他们去哪里了？”

“罗队长他们都在村祠堂里学文化。”

“祠堂在哪里？你领我去吧。”

老根爹起身说：“没多远。好，我领你去。”

祠堂里坐着很多游击队战士，罗威和林春也在那里，罗红正在教大家识字。黑板上用粉笔写着很多字，罗红用根小木棍指着其中两个字念：“红军！”

大家齐声跟着念：“红军！”

罗红又指着两个字念：“瑞金，这是我们中央苏维埃政府的首都，瑞金！”

大家又跟着念：“瑞金！”

老根爹领着王效走了进来，走到罗威身边。

罗威见王效进来，忙站起身：“特派员，你的伤恢复得怎样？”

“好了，完全好了。”王效说，“可以跟同志们一起翻山越岭行军，一起打仗！”

“那就好。”

王效向大家说：“大家继续学习吧，不要因为我来了就耽误了同志们学文化。”

罗红笑着说：“王特派员，你来了正好。我们游击队的战士们大家都不识字，就我读了两年私塾，在这里充先生。”

罗威笑了，说：“这叫山中无老虎，猴子充霸王！”

“哥，现在王特派员来了，”罗红说，“王特派员是见过大世面、有学问的人，还是让王特派员来教大家吧。大家说好不好？”

众人齐声：“好！”

罗红带头鼓掌：“大家一起鼓掌，欢迎王特派员给我们讲课。”

众人一起鼓掌欢呼：“欢迎王特派员给我们讲课。”

“同志们，大家这么热情，我是盛情难却了。”王效摆摆手，“好吧！我没有准备，我给大家讲什么好呢？”

陈宝说：“特派员，你给我们讲打仗的故事。”

高强说：“就给我们讲苏区反‘围剿’的故事。”

罗红说：“我正在教大家认瑞金二字。王特派员，你从瑞金过来。要不，你就给我们大伙讲讲我们中央苏区的首都——瑞金。我们大家都没去过。”

罗红的提议正中王效下怀。他没有真枪实弹地跟红军打过仗，这些反“围剿”打仗的故事他一时半会儿还真瞎编不来。虽然他也没有去过瑞金，不过他却在情报处看过一本图文并茂关于瑞金简介的小册子。

于是，王效海阔天空地跟大家伙讲，大家认真地在下面听。他讲了中央所在地叶坪（不过，此时王效并不知道中央政府驻地早已搬到了沙洲坝），但这丝毫不影响大家的热情。因为在座的人都没有去过瑞金……

从祠堂里出来，罗威和王效并肩走在村中石阶小路上。

“这次中央派我到箭山游击队来，首要的任务就是要我们扩大队伍，争取到明年底我们这支游击队扩大到一千多人。”王效说，“然后配合中央红军一起去攻打并夺取赣州、吉安、南昌等这样的中心城市。”

“一年就扩大到一千多人？”罗威吃了一惊，“这等于扩大十倍。可是钱呢，枪支弹药呢？这些怎么解决？”

“罗威同志，你的思想太滞后了。”王效批评道，“这是党中央对我们的要求，这是任务，我们必须无条件地完成。现在全国的革命形势一片大好，对我们非常有利。没有钱，没有枪支弹药，我们可以去夺取敌人的粮食钱财、枪支弹药。我们红军当初不是什么也没有吗？到现在我们已经有了十万精兵，我们粉碎了敌人的四次‘围剿’，第五次反‘围剿’我们马上又要取得决定性的胜利！离全国解放的日子已经为期不远了！”

王效慷慨激昂地说着。

王效的情绪很快影响了罗威。罗威想，到底是党中央派来的，说话一套一套的，分析透彻，有感染力，有水平。以后和这样的人共事，游击队有这样的领导，不久就会发展壮大起来。离全国解放的日子也许真的为期不远了。

罗威感慨地道：“王效同志，我的思想真是落后了。革命形势发展得真快。我们在这山沟里，消息闭塞，看不到这大好形势！”

王效激动地说：“现在国际形势对我们非常有利，我们有强大的苏联支持。除了中央根据地，我们还有川陕、鄂豫皖、赣东北、湘西等大小十几个根据地，人口有几百万之众。国民党不得人心，中国革命正在走向全面胜利！”

罗威激动地说：“好！我们坚决执行党中央的要求，加紧扩红，壮大队伍。”

“所以……”

王效话没说完，突然，从后山传来几声枪响，接着有人在大声喊：“抓住他！”

一名游击队员持枪跑了过来，罗威问：“什么情况?”

游击队员上前报告：“报告队长，报告特派员，我们在后山抓到一名奸细!”

罗威说：“走，特派员，我们过去看看。”

第七章
神秘的大桥

1

几个战士押着五花大绑的赵栋过来。王效和赵栋四目对视，王效心里暗暗吃惊。王效向赵栋眨了两下眼，赵栋心领神会。他知道王少校一定会设法救他。

陈宝过来报告：“队长，这家伙在后山鬼鬼祟祟的。我们叫他站住，他就跑，还开枪把我们一名队员的左手臂伤了。这是缴获他的手枪。”

罗威摆弄了一下手枪说：“好家伙！这是正宗的德国造，军队制式手枪。不错，比我的那支好。王特派员，你还没有枪，这支枪就给你用。”

王效接过枪说：“好，谢谢！”

罗威问：“你叫什么名字？是干什么的？”

赵栋一哈腰说：“长官，小的叫刘东，是做生意的。”

“你做生意的跑到这深山老林来干什么？”

“长官，我是专门到深山老林来收购一些山货药材的。”赵栋说，“我也是迷路了，误入了贵军驻地。冤枉，实在是冤枉！”

罗威又问：“你收购山货，带这么好的枪干什么？”

“长官，如今兵荒马乱，土匪如毛，世道不安宁，我带枪也是为了防身。”

“你这支枪，分明是军队上的武器！”

“不瞒您说，长官，那是我花了十块大洋从一个兵痞手里买来的。”

“我们的战士叫你站住，你为什么还开枪把我们的人打伤？”

“这都怨我。”赵栋狡辩道，“他们几个一叫喊，我以为碰上了土匪，一慌张就开枪了。小的该死，小的实在该死！”

“队长，你别听他狡辩！他分明是个奸细，不打他是不会招的。先把他吊起来，鞭子抽他一顿，他受不了，自然就乖乖地招了。”陈宝说。

赵栋大喊：“冤枉呀长官，我真的不是奸细！你们要赎金，要多少？我写信叫家里人送来给你们，你们可千万不能打我啊！”

罗威命令道：“先把他押下去，关起来，回头我再细细审他。”

夜，寂静的山村。赵栋被关在一间黑暗小屋里。院子里，一个岗哨正在来回走动。

赵栋大声叫喊起来：“喂，你们什么游击队！我看就是土匪！”

岗哨凑近窗户说：“你叫喊什么？你敢骂我们是土匪？找死啊！”

“我看你们跟土匪差不多，一点也不人道！”

“你再叫喊，我就用块臭擦脚布把你嘴塞住！”

“这么冷的天，给我这么薄一床又臭又脏的破被子，想冻死我呀？叫我这一晚上怎样挨到天亮？晚饭又没吃饱，就两只红薯。现在我的肚里正叽里咕噜叫唤呢。”

“你该知足了。”岗哨说，“我们跟你吃的一样，也是两只红薯一碗米汤。破被子？我们很多战士连破被子都没的盖。要不是我们游击队的政策好，优待俘虏，就把你绑在外面树上饿死冻死，你信不信？”

“好好好，我不问你要被子了，给我来盏灯总可以吧。这黑灯瞎火的，老鼠、臭虫、跳蚤又多，折磨人啊！”

“这三更半夜的，你就将就一个晚上吧！你明天要是不老实交代，说不定就把你拉去后山沟给枪崩了。”

正在这时，王效轻手轻脚走到岗哨身后，用绳子猛地套在岗哨的脖子上。岗哨没来得及叫喊，挣扎了几下，就没气了。

王效迅速从岗哨身上掏出钥匙，打开房门。赵栋迫不及待地蹿出房间。

“谢谢你，王少校，”赵栋说，“我知道你一定会来救我的……”

王效打断了他的话：“少啰唆，快走！一会儿他们就来了。”

赵栋捡起岗哨的枪，踢了岗哨一脚，骂道：“明天把我拉后山去崩了，你去死吧！”

王效催促道：“快点！你真不想活了？”

赵栋赶紧追上王效说：“王少校，你的救命之恩，我赵某定当涌泉相报！”

王效边走边说：“你回去告诉汪处长，就说我已成功进入共党游击队内部，叫汪处长务必截杀那个真正的共党特派员！”

“王少校，那个共党特派员现在还在雷公寨。我这次回去就是叫汪处长派一支军队来把雷公寨剿灭了，把那个真特派员杀掉，永除后患。”赵栋说，“唉，不想我在这大山里转了几天，迷路了，怎么转也转不出去。结果，转来转去叫游击队给抓了。”

王效听了心里一惊，心想：奶奶的，这山是迷魂山，不好！这小子弄不好还跑不出去，还要被游击队再抓住，到时他供出我来怎么办?!

突然后面传来一声大喊：“那奸细跑了！”

王效急忙说：“赵组长，你往那条路跑！快，他们追来了！”

罗威和林春听到喊声，带着人跑到关押奸细的小院。

林春伸手摸了一下岗哨的鼻息说：“被人用绳子勒死的，已经没气了。”

罗威沉着地说：“大家分头追！我们这山是有名的迷魂山。我料定他们跑不出去。”

突然，从左边方向传来王效的大喊：“站住！干什么的？”

接着，传来一声枪响，紧接着又是一声枪响。枪声划破了山林寂静的夜空。

王效在身后对着赵栋开了一枪，赵栋中弹后回过身手指着王效说："王效！你……你心狠手辣……"

赵栋一头栽倒在地上。

王效随即对自己左臂开了一枪。

罗威带着游击队员循着枪声跑了过来，只见王效用右手捂住左臂上流血的伤口。六七步远的地方，地上躺着个人。林春用马灯照了照，死者正是奸细。奸细头部中枪，一枪毙命，他身边是岗哨的那支步枪。

陈宝说："王特派员，你又受伤了？"

"不要紧，子弹没打中骨头，咬了一小块肉。"

林春问："王特派员，你……"

"我上茅厕回来，听见你们喊奸细跑了。我突然看见有两个人朝这边跑来。我喊了一声站住，前头那人向我开了一枪，我感觉子弹像是击中了我的左臂。我随即回了一枪，把后面那个打倒了，前面那个就趁机跑了。"王效说。

罗威问："特派员，那个奸细往哪个方向跑了？"

王效用手一指："往那边。"

罗威命令道："阿红，回去替王特派员包扎一下伤口，我带人去追！"

2

欧阳府大厅里，欧阳父女俩正在争执。

欧阳山说："丫头，你现在该承认了吧？这钟龙华就是个共产党，危险人物！"

"爸，我说过，阿华不是共产党。"

"你到现在，还在给他打掩护。"欧阳山说，"你说，昨天要不是我们家地道救了他，哼，恐怕他现在正关在白湘君的大牢里受刑呢?!"

“地道是救了他，也救了你，同时也救了我们全家。”欧阳玉说，“要没有地道，我们一家昨天都进了白湘君的大牢。”

“你看你昨天，跟在白湘君身后，右手不离口袋，你想干什么?”

“我随时掏出我的勃朗宁，指着白湘君的大脑袋。”欧阳玉一笑说，“爸，这一招叫‘擒贼先擒王’！关键时刻，一招制敌!”

欧阳山摇摇头：“昨天这事，现在想起来都后怕。”

“有什么好怕的，我觉得挺好玩的。爸，你打打杀杀大半辈子，多少大风大浪都过来了，还害怕这点小风浪?”

欧阳山气极，摇头说：“你……我的小姑奶奶，你还是赶紧打发他走吧!”

“走什么走，他是我老公！嫁鸡随鸡，嫁狗随狗，嫁只狐狸满山走!”欧阳玉嘟着嘴，摇了摇手说，“爸，你叫他走，我也就跟着和你拜拜了!”

欧阳山叹了一口气说：“唉，养你这么个闺女，真是气死我了。你不把我们家害惨，你不会罢休!”

金师爷走进门来，小声地说：“堂主，那卫鑫又来了。”

欧阳山一惊问：“他来干什么?”

“他说今天空闲，要跟你杀两盘。”

“你看看，你看看，怕什么就来什么!”

欧阳玉一笑说：“怕什么?！爸，他还是你表弟哪!”

欧阳山“呸”了一声说：“什么表弟？他就是一只白眼狼！他今天来分明是受于副官指使来刺探军情的！黄鼠狼给鸡拜年——没安好心！你去跟他说，我今天身子不舒服，叫他改天再来。”

金师爷转身说：“好，我这就去打发他走。”

“师爷，慢!”欧阳玉叫住了金师爷说，“爸，这样怕不好吧？好像我们怕了他似的。再说，你这样回复他有此地无银三百两之嫌。还是叫他进来吧。谅他一只小小泥鳅，也掀不起多大的浪!”

金师爷望着欧阳山问：“堂主……”

欧阳山挥了挥手说：“还是我闺女技高一着。就叫他进来吧，我倒要看看这只猢狲能跳多高！”

卫鑫掂着一包药材，走进大厅，进门就说：“表兄，我表姑的病好了吗？”

欧阳山冷冷地说：“她本来就没病，劳你哪门子心？你成天盼她病啊，居心不良！”

卫鑫一愣：“她没病？对！没病就好。这不，前两天我进了些上好的冬虫夏草，还有鹿茸、台党，每样给表姑送些过来，给她老人家滋补滋补身体。”

“难得你有此孝心。”欧阳山说，“师爷，把这冬虫夏草、鹿茸、台党，送到后院去，回头给卫老板拿十块大洋。”

“表兄，你这就见外了。这些补药我是孝敬我表姑的。你这一给钱，不知道的人还以为我是在巧卖药呢！”

“那就让老表破大费了。玉儿，给你表叔冲一杯上好的龙井茶。坐！”

欧阳玉答应一声，一会儿，端了两杯茶进来，一杯给卫鑫，一杯给她爸。

欧阳玉说：“表叔，喝茶。”

“好，多谢！”卫鑫问，“阿玉，阿华呢？怎么不见？”

“他在房间看书，你找他有事？”

“没事，没事。”

欧阳山问：“怎样？今天有空了，我们来杀上两盘？”

“好，杀两盘。”

欧阳玉从厢房拿出棋盘，两人摆好棋子，一边喝茶，一边下棋。

卫鑫下了一会儿棋，老是东张西望，一副心神不宁的样子。

欧阳玉走了出去，来到后院，看见用人双喜正在劈柴。

“双喜，你别劈柴了。”欧阳玉说，“跟我走，我交给你一项新任务。”

欧阳玉把曾双喜领到她和钟龙华的房间。她拿出一套钟龙华的长衫，让双喜穿上，又倒上些茶水，把双喜有些乱蓬蓬的头发压平，再梳成分头。然后给他戴上一副眼镜，让他坐在桌子前，手拿一卷书，背朝大门口。

欧阳玉交代说："双喜，你就这样坐着，手拿书本。一会儿有人来推门，听见响声，你别管他，也不要回头。你就念那首平时你常念的唐诗《悯农》就行了。"

曾双喜点头："好。"

金师爷走进后堂，奶奶、大太太、二姨太、曾夫人四人正在打麻将。

金师爷说："老夫人，你表侄卫老板来了，他给你孝敬了一包鹿茸、台党、冬虫夏草。"

奶奶正摸起一张三万说："杠！"她伸手去后面摸牌。

坐在对面的曾夫人把牌一倒说："老夫人，真不好意思，我抢杠和三万，清一色，大和！"

奶奶惊叫一声："哎哟，我说今天手怎么这么臭，原来是卫鑫这丧门星来了！"

大太太问："他今天来干什么？"

二姨太哼了一声："这段时间，他三天两头地往这儿跑。"

金师爷笑了笑说："他说来看看老夫人的病好了没有？"

奶奶骂道："放他娘的臭狗屁！"

众人大笑。二姨太说："老太太大动肝火了。"

奶奶说："我有什么病？我这不是好好的吗？我成天能吃能睡能打麻将。我有什么病？都是他成天咒我，才让我今天输得一塌糊涂！"

奶奶说着，给了曾夫人五块大洋。

曾夫人笑着说："老寿星真叫卫老板给气糊涂了，我这是抢杠清一色大和，应该给十块才对！"

二姨太说："那天老太太抢你一个清一色大和，想不到今天就叫你报复了。"

"妈，这卫鑫呀，现在是投靠了白司令，抱了粗腿，腰杆也硬了。"大太太说，"好像要跟咱老爷分庭抗礼了。"

“这人呀！小时候看着也蛮乖的，见了我那嘴就像抹了蜜似的，一口一个表姑！我那时经常在我表嫂面前夸他将来大了有出息。唉，想不到现在成这种人。”

说着，奶奶又拿出五块大洋给了曾夫人。

二姨太说：“这叫口蜜腹剑！”

曾夫人收过奶奶的钱说：“也叫当面说好话，背后下毒手！”

大太太说：“师爷，给他钱，打发他走。”

金师爷说：“老爷叫我给他十块大洋，他说不能要。他说这些补药是他孝敬给老夫人滋补身体的。”

“老夫人，”曾夫人说，“今天我这把大和你没输钱，是你表侄孝敬给你出了。”

奶奶抓起色子说：“没输就好。来！我打色子。五，自首，我抓牌。”

四个人又开始抓牌打麻将。

欧阳府大厅，欧阳山和卫鑫下棋正酣，欧阳山说：“老表，我要炮打你的车了。”

卫鑫摸了摸光头说：“你这炮什么时候来到了河边？”

“落子生根，你可不许悔棋啊！”

“不悔棋，不悔棋。稍等，我去出一下恭。”

卫鑫说完，急匆匆地走了出去。他出大门想往右拐进后院，欧阳山喊住了他。

欧阳山大喊：“喂，老表，你怎么慌不择路？茅厕在左边，你去后院干什么？”

卫鑫连忙返回左边说：“内急了，真是饥不择食，慌不择路！”

金师爷走进大厅问：“堂主，卫鑫走了？”

欧阳山摇头说：“没走。哼，心里有鬼的人屎尿多，一看就心怀鬼胎！下棋时东张西望，心神不宁，一副魂不守舍的样子，连输两盘！”

金师爷小声说：“堂主，今天姑爷好像又出去了。”

欧阳山一惊："真的？"

卫鑫从茅厕出来，绕过前门，从房后往后院走去。他像做贼一样，蹑手蹑脚，利用树和绿化带做掩护，接近了钟龙华住的那幢屋。他轻手轻脚走到大门边，回头看，见四下无人，赶忙用手推了一下大门，见里面闩着，露出一道拇指大小的门缝。他贴着门缝向里张望，只见钟龙华坐在桌前，背朝门口，手里拿着一本书，正在朗诵唐诗："锄禾日当午，汗滴禾下土。谁知盘中餐，粒粒皆辛苦。"

卫鑫正看着，冷不防有人用手拍了一下他的肩膀，把他吓了一跳。

欧阳玉笑着问："表叔，你不跟我爸下棋啦？"

卫鑫尴尬一笑："下，还下。我刚才去上茅厕，从这里路过，听见里面有人在诵诗。我忍不住看了一下，原来是表侄女婿。"

欧阳玉问："要不叫阿华开门，你进去坐坐，跟阿华对对诗怎样？"

卫鑫连忙摇手："不不不，表侄女婿是大才子，是唐伯虎转世，我怎敢跟他对诗？走了，你爸正等着我去跟他下完那盘残局呢？"

说完，急急忙忙走了。

卫鑫走进大厅，欧阳山问："老表，你这上茅厕，一上就半个多时辰，我还以为你溜回家了呢。"

"不好意思，实在是不好意思。"卫鑫说，"可能是昨夜受凉了，拉肚子。我得赶紧回家熬药吃去。哎哟，这会儿肚子更难受，还隐隐作痛。表兄，这盘残局就不下啦！算我输！连输三盘，甘拜下风！"

"慌什么？卫老板，不下棋，喝会儿茶。"金师爷说，"我刚给你续上的热水。"

卫鑫按着肚子说："不，说走就得走，坐不住了，我又想去上茅厕。"

欧阳山说："既然身子不舒服，那就不留客了。"

"表兄，告辞了！改日再来。"

卫鑫边说边往门口走去，刚好碰见欧阳玉。

“表叔，在家吃了午饭再走。”

“不啦，堂上大钟刚刚敲过九点，离午饭还早着呢，我得赶紧回家熬药吃去。”

欧阳玉看着远去的卫鑫说：“这只老狐狸！”

“他是善者不来，来者不善！”欧阳山问，“玉儿，今天阿华在家吗？”

“他一早就出去了。”

“你看危险不危险?！幸好那姓卫的没去找阿华。”

“他去了。”欧阳玉说，“刚才他从茅厕出来，我见他像贼样从屋后蹑手蹑脚走到我房门口，对着门缝向里张望。”

欧阳山一惊：“他发现阿华不在家?”

“没有。”欧阳玉说，“我事先叫双喜穿上阿华衣服扮成阿华模样，坐在屋里念唐诗。那双喜大字不识一个，还真会背那么一首唐诗。”

欧阳山说：“那是我教会他的，叫《悯农》。”

“对，就会一首，就唬住他了。他听了还直夸阿华是唐伯虎转世！”

哈哈哈，三人大笑起来。

欧阳玉说：“爸，你知道卫鑫今天为什么闹肚子吗？他着了我的道了。”

金师爷说：“小姐给他吃巴豆粉了。”

欧阳玉摇了摇头说：“他是只老狐狸，懂医道，给他吃巴豆粉他肯定知道。我从广州带回一瓶德国产的泻药。这种药放在水中无色无味。冲茶时，我往他茶杯里放了那么一点点，就够他受了。”

欧阳山问：“他不知道?”

“他不知道。”欧阳玉说，“他只能怪自己晚上睡觉没盖好被子着凉了。”

金师爷竖起大拇指说：“还是我们小姐厉害。”

欧阳玉一看堂上的大挂钟：“哎呀，九点多了，我得去找阿华。爸，你那匹‘草上飞’快马给我骑。”

欧阳山叮嘱道："你出去要多加小心，运气不是每次都会眷顾你的。"

欧阳玉应道："爸，我知道，运气是留给每次都有准备的人。对吧?"

3

城西大峡谷。一座三百多米长的大铁桥，横跨在大峡谷的最窄处。这座大铁桥，自1880年建成以来，就成了湘粤赣三省的交通枢纽。白湘君派了一个加强连的兵力，驻守在大桥两侧。来往的商旅都要过卡交税。钟龙华躲在山上的灌木丛中，用望远镜仔细观察着大桥两侧敌人的布局和地形。

在不远处的另一处隐蔽树丛中，王宝带着四名土匪，紧盯着钟龙华。

王宝指着钟龙华，说："大家看清了吧，这人就是老子的仇人。十天前，我带着七个弟兄在鹰石嘴打劫，眼看着就要得手。不想这小子跳了出来，坏了我的好事，还把灰狗几个干掉了。要不是老子我脚底抹油溜得快，恐怕我也凶多吉少了。他妈的！肩膀上中他那一枪，到现在还没好利索。我恨呀，煮熟的鸭子飞了!"

结巴土匪说："头儿，等会儿我……我剁……剁他十七八刀，给你出……出气!"

三角眼土匪说："头儿，我们人多，等会儿他下山时在半道，我们打他个埋伏，冷不防把他擒住，零刀碎剐了他，给头儿报仇雪恨!"

王宝点点头说："是得用点计谋，这小子功夫了得!"

三角眼土匪说："头儿，他准备下山了。"

"好，我们准备给他下套。"

在一条小路中间，王宝叫结巴嘴躺在路中间，他用一个夹野猪的铁夹子夹住他的左脚。结巴嘴被夹叫起痛来："哎……哎哟！痛……

痛死我了！”

王宝安慰道：“兄弟，小声点，别叫唤。”

结巴嘴哀求道：“头儿，轻……轻点。”

王宝说：“苦肉计苦肉计，那戏就要演得逼真，叫他看不出来。一会儿他来了，你就装痛大声叫唤起来。”

布置完这一切，王宝几个钻入旁边的密林丛中。

另一旁茂密的树丛中，有一双眼睛，一直盯着这几个人的一举一动。

钟龙华走下山来，结巴嘴大声叫唤起来：“哎……哎哟！救……救命哪！”

钟龙华走到结巴嘴身边问：“这位老表，你怎么啦？”

结巴嘴说：“我不……不小心，叫夹子夹……夹住脚，救……救命……”

钟龙华看他左脚，的确被一个铁夹子夹住，还在流血。他又环视了一下四周，四周非常安静，周围空无一人，不像有诈。于是，他蹲下身，替结巴嘴掰开铁夹子。

结巴嘴大声叫唤：“哎哟，轻……轻点，痛……痛死我……我了！”

钟龙华掰开夹子说：“好了，我给你包扎一下。”

钟龙华刚站起身，只见结巴嘴猛地跃起，两只手死死抱住钟龙华的两只脚。钟龙华大吃一惊问：“你这是干什么？”

王宝在身后冷笑一声说：“大侠，我们又见面了！”

钟龙华扫视了一圈，见王宝四人拿着刀枪，把自己围在当中，自己的双脚又被结巴嘴死死抱住。钟龙华说：“你们想干什么？”

王宝恶狠狠地说：“大侠，你忘了十天前，在鹰石嘴官道上，你躲在暗处，突然袭击，杀了我七名弟兄。今天我报仇来了！”

“那天让你侥幸逃脱。”

“你把老子到手的准压寨夫人也抢走了，想想着实可气、可恼、可恨！”

钟龙华笑了：“你这人作恶多端，人性泯灭，天良丧尽！”

王宝仰天大笑："老子绰号'独行狼'，做事从不计后果!"

三角眼土匪说："头儿，动手吧，剁了他!"

王宝下令："对，弟兄们，动手剁了他!"

说时迟那时快，只听"嗖"的一声，一支弩箭正中王宝眉心。王宝一头栽在趴地抱着钟龙华双脚的结巴嘴身上。结巴嘴土匪吃了一惊，手松了脚。

钟龙华抓住时机抬起脚，重重踢向结巴嘴胸肋。结巴嘴惨叫一声，昏死过去。

一个土匪惊得张开大嘴，一支弩箭飞来，射进他口中，他仰面倒在地上。

剩下两个土匪，一个转身四下搜索，另一个持刀向钟龙华砍去。

又是一支小箭飞出，四下搜索的土匪右手腕中箭，刀掉在地上。

钟龙华躲过三角眼土匪砍来的一刀，那土匪又是一刀削来，钟龙华刚躲过，紧接着又是一刀劈来。那土匪的旋风刀极快，接连四五刀，一刀接一刀，环环相扣。钟龙华围着几棵大树转，躲过了他旋风般的攻击。这时，一支小箭射到，那土匪慌忙躲闪。钟龙华迅速拾起地上一把大砍刀，反身向三角眼土匪砍去。三角眼慌忙招架，钟龙华突然变砍为刺，一刀刺中三角眼腹部。三角眼惨叫一声，撒手倒地身亡。

右手腕中箭的土匪跪在地上，磕头如捣蒜："好汉爷，饶命，饶命!"

欧阳玉从树丛中走了出来。

钟龙华惊喜地说："阿玉，是你!"

欧阳玉手中拿着一支小巧的铁制弩，她看了一眼躺在地上气息奄奄的结巴土匪，钦佩地说："阿华，你刚才那一脚，何止千钧，把他的肋骨都踢断了。"

结巴嘴土匪睁开双眼，轻声求饶："别……别杀我，饶……饶命……"

欧阳玉骂道："活该，忘恩负义的东西!你们一个个都该死!"

"阿玉，你怎么来了?"

"我见你一早出来了，猜想你来了这边大铁桥，我就骑马追来了。"

钟龙华问："你怎么知道我来了大铁桥?"

欧阳玉嗔道："你这些天天天晚上说梦话，都是大铁桥、大铁桥的，吵得人睡不着。讨厌!"

欧阳玉说完，噘着嘴，一副生气的可爱样子。

钟龙华连忙说："对不起啊，阿玉。"

"我过来就发现王宝和几个土匪鬼鬼祟祟地在嘀咕什么。我猜想与你有关，就紧盯着跟在了他们后面。"欧阳玉说。

"谢谢你救了我，阿玉。"

欧阳玉白了他一眼："又来了，你怎么谢我啊?"

钟龙华讪讪地说："你这把弩不错，钢制的，小巧，劲大，还杀人于无形无声。"

"这是广州一个朋友送我的。"欧阳玉说，"我平时喜欢，就经常练习，练得百发百中，不想今天就派上了用场。《水浒传》中浪子燕青就是用这种弩在树林里射杀了两名解差救下了他的主子卢俊义。"

那跪在地上的土匪，偷偷地摸出王宝身上的短枪，对准了欧阳玉。钟龙华眼明手快，左手一把拉过欧阳玉，右手大砍刀飞出，一刀扎进那土匪的心口，土匪惨叫一声，倒地身亡。

欧阳玉顺势倒在钟龙华怀里，她紧紧地抱住他。

"好了，"钟龙华用手轻轻拍了拍欧阳玉的肩膀，在她耳边轻声说，"阿玉，我们该去大桥那边看看。"

"王宝这贼子!"欧阳玉恨恨地说，"自打鹰石嘴那一回，我心里就恨恨难平，今日终于雪耻!"

欧阳玉说完，拾起一把刀，对着王宝等土匪，一人补上一刀。

欧阳玉把刀一扔说："这些土匪绝不能留下活口，万一没死，就会暴露我们的行踪，后患无穷。走吧。"

两人一前一后往山下走去。

第八章
桃花渡遇险

1

钟龙华和欧阳玉同乘一匹马，欧阳玉坐前，钟龙华坐后，在桥头饭店前下马。

饭店张老板出门笑脸相迎说："先生、太太，欢迎光临小店！"

钟龙华把马缰绳递给店小二。

"两位楼上请！"

张老板把钟龙华、欧阳玉带到二楼一张靠窗的桌子前坐下。这儿位置绝佳，窗外大峡谷大铁桥景色一览无遗。

张老板叫唤："小二，上茶！"

店小二端茶上来，斟茶。

"两位请点菜。"

钟龙华问："你这店有什么特色菜？介绍一下。"

"有正宗客家盐焗鸡，这是本店的招牌菜，刚出锅，来半只？"

"好！来半只。"

欧阳玉呷了一口茶，吐出说："这是什么茶？真难喝！"

张老板笑了笑说："太太想喝好茶，本店有安溪铁观音、庐山云雾茶、信阳毛尖、祁门绿茶，还有滇红、普洱，有洞庭碧螺春、西湖龙井，但须另外加钱。"

“好，来一壶龙井。”

“给这两位沏一壶上好的龙井茶！”张老板接着继续推销他的菜品，“太太，本店还有野味小炒。小炒有麂子肉、野牛肉、野猪肉、野兔肉，还有穿山甲、五步蛇、过山峰（眼镜王蛇），应有尽有！”

欧阳玉摇摇头：“不吃蛇。来一盘葱炒麂子肉，一盘蒜蓉大头菜。”

“三个菜。好嘞！”张老板问，“要不再来一个客家酿豆腐？正宗刚做好的水磨豆腐，又嫩又滑，也是我们店里的招牌菜，逢来客必点。”

欧阳玉点点头：“好，四个菜。”

张老板一笑：“四好，事事如意嘛！要不再来一个老火靓汤？小罐，两人喝的。”

“就来一小罐地黄龙骨汤。”

“两位，喝酒吗？”

钟龙华摇头说：“不喝，饭随汤菜一齐端上。”

张老板说：“好嘞！上饭，上汤，上菜！”

一会儿，饭菜上齐，张老板说：“先生、太太，两位请慢用。”

欧阳玉和钟龙华夹菜、喝汤、吃饭。

张老板问：“先生、太太，你们两位到此不知是路过还是经商？”

钟龙华反问：“你猜猜看？”

张老板摇摇头说：“猜不着。”

“我们是来游玩的。”钟龙华说。

“我看你两位如此恩爱，一看就是蜜月新婚夫妻。”张老板不禁疑惑地问，“这儿游玩？在这兵荒马乱的多事之秋，难得二位有此雅兴。不过，此地好像并无宝刹名观、稀世胜迹，有什么可游玩的呢？”

“老板你是身在宝山不识宝哇！”钟龙华笑指窗外的大峡谷，说，“窗外这道沟峪，纵横百余里，气象万千，在地理学上叫大峡谷。大峡谷上这座雄伟的大铁桥，是鼎鼎有名的法国大建筑师奥特朗在1880年建造的。在当今我们中国，这样的大铁桥只有两座，一座在云南，一座就在这里。你说，这不是稀世胜迹又是什么？”

张老板一愣，说：“惭愧，惭愧，这倒是我等山野村夫孤陋寡闻了。”

这时，在一旁的店小二插嘴说：“真是可惜了这么好的一座大铁桥，说不定什么时候就‘轰隆’一声要被炸了。”

钟龙华故作吃惊地问：“什么？你说桥要被炸了！”

“是呀，昨天我听在这喝酒的二排长说，这座大铁桥要炸了。”

张老板瞪了店小二一眼，说：“先生，你休听他在这里胡说八道！”

“我怎么是胡说八道？”店小二认真地较劲地说，“老板，二排长说前几天运来了一卡车炸药，过两天只等工兵一来，就把炸药往桥墩上安放。二排长还说，江西中央苏区的共产党在节节败退，有可能向西逃窜入湖南。他说共党一旦进入我们箭山地区，上峰就会下令炸掉大铁桥。”

张老板训斥道：“去去去，一边干活去！你懂什么？哼，听风就是雨，听到爆竹就报喜。先生、太太，两位休听他一个小伢子胡说八道！”

“这是真的！这样大的事我能瞎编吗？”

张老板厉声道：“滚，快去干活！小心我铰掉你的舌头！”

“我猜想就不可能，”钟龙华笑笑说，“政府花了这么多的银子，好端端的，怎么可能把它给炸了？”

张老板连连点头说：“是呀，这事绝对不可能！”

走到楼梯口的店小二回过头来，固执地说：“你们不相信拉倒，这事千真万确！”

店小二只顾着说话，不小心脚下绊了一下，端着的杯盘碗筷，摔落在楼梯上，哗啦啦一阵响。

张老板气得抓起桌上的鸡毛掸子，对着店小二就一顿抽，边抽边骂：“你这不长进的东西！我叫你多嘴多舌！”

钟龙华一把夺过张老板的鸡毛掸子，说：“老板，他还是个孩子！”

张老板怒气难消：“孩子？十六啦！我像他这么大，早就做了爸爸！”

钟龙华正色道：“你是富人，他是穷人；你是老板，他是伙计。

他怎么能跟你比呢?”

欧阳玉叫唤:“老板结账,你要不要钱?”

“要,要,连菜饭带茶水,一共半块大洋。”张老板忙不迭地说。

“给,这是一块大洋,不用找了。”欧阳玉正色道,“这小伙计打烂的碗碟我给他赔了,以后你可不准再欺负他了!”

张老板露出笑脸:“谢谢太太,谢谢先生,我保证以后不再打他了。”

2

寂静的山林,两个特务盯着那条进出雷公寨的小路。

“你说这赵组长下山去汪处长那里搬救兵,走了有八天了,早就该带着队伍回来了。”冷森问,“怎么至今还不见他的踪影?”

“是呀,这几天我们两个坚守在这里可是吃尽了苦头。”廖林抱怨道,“干粮也吃完了,水也没的喝,晚上蚊子咬,又怕豺狼,还怕那共党偷偷出来溜了。真是活受罪!”

“你说赵头儿会不会是碰上了共党游击队给抓了?”

“说不定碰上了土匪。”

“这山上有狼有豺狗,叫狼吃了都不一定。”

“我说兄弟,要不你留在这里监视着,我再回去搬救兵。怎样?”廖林说。

“还是你留在这里,我回去,我腿跑得比你快。”

“我俩干脆来石头、剪刀、布定输赢怎么样?谁输谁留在这里。”

“好,就石头、剪刀、布定输赢,开始!”

两人划拳,同时喊:“剪刀!”结果他俩同时出剪刀。

两人又同时喊:“石头!”同时出的真是石头。

如此反复几轮,结果两人出的都是一样,不分胜负。

“好了,好了,这样划下去,划到明天也分不出输赢来,不划了。”冷森说。

“哈哈！”廖林大笑，“不分输赢！天意如此！”

“那我俩一起回去。”

“对，一起回去搬救兵。”

3

游击队驻地。罗威对林春说：“林春，现在有个任务，你同刘勇去桃花渡口一趟，取一批货。”

王效问：“什么货？”

“我们通过一个特殊关系，买了三支短枪和二百发子弹。”

“那是好东西，这么重要的事，我同他俩一起去吧！”

“你不用去，他两个去就可以了。再说，你的伤口还没有好利索呢。”

“这关系可靠吗？”

“绝对可靠，”罗威说，“以前有几次买枪支弹药，也是通过他，从没出过事。”

“罗威同志，”王效说，“以前不代表现在。目前斗争形势复杂，我的意见是多带些人去，以防万一。”

罗威摇摇头：“人多了目标大，还是他两个去吧。”

桃花渡口，一只孤零零的小篷船靠在岸边。一个渔翁打扮的人，头戴斗笠，坐在船头，悠闲地抽着烟。

林春和刘勇躲在远处的树丛后面，仔细地观察着那只小船和渔翁。良久，见没有什么异样。林春说：“刘勇，你在这里监视着接应我，我去接头。”

“不，春哥，你在这里接应，我去船上接头。”

“我从小在江边长大，水性好。”林春说，“万一情况不对，我可以跳水逃走。”

“那好，你多加小心！”

“刘勇，万一敌人有埋伏，不行了你赶紧撤。别管我，不可恋战！”

“好！”

林春站起身，掂着个小包袱，晃晃悠悠地向那只小篷船走去。

林春来到小篷船跟前招呼道：“老大，你早哇！”

那渔翁看了他一眼，依旧自顾自地抽着旱烟，没有说话。

林春跳上船，看了一眼船舱里，没见有其他人。

“你这人怎么这么随便？”渔翁说，“跳到我船上来干什么？我又不摆渡。”

林春发出暗语：“老大，我想买鱼。你有鱼卖吗？”

渔翁对上暗号：“我只有三条鲤鱼。”

“鲤鱼是公的还是母的？”

“三条都是母的。”

“母的是不是都带子？”

“三条都带子。”

“我不要钱。我要两条黄鱼交换。”

“黄鱼我带来了。但我得先验验货，看货对不对板！”

“好，”渔翁说，“验完货后我们一手交钱一手交货！”

渔翁钻进船舱，从船舱里掂出一只沉甸甸的麻袋。他把麻袋扔在林春跟前。

“你先验验货色。”

林春弯腰手一伸进麻袋，就立时知道上当中计了。

对面的渔翁用一支枪指着他，渔翁问：“怎么样？货色不错吧？”

林春装作傻乎乎地从布袋里掏出一块枪形破铁，望着渔翁说：“老大，这破铁是鱼吗？你敢骗我！”

林春用眼光扫了一眼岸边的芦苇丛，见无风芦苇在晃动，他知道里面埋伏了敌人。他想到，此时敌人一定不敢开枪。他应该给远处的刘勇发出危险信号。

渔翁脸一沉说："少给我装糊涂！你一共有几个同伙？快发信号叫他们都过来！"

林春继续装糊涂说："就买几条鱼要来多少人？就来我一个。"

"装，你继续装，再装我就不客气了！"

林春两只眼睛盯着渔翁问："老大，你是哪个山头的？你想黑吃黑？"

渔翁正色道："老实点，我实话告诉你，我是国军侦缉处的。你们那个关系户被我们抓了，他供出了你们是共党游击队！"

林春哈哈一笑："什么共党游击队？我就是一买鱼的，就是想买几条河鲤鱼，我老婆坐月子，给她补补身子。"

"别动，转过身去，我摸摸你后腰有没有枪？"

"我一个普通老百姓，带枪干什么？"

林春边说边转过身去，就在转身那一刻，他突然飞起右脚，向后蹬去。这一飞脚正蹬在那渔翁的小肚子上，只听"扑通"一声，渔翁仰面摔进了河中。那渔翁不会水，在冰冷的深水中扑腾着，挣扎着，叫喊着，很快沉入水中。

特务们从芦苇丛中蹿出，开着枪向小篷船围拢过来。林春眼明手快，一枪先把前面那个敌人撂倒，吓得另一个特务赶紧趴在地上，对着林春开火。更多的敌人冲出芦苇丛，向林春开着火冲了过来。

刘勇利用树丛掩护，迅速接近到敌人身后，突然向敌人开火，顿时两名特务被打死。

特务发现自己被前后夹击，慌忙散开，双方枪战。

刘勇被一颗子弹击中了右大腿，摔倒在地。

一个特务大声叫喊："队长，树后那共党被我打中了右腿，他跑不了啦！"

特务队长喊："好，给我抓活的！"

有两个特务冲向刘勇，他一枪把最前面那个敌人击毙，再射击，发现没有了子弹。敌人见刘勇没有了子弹，三个敌人从三个方向向他扑了上来。

刘勇大声喊："春哥，你赶快走啊！"

就在三个敌人来到跟前，伸手抓他的时候，刘勇拉响了胸前怀里的两颗手榴弹，随着"轰"的一声巨响，他和三个同时冲上来抓住他的敌人同归于尽。

林春大喊一声："刘勇！"

林春开枪将冲在最前面的两个特务击毙。更多的敌人开着枪向小篷船围拢过来。林春掏出身上的两颗手榴弹，拉响后相继投向敌群。随着两声爆炸声响起，他纵身一跳，跃入水中，瞬间没了踪影。

特务们站在江边，只见滔滔的江水。特务们对着江水开了一阵枪。

良久，一个特务手指着遥远的下游河对岸，特务说："队长，看！他在对面上了岸。"

特务队长哼了一声说："走，他跑不了！"

林春走上河滩。他用衣袖擦了一把脸上的水。

突然，传来一声冷冰冰的声音："不准动！把手举起来！"

林春抬起头，只见两个特务站在离他一丈远的地方，用枪指着他。

一个高个特务冷笑一声："哈哈，还是我们队长神机妙算！跳水想逃？告诉你，孙猴子是逃不出如来佛手心的！"

突然，从特务背后传来几声枪响，两个特务先后栽倒在地身亡。

钟龙华迅速上前，捡起特务的两支手枪。

"同志，快！跟我往那边跑！敌人追过来了！"

几个敌人开着枪，叫喊着追了过来。

林春顾不得多想，紧跟着钟龙华钻进了密林深处。

4

夜，天空繁星点点。

在山上一个隐蔽的山洞里，钟龙华和林春坐在洞中烤火。

林春说："这个山洞很隐蔽，敌人发现不了。我们以前也在这里藏过。"

钟龙华问："你是箭山游击队的？你们的队长叫罗威！"

林春吃惊地问："你怎么知道我们的队长叫罗威？"

"你应该就是游击队副队长林春同志吧？"

林春又是一惊，反问："同志？你是……"

钟龙华笑着说："我是中央苏区派来的特派员钟龙华！"

林春猛地站起，他惊愕地、定定地看着钟龙华，仿佛要看穿他的五脏六腑似的。太不可思议了，居然出现了两个特派员。林春这一惊非同小可，他盯着钟龙华看了有三分钟时间。钟龙华同样察觉到林春反常的表情。

"钟龙华同志，你为什么不按照组织正常途径，跟联络员接头呢？"

林春说话的语气，带有明显的责备。

钟龙华解释说："我一到虎穴城，就去了西大街元生堂大药房接头，发现卫鑫已经叛变，我随机应变脱险。前天，我到虎尾镇如意酒家接头，又发现敌人已经控制了联络点，我逃脱了，联络员同志生死不明。"

林春思索了一下问："怎么会这样呢？"

"我找你们找得好辛苦。今天是机缘巧合，总算找到你们了。"钟龙华说，"林春同志，我要尽快见到罗威同志，我负有重要任务。时间不等人哪！这里到游击队驻地还有多远？"

林春沉思了一会儿说："好吧，我们现在动身，天亮就能回到游击队。"

5

清晨，游击队驻地。

林春带着钟龙华走进山村，不时有人跟林春打着招呼。林春把钟龙华带到队部大院。罗威正在院子里打一套南拳，刚猛矫健的拳法，虎虎生风！钟龙华叫了一声：“好！”

罗威闻声收住了拳问：“阿春，你回来了？”

林春心情沉痛地说：“队长，昨天我们在桃花渡接货时中了敌人的埋伏。”

罗威问：“刘勇呢？”

“我去船上接头，刘勇在岸上支援我。刘勇子弹打光负伤后，被敌人抓住，他拉响了怀里的两颗手榴弹，和敌人同归于尽了。”

罗威沉吟了一下问：“问题出在哪里？”

“以前卖枪支弹药给我们的那个人被敌人抓了，他供出了我们。于是敌人就设下圈套，打了我们一个埋伏。”林春说。

“看来，王效同志还是有先见之明。”罗威说道，“如果多去些人，刘勇同志也许就不会牺牲了。”

罗威望着钟龙华问：“阿春，这位是……”

“我跳水潜到对岸，上岸后，被两个埋伏的敌人截住，就是这位同志开枪打死敌人救了我。他说他是中央苏区派来的特派员钟龙华同志。”

罗威惊愕地说：“又来了一位特派员？好，来人！”

两个游击队员跑了过来，游击队员问：“队长，什么事？”

罗威指着钟龙华：“你俩把这个人的枪下了！”

“是！”

两个游击队员答应一声，上前把钟龙华的枪全部缴了。

罗威命令道：“先把他押进西屋，看好。”

罗威转身问陈宝：“王特派员呢？”

“刚才我见王特派员去东边查岗去了。”陈宝说。

罗威命令：“你带两名队员去把王特派员的枪也下了，把他带到这里，然后把他带到东屋先看押起来。”

办公室里，罗威坐在椅子上，林春、罗红站在他身后。钟龙华坐在对面，他身后是两个游击队员。

罗红问："哥，你这是唱的哪出戏？"

"这是一场大戏，"罗威说，"我们游击队来了两个特派员。一个姓王，一个姓钟，这两人中必定有一个是假的。看来，今天要上演一出'真假猴王'的大戏。阿红，你担任书记员，把他们说的话都记录下来。"

至此，钟龙华才知道敌特已派了另一个假特派员捷足先登，早就进入游击队了。

罗威问："你叫什么名字？在中央苏区担任什么职务？"

钟龙华答："我叫钟龙华。我是红一军团一师一团一营营长。"

"你们红一军团军团长是谁？"

"军团长是林彪。"

"这次中央派你来箭山，告诉你采用什么方式才能找到游击队？"

钟龙华答："来的时候，上级给了我两个联络点。一个是虎穴城西大街元生堂大药房，另一个是虎尾镇的如意酒家。在我前去元生堂大药房接头时，发现卫鑫已经叛变投敌。而在去如意酒家接头时，也遭遇了敌人的埋伏。"

"你把两个联络点的联络暗语说详细些。"

钟龙华把两个联络点的联络暗语细说一遍。

罗威问："你到箭山已经十多天了，这些天你住在哪里？"

"有时住山洞，有时荒郊野外，不一定。"

钟龙华不能说出欧阳玉一家来，因为这样会引起更大的误会，他一时半会儿也解释不清，说不定会给自己带来灭顶之灾。

"对你的审查暂时先到这里。"罗威对两个游击队员说，"先把他押到西屋看押。"

两个游击队员把钟龙华押送出去。

"阿春，"罗威说，"去把王特派员带到这里审查。"

6

一会儿，林春同两个游击队员把王效带了进来。

“王特派员，”罗威客气地说，“我们现在要对你进行审查。”

“罗威同志，”王效诚恳地说，“我理解，我愿意接受组织的审查。我会如实地回答你的所有提问。”

罗威问：“你来之前在苏区担任什么职务？”

“我在中央苏区中央保卫局任一科科长。”王效答。

“你的领导是谁？”

“保卫局局长邓发。”

“当时中央派你来箭山，告诉你采用什么方式才能找到游击队？”

“当时上级给了我两个联络点。一个是虎穴城西大街元生堂大药房，另一个是虎尾镇的如意酒家。我当时先到虎尾镇，在前去如意酒家接头时发生意外，在和敌人发生枪战时被敌人抓捕的。”王效说。

“你被捕的情况我们都清楚。你说一下和两处联络点的联络方式和暗语。”

王效把两个联络点的联络暗语细说一遍。

“好吧，王效同志，对你的审查暂时先到这里。你先回东屋去。”

“罗威同志，你们对我重新审查，是有必要的。我没有意见。”王效说，“但我希望组织上尽快解除对我的误解和怀疑，并尽快恢复我的工作。”

“我们会尽快给你结论。”

看着王效被两个游击队员带了出去。罗威说：“阿春、阿红，你们看，这两个特派员的身份完全不一样。一个自称是红一军团的营长，一个自称是中央保卫局的科长，究竟谁是真的谁是假的？”

“两个联络点，这一点两人说得都一样，但联络暗语则完全不同。”林春说。

“既然两人的联络暗语不一样。”罗红说，“那我们派人去两处联络点一问就知道真假了。”

罗威点点头说：“昨天我已经派了高强和陈宝下山分别去两处打探情况。姓钟的特派员说，元生堂大药房的卫鑫已经叛变投敌；而如意酒家联络点也被敌捣毁，谢明生死不明。这里有一个问题，姓钟的两次接头，为什么他都能在敌特的重重包围中全身而退？”

“卫鑫是否叛变和谢明生死怎样，等他俩回来就知道了。”罗红说。

“队长，我觉得先来的王特派员同样有很大的疑点。”林春说，“那天晚上，那个奸细被击毙就疑点很大。是谁杀了岗哨救走奸细？在第二天早上，我仔细勘察了击毙奸细的现场。当时响了两枪。据王特派员说，敌人先向他开了一枪，击中了他的胳臂。然后他向奸细开了一枪，把奸细击毙，另一个则逃脱。但我发现，两颗同一型号的子弹壳都掉落在王特派员当时站的树下，这又如何解释？”

“是呀，按说我们当时住那座山，是有名的迷魂山，不熟悉的人很难逃出去。”罗红说，“我们为什么没有发现那个救奸细逃走的同伙呢？”

罗威沉思了一会儿说：“当时奸细向他开了一枪，他往前追了几步后开枪，这样，子弹就掉在同一个地方。我也想过，如果王效是那个奸细的同伙，他为什么要冒这么大的风险去救他然后再把他击毙呢？难道他不怕暴露自己？”

“对呀，哥，要不我们派一个人前往中央苏区去一趟，调查一下。”

罗威摇摇头说：“那是不可能的事。别说中央，我们现在连县委领导都联系不上了。”

“要不暂时把两个人都先关押起来。”

“也不行。”罗威说，“把两个都抓起来，正中了敌人的离间计，伤害了我们的同志，而且会耽误我们的大事。”

正在这时，张猛进来报告：“队长，我们在村里抓到一个奸细。”

罗威问：“你怎么知道他是一个奸细？”

张猛递给罗威一张纸条。张猛说：“我们见他在村中行动鬼头鬼脑，就一搜。这张纸条就是在他衣服的夹层里搜到的。”

罗威接过纸条一看，见纸条上写着：金兄，已到家否？回信。

罗威冷笑一声："哼，看来那个姓钟的的确有问题！"

林春问："什么问题？"

"金兄——把那个钟字拆开来读，不就是金重吗？已到家否——分明是问他是否已经进入游击队里。把那个奸细带进来！"罗威说。

两个游击队员把奸细带了进来。

罗威威严地说："你必须如实地回答我问的问题，争取宽大处理。"

奸细点头哈腰地说："长官，只要是我知道的，我一定老实交代。"

罗威问："你认识那个跟你接头的人吗？"

奸细摇了摇头："不认识。"

"不认识你怎么跟他接头？"

"我在村里收山货时四处叫喊，收山货啰！玉兰片、蘑菇、狐狸皮！板栗、药材、过山峰！论质给钱，价格公道！他听见后，就会主动来跟我联系。"

"他怎么主动跟你联系？"

"他问，麂子皮收不收？我答，是公的还是母的？他说，公的。我说，公的不要，要母的。这算是对上暗号了。然后，我把纸条给他，他也给我一张纸条。"

"那个跟你接头的人长得有多高？年纪有多大？"

"这些都不知道。"

罗威命令："先把他带下去。"

7

这时，高强走进屋说："报告队长，我回来了！"

"高强，辛苦了。你回来正好。"罗威说，"来，先谈谈你去虎尾镇了解到的情况。"

高强说："好，我到虎尾镇后……"

高强回忆：高强从如意酒家门前路过，只见大门紧锁，窗户紧闭，门上交叉贴着镇公所的封条。

高强走进对面一家面馆。面馆里只有一个妇女和一个小孩在吃面。

老板笑容满面迎上来："老表，你吃点什么？"

高强问："你店里都有什么？"

老板答："馄饨、水饺、面条。"

"来碗牛肉捞面。"

"好嘞！你稍等。"

一会儿，老板端上面条。高强一边吃面，一边问："老板，对面那个酒家怎么被官府封了？"

老板看着走出去的妇女小孩，见店内无其他人，忙上前小声说："老表，我告诉你，上个圩日，虎穴来了一批便衣军爷，说饭店老板是共党，随后发生了枪战。后来，老板两口子被打死了，还有一双儿女也被打死，灭门之灾哪！"

"没有人逃走？"

"逃？往哪里逃？"老板摇了摇头说，"你想，几十号便衣，个个手持短枪，把饭店围得跟铁桶似的，水泄不通，恐怕连只苍蝇都飞不出去，更别说人了。我是没看见有人逃走了。莫谈国事！"

老板随即转身，去迎接两个进门的客人。

老板问："两位老表，要吃点什么？"

大胡子说："来四碟小菜，烫两壶酒，下二斤水饺。"

"两位老板先坐下，一会儿就上菜。"

……

罗威沉痛地说："谢明同志一家四口遇害。这笔账先记着。我们会叫反动派偿还的！"

林春咬着牙说："一定要叫反动派加倍偿还！"

罗红眼含泪水，哽咽道："十天前那次我们去他店里，还见他一双儿女活蹦乱跳，想不到现在就阴阳两隔。哥，这血海深仇一定要报！"

在屋的人齐声大喊：“要报仇！打倒反动派！”

这时，去虎穴城的陈宝也回来了。

罗威问：“陈宝，说说你去虎穴的情况？”

陈宝说：“好。”

陈宝回忆：陈宝扮成一个买药的顾客，见元生堂大药房周围没什么异样，他走了进去。

卫鑫迎了上来问：“这位先生，你来看病还是抓药？”

陈宝说：“老板，我要抓三服药。”

“请问你的药方？”

陈宝掏出药方，递给卫鑫。卫鑫接过药方，念道：“葛根五钱，黄连五钱，黄芩五钱，地榆八钱，秦皮五钱，连翘八钱，钩藤八钱，全蝎三只——咦！先生，你这药方怎么少了一味药？”

陈宝问：“请问老板，少了什么药？”

卫鑫问：“你那病人得的可是疫毒痢疾？”

陈宝点头说：“正是此病，正是此病！病了已经五天了，拉得人都下不来床。老板，你真是神医哪！”

“这么说来，的确是少了一味药！”

“少一味什么药？”

“少一味菖蒲。”卫鑫摇着头说，“唉，庸相误国，庸医误病哪！”

陈宝说：“老板，请你帮我把这味药补上吧！”

“好，小六子，再加菖蒲三钱，给他把药抓齐。”

小六子抓好三服药，卫鑫把药交给陈宝，陈宝付钱。卫鑫找钱，并顺手把一个小纸团塞到了陈宝手中。

陈宝接过药，说声多谢，出门而去。

……

罗威听完问：“卫鑫有没有什么异样？”

“我觉得和平时跟他接头时没有什么两样。”陈宝仔细地想了想说，“我观察了，店里店外也没见什么不三不四的人。除了一个买药的老头，还有一个乡下妇女。柜台里，就是一个小伙计和一个胖伙计，再无其他人了。”

“这么说，卫鑫他没有叛变？”

陈宝诧异道：“队长，这怎么可能？你想，要是卫鑫叛变投敌了，我还能回来吗？我这会儿还能站在这里跟你说话吗？恐怕早就叫敌人给抓起来了，你说是不是？”

是，罗威心里想。看来，那个姓钟的特派员说了假话，他本身就是一个假特派员。罗威越想，就越感觉钟龙华身上的疑点多。他来到箭山有十多天了，这么些天，他到底藏在什么地方？山洞、荒郊野外，那是不可能的。而尤其让他觉得可疑的，是他自己说的两次接头两次逃脱的惊险传奇故事。

太离奇了！罗威在想。他和卫鑫接头，就非常可疑。卫鑫既然叛变了，那药店里里外外都是敌人，他是怎么在敌特的重重包围之中全身而退的？那些接头的过程、细节，他都有所隐瞒。而第二次虎尾镇如意酒家的接头，就更加离奇更让人不可思议了。同样是在敌特的重重包围之中，他再一次脱逃，而谢明同志一家，却惨遭敌特灭门。这可能吗？

一想到谢明同志一家的遇难，罗威胸中的怒火就“腾”的一下升起。他拼命地压制住胸中的怒火，他不能让情绪影响判断。但是，姓钟的疑点毕竟太多了。

这个狗特务，居然想鱼目混珠！

“说得是，”罗威点点头，“卫鑫临走时给你的纸条呢？”

陈宝脱下鞋，从鞋垫里拿出那张纸条，递给罗威。

罗威接过纸条，展开一看，只见上面写了和来人接头时的暗语。末尾一句话：至今未见鱼儿咬钩。那意思是说上级派来的特派员至今未去联系。

看了纸条，罗威胸中那把怒火又上来了，终于按捺不住。

“你看，卫鑫写的接头暗语和王特派员的一致。”罗威大怒，大叫一声，“来人，把那个姓钟的假特派员带进来！”

两个游击队员领命走了出去。

第九章
夜杀“南霸天”

1

不一会儿，钟龙华被两个游击队员五花大绑着押了进来。

罗威两只大眼盯着钟龙华，不怒自威。两个人对视着，足足有三四分钟。

罗威猛地大声喝道：“姓钟的，你好大的胆子，竟敢冒充我中央苏区的特派员！”

“何来冒充？”钟龙华坦荡地一笑说，“我本来就是中央苏区派来的特派员。”

“你口口声声说自己是中央苏区派来的特派员，好！”罗威反问，“你用什么来证明你的身份？人证、物证、书证，你样样没有，你就是一个地地道道的国民党特务！”

钟龙华想了想，现在的确没有什么能够证明自己的身份。欧阳玉，那是他不能张扬的隐私。一旦说出，他更加麻烦缠身，到时候，恐怕有一百张嘴一千张嘴也解释不清，而且很可能会把自己推进万劫不复的深渊。而现在唯一能证明自己的两个联络员，一个已经叛变投敌，另一个生死不明。他现在又能靠什么去自证清白呢？

王效见钟龙华沉默不语，觉得时机到了，应该火上浇油，尽快把他置于死地。

“这是一个非常危险的国民党特务。”王效说。

钟龙华反驳道：“你才是一个货真价实的国民党特务。”

罗威反问道：“你说他是国民党特务，你有什么证据？”

正义的天平已然倾向了王效一边，钟龙华感到压力山大。

“他既然自称是中央苏区派来的。”钟龙华说，“好，我问你，中央政府驻地在什么地方？那个村子叫什么名字？”

王效哈哈一笑：“我一直在中央机关上班，难道还不知道中央苏区政府的驻地叫什么名吗？哼，告诉你，叫叶坪。”

钟龙华肯定地说：“不对！”

“大家看看，狗特务就是狗特务，这么简单的一个问题，连国民党报纸上都登过，是中国人都知道，中央苏区政府驻地是叶坪。”王效得意扬扬地说。

“游击队的同志们，中央苏区政府驻地以前是叶坪。”钟龙华大声地说，“但从去年4月以后，由于叛徒告密，叶坪中央政府被暴露，国民党飞机连续轰炸叶坪村。为安全起见，中央机关就从叶坪搬迁到另外一个村子。这属于我们党的最高机密，村名我就不说了，这是外人不知道的一个机密。所以说，你是一个国民党特务。”

王效心中大吃一惊，脸上露出一丝恐慌。不过，恐慌瞬间消失。王效毕竟是王效，因为他知道，瑞金的事，大可不必担忧。这里除了他钟龙华，没有一个人知道。

“临死你还狡辩，”王效说，“我天天在叶坪上班，难道没你清楚吗？”

钟龙华又问：“我再问你，现在中央的‘三人团’领导是哪三个人？”

王效突然觉得这样下去太被动了，被动就会挨打。他现在必须牢牢掌控主动权，他必须进攻。现在有利条件在自己一边，他必须扩大成果，不能给对手以喘息的机会；必须给对手致命的一击，置对手于死地。

“这事得我问你，你有什么资格来问我？”王效以退为进，反问道，“我问你，国民党派你混进游击队的目的是什么？是夺权，是挑拨离间，还是搞暗杀？你说！”

张猛大声说：“对，你这个狗特务必须要老实交代！”

这时，游击队里有人带头振臂高呼：“狗特务必须老实交代！”

更多的人跟着高呼：“狗特务必须老实交代！”

带头的喊：“打倒狗特务！”

人们跟着喊：“打倒狗特务！”

带头的喊：“枪毙狗特务！”

群情激愤：“枪毙狗特务！”

……

罗威摆了摆手说：“同志们，大家不要起哄。我们这是在审查。罗红，你把那些没事的先带到外面院子里去。”

罗威随即转向钟龙华问：“姓钟的，你还有什么要说？”

“罗威同志，关于我的身份，我们可以去找上级领导查清。”钟龙华说。

罗威摇摇头说：“上级党组织最近遭到敌特的破坏，我们和上级失去联系都半个多月了。”

“你这个狗特务，把这样的问题推给上级领导，你这纯粹是在拖延时间！”王效大声斥责道。

罗威自言自语：“这个可恶的国民党特务，怎么处置他？”

王效刚才被钟龙华质问的时候，脸上露出的瞬间恐慌，被林春捕捉到了。林春心里感到一丝隐隐不安，他对罗威说：“队长，我建议先把他关起来再说。”

“罗威同志，我建议立即处决他。”王效说，“我们的队伍必须赶紧转移，此地不可久留，敌人已经知道我们的宿营地了。”

王效的话和罗威的想法不谋而合。罗威沉思了一会儿，果断下了决心，手一挥，下了命令：“对，马上处决，然后队伍立即转移。”

王效说：“我去处决这个狗特务。”

林春赶紧说：“王特派员，我去处决他。”

罗威指着一个游击队员，命令道："三花，你同林副队长一同去执行。"

三花："是！"

2

三花押着钟龙华走在前面，林春紧随其后，三人走在山道上。

三花问："副队长，我们把他押往哪里执行？"

"押远点，后山。"

"是不是太远了？"

"这种事情，就得离村子远点。最好是大沟边，完了把尸体往深沟里一推，神不知鬼不觉的。"林春说。

"副队长考虑得极是。"

三个人继续往前走。林春问："钟龙华同志，你再好好想想，你身上还有没有什么东西能够证明你的身份？"

钟龙华沉默了一下说："我身上棉袄的夹层里，有一张我的军装照片，它应该能够证明我的身份。"

林春按照钟龙华的指点，在他棉袄前右下角的夹层里，撕开后拿出一张三寸黑白照片。照片保存得很好，像新的一样。林春仔细看那照片：只见照片上的钟龙华身穿红军军装，头戴八角帽，帽上是一颗闪亮的五角红星。他胸前戴一朵大红花，雄姿英发，神采飞扬。他身后戏台上的横幅标语上写着：中央苏区第二次反"围剿"战斗英雄表彰大会。

林春惊喜地说："红军，红军！你才是真正的中央红军啊！"

这时，走在前面的三花发出一声喊："站住，就这块风水宝地送你去西天吧！"

林春闻声抬头一看，大吃一惊，只见十来步开外的三花，举起了枪，推弹上膛，瞄准站在前面背向他们的钟龙华，正准备射击。

林春来不及多想，抬手一枪，正击中三花的左手臂。三花“哎哟”一声，倒在地上。

钟龙华闻声回头，吃惊地望着林春。

林春跑上前，掏出一把匕首，三下两下把钟龙华的绳索割断。

三花大声质问：“你为什么放开他？你为什么不执行罗队长的命令？”

林春解释：“三花，他不是特务。”

三花用受伤的手托起枪，又瞄准了钟龙华，欲扣扳机。林春用手向上一托枪管，“砰”的一声，子弹飞上了天空。

三花大声呼喊：“快来人啊！林春劫法场啊！”

林春看见王效带着几个游击队员，正朝这边飞跑过来。他举起右掌，猛击一下，把死死抱住他左脚不放的三花打昏在地。

林春说：“钟龙华同志，我们快跑，跟我来！”

林春在前，钟龙华在后，两人钻进密林，身后传来喊声和几声枪响。

游击队驻地，三花左臂吊着纱布，站在罗威跟前。

“大沟边，我举枪瞄准了那个假特派员，正准备开枪。”三花低声说，“谁知道林春在我背后开黑枪！”

陈宝问：“后来呢？”

三花说：“他上前就替假特派员割断绳索。我骂他是叛徒。我又端起枪，再次向那个假特派员开枪。他猛托枪管，一枪打飞了天上。我紧紧抱住他的左脚，大声呼喊。他一拳把我打晕……这以后的事，我就不知道了。”

“罗队长，我带几个队员追了过去，见他们钻进了密林早已无影无踪。”王效说，“我们就把受伤倒地的三花同志抬了回来。”

罗威看着受伤的三花问：“头还晕吗？”

“晕，晕得很，眼花缭乱、天旋地转的那种感觉。”

“陈宝，你扶三花下去休息。”

王效说：“罗威同志，我们游击队必须立即转移！”

罗威转身对罗红说："传达命令！部队整装，准备转移！"

罗威站在高处喊："同志们！林春已经叛变投敌！以后他就是我们的敌人！从今以后，无论何时何地，无论谁碰见他，都可以把他和那个假特派员就地正法！"

"哥，林春的事还没搞清楚，你怎么就下达命令？"罗红说。

"事实清楚，他背叛了革命，就成了我们的敌人！"

"哥，你是不是……"

罗威打断她的话："执行命令！同志们，出发！"

3

还是在上次烤火的山洞里，钟龙华和林春面对面坐着，烤火取暖。

钟龙华问："林春同志，你怎么肯定我就是那个真正的特派员呢？"

林春递给钟龙华一只烤红薯，说："来，特派员，吃一只烤红薯。"

钟龙华接过烤红薯。林春说："小心，烫！"

钟龙华把红薯放在身边一块石头上，说："还真有些饿了。"

"从你告诉我你就是中央苏区派来的特派员那刻起，我就认定你是真正的特派员了。"林春说，"后来，看到你第二次反'围剿'战斗英雄表彰大会的照片后，我就确信无疑了。"

钟龙华笑着说："你那么肯定，一定有其他依据？"

林春点了点头，肯定地说："有，我对王效有三点怀疑。第一点：王效咬定中央苏区政府驻地就是叶坪。而你则指出以前是叶坪，现在为了躲避敌人的飞机轰炸而搬到另一个村子肯定是正确的。就像我们游击队，在一个地方待一段时间后，为了防止走漏风声，要经常变换地方一样。当时你质问王效时，我看到王效脸上露出一丝恐慌之色，稍纵即逝。"

"对，你说得对。是这样的。"钟龙华点点头，"正是为了躲避敌人的飞机轰炸，中央苏区政府才搬到一个叫沙洲坝的村子。我们的保密工作做得很好，所以，敌特机关根本找不到我们中央政府的新驻地，他们还以为在叶坪。我之所以对大家不说出沙洲坝来，是怕王效知道后报告敌特机关。”

“第二点，前几天，我们抓到一个奸细。关押时半夜被人勒死岗哨放走了奸细，我们发现后追赶，被王效击毙了。王效解释说半夜他上茅厕碰见两个特务，特务向他开了一枪，伤他左臂。他还击一枪，把奸细当场击毙而另一个逃脱。第二天一早，我查看现场发现两颗同一型号的子弹壳都掉在王效当晚站的那棵树下。此事疑点很多，我怀疑王效是怕那个奸细逃不出迷魂山被抓住供出他，而自导自演杀人灭口的一出苦肉计。”

钟龙华沉思了一会儿说：“你分析得有道理。那个奸细应该和他认识，王效把他救出来然后再把他击毙。既能解除后患，又能获取罗队长信用。这是他一石二鸟之计！”

“而最重要的是第三点。以前仅仅是怀疑，现在基本上得到了证实。”

钟龙华笑了：“你这第三点，恐怕就是把他救上山的那出戏吧。”

“对，特派员，完全叫你猜对了。”

“敌特机关获取了我中央苏区要派一名特派员到箭山游击队的情报后，就安排王效伪装成中央苏区特派员。”钟龙华说，“但是，他们不知道特派员和地下组织的密语暗号。刚好他们破获了卫鑫这个秘密联络点，卫鑫又供出了虎尾镇的如意酒家。于是，敌特机关就设计出王效在前往联络点接头途中被敌追杀，当着如意酒家谢明的面把他抓捕。然后再通过谢明向游击队传递要押解王效到虎穴城的信息。这样，你们游击队就在中途把他救下。”

林春点了点头说：“对，这样，他就堂而皇之地进入了游击队。”

“后来，敌人怕王效暴露，同时如意酒家对他们来说，已经没有什么作用了。所以，在我和联络员接头时，他们就想来一个一锅端。”

林春问：“特派员，卫鑫已经叛变了？”

“对，我去和他接头时，差一点着了他的道。”

林春恨恨地说：“这个狗叛徒！这次陈宝下山，又是他玩的阴谋诡计，给游击队传递假情报，做伪证，得把他除掉。”

“他对我们威胁很大，是得想办法除了他。”

“钟特派员，要不我现在就返回游击队，在罗队长和全体游击队员面前揭开王效的假特派员面具，把他除掉。”

“不行，”钟龙华说，“罗队长现在很相信这个王效。你没有执行他的命令，又伤了三花。现在你不能回去，回去同样有危险。再说，我们对王效的分析，还没有足够的证据支持，罗威同志也不一定相信。”

“那我们现在怎么办？”

“我们还有更重要的事情要做。”

“想想，有一个敌特分子，他钻进了我们游击队里，而且还是个头头，就像孙悟空钻进了铁扇公主肚子里一样。”林春说，“特派员，你说，我们游击队是不是很危险？”

“危险是有。”钟龙华分析道：“不过，我想，王效目前是孤身一人，他必须等待时机。罗威同志和游击队的同志，仅仅是受到王效的蒙骗。另外，游击队里还有许多党员骨干，暂时不会有太大的危险。”

“对，除了罗队长，还有罗红、高强、刘清、张猛等党员同志。”

“还有我们，我们可以在暗中关注他们，支援他们！”

“特派员，你现在没有了武器，我们去给你搞支枪吧！”

钟龙华笑了，说：“好，得先武装自己。我想，你一定有目标了吧？”

“有。”

林春走出洞口，站在洞口一块大石头上，遥指南边。林春恨恨地说：“特派员，山下往南八里地，有个村庄，叫南乡村。村上有个恶霸，叫南亭，人称‘南霸天’。那是个铁杆反动派。他曾经抓了我们三个游击队员，被他枪杀了。罗队长对他恨得咬牙切齿，几次想除掉他，但都没有成功。”

“好，那我们今晚就去镇压他。”

“好，我们现在就走。”

“对，顺便搞些吃的回来。”

4

夜，南宅。

钟龙华和林春翻上高墙，轻轻跳进院子。见四下无人，他们轻手轻脚走到西厢房窗下。钟龙华用右手食指蘸点口水，在窗纸上点了个小洞，眼睛贴近小洞。只见厢房内灯火通明。南霸天的四房太太，正聚在一起打麻将。

四姨太摸了一张西风，打出，说：“唉，今晚点儿背，老是摸不着。”

“我已经五把没和牌了。”三姨太说。

“今晚都是老二赢了。”大太太说。

“一吃三！”三姨太说。

二姨太抓起一把钱：“看，我就赢了这点钱?！你们不想想前几天晚上，那可是三吃一，把我输惨了！”

“西风！怎么又摸西风?”四姨太说，“我怎么好像摸了五张西风？是不是谁出了老千?”

二姨太道：“你自己出了老千，输了怪不得别人。”

四个女人都哈哈大笑起来。

大太太问：“老爷今晚去哪里了?”

二姨太反问：“你是老大，他没跟你说?”

“老爷眼里什么时候有我这个老大？他去哪里从来不跟我说。”

二姨太说：“出去时我听他说是虎尾镇的胡镇长请他的客。”

“可不是呢，”四姨太说，“前几天，我们家老爷在虎尾镇上的如意酒家，叫虎穴城里白司令手下于副官那伙挨千刀的，当成‘共匪’暴打了一顿。当时人送回来，惨不忍睹！被打得鼻青脸肿，门牙被打掉两颗，躺了一天两夜。这不，今天刚好些，又被胡镇长请去，说是给我们老爷压惊，给他赔礼道歉。”

“这两天我回娘家了，今天下午回来，你们也没人告诉我。”大太太说道，“我要知道，今晚上就不叫他出去了。如今世道不太平。深居简出，看好自己的家。”

三姨太愤愤不平：“我们老爷也是，平时这么卖力死心塌地帮着他们杀共党，到头来反而挨了一顿打，真是岂有此理！”

“这不是白挨一顿打吗？”二姨太说。

四姨太说：“打了也白打，你找谁说理去？人家是白司令手下。”

大太太问：“今晚老爷回来，在谁房里侍候？”

“我房里。”四姨太嘚瑟地说，“老爷走时交代过了，今晚在我那里过夜。”

四姨太抓了一张二饼，打出。大太太高兴地把牌推翻：“哈哈，和啦！我这是清一色，对对碰！外加四张花，一共是十四番！老四，给钱！”大太太哈哈大笑，语带双关地说，“真是失之东隅，收之桑榆。”

四姨太不高兴地说：“今天晚上真背！我和三六九条，怎么会一张都摸不到呢？这么些三六九条都跑到哪里去了？”

二姨太笑了：“我手上有三张三条，三张九条。嘿，我还想着摸俩暗杠呢！”

三姨太也笑了：“我这里有三张六条，也想着摸个暗杠来个杠上开花哩！”

“我说怎么摸来摸去就是摸不着，原来叫你们全部摸走了。”四姨太生气地把牌一推，说：“今晚上不打了，算账。”

钟龙华和林春忽听敲大门声，两人忙闪身躲到院子角落花丛树后面。

只见院子大门打开，南霸天和几个随从走进院子。

南霸天问："老四呢？"

看门老头答："老爷，四姨太在西厢房和另三房太太们打牌，等你回来。"

南霸天吩咐道："叫她到后院西厢房侍候。"

只见前院西厢房门打开，四姨太领着丫环走了出来。

四姨太嗲声嗲气地说："老爷，我正等着你回来呢！快，跟我去扶老爷！"

南霸天对几个随从说："你们各自回房去吧。"

南霸天在四姨太和丫环一左一右的搀扶下，往后院走去。那三房太太心里酸酸地望着他们远去的背影。二姨太说："呸，这骚狐狸精！"

三姨太说："不得好死！"

大太太两眼盯着三姨太，说："你这么恶毒！咒谁不得好死呀？"

三姨太愤愤地说："就是咒那狐狸精，不得好死！"

大太太哼了一声，说："别忘了，当年你也是只狐狸精！"

5

夜深人静，月牙西沉。

"原来是这家伙，真是冤家路窄！"

林春问："特派员，你认识南霸天？"

钟龙华笑了，说："算是认识吧，一面之交。前几天，在如意酒家，是他把敌人的注意力引开了，为我的脱逃制造了机会。"

"怎么会这样？是误打误撞？"

"不，是谢明同志为了掩护我逃走，故意指认他是接头人，把敌人引向了他。"钟龙华说，"五六个特务围着他一顿暴打，也够他受的。"

"谢明真是个好同志，一家人都被敌人杀害了。"

钟龙华坚决地说："我们今天晚上为谢明同志一家报仇！我们该

动手了！”

6

钟龙华和林春来到后院，见西厢房的灯还亮着。他俩轻手轻脚来到窗前。钟龙华用右手食指蘸了点口水，把窗纸点了个小洞。钟龙华贴近小洞往里看去。只见房内烟雾缭绕，南霸天和四姨太正躺在烟床上抽大烟。

“老爷，以后晚上你还是少出去。”四姨太说，“‘共匪’厉害，要多加小心！”

南霸天哼了一声，说：“怕什么？哼，‘共匪’马上就要完蛋了！”

“不会吧？你不是说他们这几年在江西闹腾得厉害吗？不是说把大半个江西都赤化了吗？”

“这次不一样了。蒋委员长调集了百万大军‘围剿’。天上有飞机轰炸，地上有大炮坦克，共党是节节败退。听说已经打到伪都瑞金，快把瑞金占了。”

“真的？”

“这次是真的。”南霸天说，“胡镇长说了，等把江西的大股共匪剿灭完后，他再请示上峰调重兵来把箭山这支游击队给灭了，从此天下就太平了。”

四姨太高兴地说：“太好了！春香，去给老爷打盆热水来泡脚。”

春香答应一声出去了。

春香端一盆热水回来，在走廊另一端被林春接住热水盆，钟龙华在她身后左手扼住她喉咙，右手毛巾捂嘴。两人用绳把春香捆好手脚，放在花丛后面。林春随即穿上春香的衣服，端起热水往西厢房款款走去。

烟床上，南霸天背朝房门，四姨太面对房门躺着。四姨太听见脚步声，骂道：“春香你这小贱人！这一刻你就去偷汉子啦？打盆热水要半天……”

她突然发现那个穿花衣服端盆进来的不是春香，她大惊：“你是谁?”

林春几步蹿到烟床前，把手中那盆热水朝南霸天头上扣去。南霸天听见四姨太惊叫，心知不妙，刚扭过头，见盆扣到，他头一歪，一盆热水倒在他身上，烫得他一声号叫，一翻身滚下烟床。

紧跟在林春身后的钟龙华几步蹿上前，从床上抓起一床被子，把刚想大声喊叫的四姨太连头带身子蒙住。顺手拿出一根绳子，三下五除二地把四姨太像个粽子样五花大绑着，只露出两只脚在外面乱踢乱蹬。

林春见南霸天滚下了床，抬脚向他的头跺去。南霸天在地上一滚，躲过了林春致命的一脚。他迅速起身，摸出身上的一把匕首，向林春刺来。林春一闪身，匕首刺空。林春伸出右手，抓住南霸天握匕首的手腕，用力一拧，匕首掉在地上。林春飞起一脚，正踢在南霸天的小腹上。南霸天后退两步，屁股正靠在烟床沿。他顺势往后一躺，手正够着枕头，枕头下露出一支驳壳枪来。钟龙华刚把四姨太捆住。见南霸天伸手在摸枪。他纵身一扑，上半身压住南霸天的脑袋，两只手则死死地抓住他刚摸到枪柄的右手，把枪夺了下来。林春见钟龙华压制住了南霸天上半身。他飞快地抓起地上的匕首，对着南霸天腰上猛刺下去。南霸天挣扎了几下，终于不动了。

钟龙华起身，摆弄了一下手中的驳壳枪：“好漂亮的一支德国货!”

“特派员，我们去厨房搞些吃的。”林春说。

“好，快走!”

大太太同丫环走出东厢房，提着马灯向后院走去。二姨太、三姨太各自站在自己的房间门口。二姨太、三姨太问：“太太去哪里?”

大太太说：“我刚迷迷糊糊要睡着，好像听见老四叫喊了一声。”

“我们也好像听见老四叫喊了一声。”

“那我们一起去看看怎么回事?”

一行几个人来到后院西厢房。

二姨太说："不对啊，今晚里面怎么这么静啊！"

三姨太说："是呀，老四平常浪得大呼小叫，在前院都能听见她的叫床声，今天晚上怎么会这样安静？真是奇了怪了。"

二姨太推开虚掩的房门，叫一声："老爷！……"

三姨太突然尖声大叫起来："血！不好了！老爷被人杀了！"

大太太、二姨太、三姨太大哭："我的老爷啊……"

床上，四姨太两只外露的脚还在不停地踢蹬着。

7

欧阳府大厅里，欧阳玉说："爸，卫鑫这只讨厌的疯狗，得想办法把他做了。"

欧阳山呷了口茶，点点头说："是该把他做了。"

金师爷说："堂主，除掉他还不是小菜一碟，叫两个兄弟就把他做了。"

"不能在虎穴城里杀他。"欧阳山摇了摇头说，"如果他暴死在虎穴城，白湘君就会怀疑是我们干的。这样，他对我们欧阳府就会看得更严。"

"那就在城外把他除掉。"

"对，城外有共产党的游击队。"欧阳玉说，"卫鑫他背叛了共产党，他就是叛徒，共产党对待叛徒，从来都是必杀的。"

金师爷说："对，杀了卫鑫，再嫁祸给共产党游击队。"

"嗯，"欧阳山说，"这倒是个好主意。"

"不过，堂主，这卫鑫平时最是谨慎，他只在城里转悠，很少出去。"

"所以，一定得有个大鱼饵，才能把这条大鱼引出来。"

金师爷思索了一会儿，猛击一掌说："堂主，有了。我想出一计，必杀卫鑫！”

“师爷请讲。”

前几天我就听说，“卫鑫的元生堂，缺少很多种药材。比如当归、川麻、芡实、党参、地黄，等等。我听店里那小伙计说，生意都快做不下去了。”金师爷说，“我想，卫鑫现在最想的饵，就是药材。”

“如今兵荒马乱的，谁能搞到这么些紧缺药材？”

“堂主忘了，你前些年在北大街，曾经救过一个叫花子。”

欧阳山想了一想说：“你是说五年前在北大街被几个地痞打的那个叫花子？”

“对，他叫李通。当年堂主把他救下，临走给了他十升米，还有钱财衣物。那时，李通是到虎穴城寻亲不遇，没了路费，又被人欺负，才落得如此下场。”金师爷说，“其实，李通他老家是江西樟树。樟树号称中国‘药都’。李通年轻时教过私塾，后又贩过多年药材，对药材这行是了如指掌。”

欧阳山问：“如今到哪里去找他？”

“出虎穴城往西，过大铁桥走四十里，有一座山，叫狮子山。狮子山山势险峻，山上有一伙强人，七八十人之多，为首的叫宋云，人还算仗义。这李通，现在狮子山当军师，算是第二把交椅。”金师爷说，“箭山游击队根据地，在虎穴城东北方向，你叫卫鑫往东北方向走，他肯定不去。你叫他往西走，有利可图，他一准去。这就叫人为财死，鸟为食亡！”

“那我们又如何引他上钩呢？”

金师爷说：“我们只须如此如此，不怕他卫鑫不上钩。今天我趁早去趟狮子山，明天老爷就可以依计行事了。”

8

风和日丽，蓝天白云。

金师爷骑马奔驰过城西大铁桥，走在山道上。

金师爷正骑马走在密林小道上，马前突然弹起两根绊马索，把金师爷连人带马绊倒在地，从树后蹿出一伙持枪拿刀的大汉，为首一个络腮胡的胖子。

胖子喝道："弟兄们，把这厮给绑起来！"

两个寨兵上来把金师爷五花大绑。

胖子问："你是什么人？跑到我们狮子山来干什么？是不是国军奸细？"

众寨兵齐声大喊："是不是奸细？说！"

"老朽年纪这般大了，如何做得了奸细？"金师爷辩道，"我到这狮子山来，其实是想找一个人。"

胖子问："你找什么人？老实交代！"

"我找你们山上的李通。"

"李通？我们山上没有这么个鸟人。"胖子吩咐道，"猴子，这人不老实，先抽他二十鞭子再说。"

猴子答应一声："好。"

猴子举起鞭子，刚要抽，突然停了。猴子说："头儿，李通这名字，好耳熟哇！"

一个年老的寨兵突然惊叫起来："头儿，不好了，我想起来了，我们狮子寨李军师的名讳就叫李通！"

胖子瞪着牛眼，问："是吗？你没搞错吧？"

猴子赶紧说："对对对，李军师就是李通，李通就是李军师。"

胖子问："老爷子，你认识我们李军师？你们是什么关系？"

金师爷回答："我们算是朋友吧。"

"快给老爷子松绑。"胖子命令道。

两个寨兵七手八脚地忙着给金师爷松绑。

"老爷子，你受惊了。不过，送你上山，还得按我们山上的规矩来。"胖子说。

金师爷问："什么山规？"

“老爷子，委屈你了，要带你上山，就得把你眼睛蒙上。”

金师爷笑了：“你还是把我当成了奸细。好吧，既然是山规，就按山规办。”

一个寨兵用一块黑布蒙着金师爷眼睛，然后叫他拉着一根棍子的另一头，跟着上山。

第十章
血洗雷公寨

1

狮子寨聚义厅。宋云和李通正坐在大厅议事。

“大哥，我今早起来到现在，左眼一直在跳。”李通说。

宋云问：“兄弟，左眼跳主何吉凶？”

“俗话说：左眼财，右眼挨。我想是不是该发财了？”

宋云一笑：“财从何来？”

“俗话说：有福不在忙，无福跑断肠。正是此理！财这东西，不可强求。”

“财，自有命中注定，强求不来！”

“财分黑财、正当财、横财、意外财……”

“什么叫意外财？”

“意外财，就是天上掉下来的财、没有想到的财。”

“第一次听你说，天上还能掉下财来？”

正在这时，胖子走进厅来。胖子说：“寨主、军师，今天我带人在南山小路上设伏，遇见一人骑马而来，我们绊倒马，把人带上山来。”

宋云问：“这人什么来路？会不会是城里国军的奸细？”

“这人自称认识军师，还说是军师的朋友。”

李通一怔，说：“他说认识我？好，把他带上来。”

一会儿，胖子和两个寨兵把金师爷带上大厅。去掉黑布，金师爷揉了揉眼睛。

李通见了大吃一惊，站了起来说：“这不是虎穴城的金师爷金兄吗？”

“正是在下。”金师爷说。

李通走下座来，挽着金师爷走上台阶，让他坐在自己那张太师椅上。

李通介绍：“大哥，这就是我常给你说的虎穴城恩公欧阳堂主的金师爷金兄。”

宋云和金师爷相互抱拳见礼。

停了一会儿，李通说：“许久不见，不知哪阵风把师爷吹来？”

金师爷道：“兄弟，我给你和宋寨主送来一桩大买卖。”

宋云反问：“有大买卖，你们不做？”

“是这样。这桩大买卖，我们在虎穴城做，实在有些不方便。”

金师爷跟宋云、李通如此这般地说了一番。

李通脸上露出笑意说：“我说今天早上起来左眼怎么一直跳，原来是主此财，大哥，此等不仁不义背主求荣之徒，我们当取之！”

“那好吧，就按刚才金师爷说的妙计行事。我们做好准备，等候消息。”宋云说。

“宋寨主，所取全部钱财，尽归你们山寨。”金师爷说，“我们分文不要，只求灭了此贼！”

“这事保证让欧阳堂主满意。”宋云说。

“师爷，今晚你留在山上，明早我们一同下山。”李通接着说，“许久不见，我叫弟兄们杀猪宰羊了，今晚要大摆筵席，给师爷接风！”

“多谢两位美意，我得先行一步，就此告辞了，明日在家静候军师到来。”

李通想了想，说：“既然师爷执意要走，我们就不强留了。来人！”

胖子走上大厅，胖子问：“军师有何吩咐？”

李通命令道：“你带几位弟兄，护送金师爷下山到大路口。”

胖子答应：“是！”

金师爷和宋云、李通作别，跟随胖子走出大厅。

“军师，真是左眼跳财，说来就来哦！”

“大哥，这欧阳堂主最是仗义。”李通说，“再说，这卫鑫是共产党叛徒，欺师灭祖之辈。共产党岂能放过他？这死是早一天迟一天的事。我们不杀他，他也过不去这个年。”

“这算是意外财了。”

“也算是横财。俗话说：马无夜草不肥。”

宋云说：“人无横财不富。”

两人相视哈哈大笑。

2

金师爷走出欧阳府大门，见不远处小巷口，卫鑫正和两个盯梢的特务说话。

卫鑫问：“有没有发现什么情况？”

矮特务摇摇头说：“没有。”

“看见钟龙华出去过没有？”

高个特务见金师爷正朝这边走来，快到跟前了，忙佯装没事，扭头离去。卫鑫不知情，大怒道：“你回来！站住！回答我的问题！”

“卫老板，一大早发什么大火啊？”金师爷问道。

卫鑫闻声回头，尴尬地说：“金师爷，我一早来这里练练太极拳。”

卫鑫说着，比画了几个太极动作。

金师爷笑了：“噢，你几时又学会了玩太极？”

“早就会，早就会，那是小儿科，我表兄在家吗？”

“堂主在家，一个人闲来无事。正好，你若有空，去跟他杀上两盘？”

“我也正好有空。”卫鑫说，“正有此意。”

“那好，请。”

两人一前一后走进欧阳府。欧阳山对卫鑫的态度不冷不热，两人摆好棋，在楚河汉界各怀鬼胎地下棋，金师爷在旁观战。

“老表呀，不是我说你，下棋你得用点心，别老是输。”欧阳山说。

“那是，那是。”

欧阳山提马卧槽，话里有话地说：“将！你看看，话没说完，我就将你军吃你车了。”

“你这卧槽马什么时候跳上来的？我怎么没看见？”

“你要看见了就不会丢车了。”

“这盘又输给你了。”卫鑫说，“哎，怎么不见表侄女她小两口呢？”

金师爷说：“少年夫妻，新婚燕尔，如胶似漆，他两个在私房。”

“表哥，阿华会下棋吗？我想他肯定会。”

“他不但会下棋，而且是棋中高手，我们堂主和他对弈，也总是输多赢少。”

“能不能叫他来下两盘？我很想看看女婿大战岳父的精彩博弈。”

欧阳山问：“你想不想看？”

“想看。”

“真想看？”

“真想看。”

欧阳山说：“好……”

欧阳山话没说完，阿才匆匆走进大厅禀报：“老爷，那个姓李的老板来了。”

欧阳山一怔说：“来得好，我正想找他呢，叫他进来。”

欧阳山问师爷：“李通这次怎么回事？一点都不爽快。”

金师爷答：“堂主，这李老板办事向来守信。我想，这次是不是遇上了什么麻烦？”

正说着，阿才带着李通进来了。

李通上来作了个揖，说："见过欧阳堂主，堂主好！"

欧阳山问："李老板，你欠我那三千大洋，是不是今天来还？"

"堂主，我正为此事而来。"

"这么说，钱你带来了？"

"欧阳堂主，我今天来就是想和你通融一下，请再宽限几天。"

欧阳山脸色一变，起身从房中拿出一张字据，不悦地说："你既然没带钱，跑来干什么？你看清楚你自己签字画押的借据，期限已经过了三天。到期不还，是要加息的！"

卫鑫站起身，盯着欧阳山手上的借据看。

"堂主息怒，这事我知道，只是……"

"只是什么？做人要讲信誉！这么多年，你我交往，我看你还是很守信的。你只要这两日把我本息还清，那拖欠几天的利息也就算了。朋友还是朋友。"

"堂主，只是我的本金都压在货上。这货一时又脱不了手，故请堂主再宽限数日。"

金师爷问："你是什么货？烟土？"

"不是，是一批药材。"

"药材又不是什么违禁品。你把它运来虎穴城，很快就出手了。"

"师爷你有所不知，因上次我不小心，得罪了守大桥的丁连长。他咬定我那批药材要征收一千大洋，少一个子儿都不行。所以，我才把药材暂放在桥西金狮镇，先来给堂主打声招呼，宽限数日。"李通解释说，"明天，我就把它运去湖南衡阳。已经跟一个药店老板谈妥了，对方出五千大洋，全部要了。"

卫鑫突然插嘴："李老板原来是贩卖药材的？"

李通说："在下靠此为生。"

"李老板家是哪里人？"

"江西樟树。"

"哦，"卫鑫说，"樟树称为药都。你手上现在都有些什么药材？"

"现有川麻、川贝、潞党、怀山、地黄、当归、苏芡、杜仲、丹参，等等，共二十六种地道的上等药材。”李通连珠炮般说上一大串药名。

刚才那一幕戏，卫鑫在一旁看得真真切切清清楚楚，他不禁动心了。现在他卫鑫最需要的，就是药材。这会不会有诈？卫鑫也仔细想过，药材他放在桥西金狮镇，金狮镇在虎穴城正西，而箭山游击队活动范围在虎穴城东北方。游击队跟此事无关，他大可不必担忧。再说，刚才借据他也看清了，不像是伪造的。

卫鑫心下暗想，待我再诈他一诈。

卫鑫突然问：“你说的是衡阳哪一家药房？”

“衡阳城老字号‘济世堂’大药房。”

卫鑫哈哈一笑：“衡阳‘济世堂’药房我知道，也算是老朋友了。老板姓张，六十多岁，个子矮小，头发花白，对吧？”

“不对，”李通摇摇头，一笑说，“你说的不是‘济世堂’。‘济世堂’老板不姓张，他复姓皇甫，四十出头，风流倜傥。传到他已经是第四代了，衡阳‘济世堂’在衡阳城可谓无人不知、无人不晓、鼎鼎大名！”

“对，对，记错了，掌柜的姓皇甫。”卫鑫一拍头说，“李老板，你这批药材不用运到衡阳去了。”

李通问：“为什么？”

“我全部要了。”

“你要药材干什么？”

“李老板，”金师爷哈哈一笑，说，“我忘了跟你介绍，这位是虎穴城大名鼎鼎的元生堂大药房掌柜，卫鑫卫老板。”

李通一拱手：“久仰，久仰！失敬，失敬！”

“怎么样？衡阳那边出五千，我出四千三。”

“太少了。我那批药材都是一等一的上好药材，少了五千我是不会出手的。”

“我给你算笔账。”卫鑫说，“你此去衡阳，少说有五六百里地。山高路远，如今世道又不太平。假如卖给我，我自己带人去拉，还省了你一笔过桥费。”

“那也太少了，你给四千六。”

“我们跟欧阳堂主都是熟人朋友。做熟不做生，四千四，怎么样?”

李通摇摇头，说：“最少四千六。”

“这就是你不爽快了！”卫鑫说道，“这样，你退一步，我进一步，给你加一百，四千五！一口价！”

“好了，我来做个中人。”金师爷说，“这边是亲戚，那边是朋友。就四千五，两边不吃亏。成交！”

李通咬咬牙下决心说：“好吧，就四千五！一手交钱，一手交货！”

卫鑫站起身说：“李老板，爽快，走！趁热打铁，现在我就带人带钱同你一起到金狮镇。我们当面验货，当面过秤，当面给钱！”

“卫老板也是个爽快人。”李通说，“欧阳堂主，欠你的钱，药材卖出，明天连本带利一同归还！”

欧阳山说：“好吧，两位在这里吃个便饭。”

“表兄，我们走了，办事要紧。”卫鑫说。

李通双手一揖，说：“多谢堂主、师爷促成一桩买卖！”

3

林中一条大道，两边树高林密，宋云带着十个弟兄埋伏在树丛中。

宋云问：“胖子，等会儿你对军师开那两枪，那子弹的子弹头都去掉了吗?”

胖子答：“你放心，寨主，早准备好了，万无一失！”

“演戏嘛，就一定要演得逼真，叫人看不出破绽来。”

这时，猴子从一棵高树上溜了下来，跑到宋云跟前。

猴子报告：“寨主，他们远远地来了。”

“好，大家做好准备。”

李通骑马走在前面，卫鑫骑马跟在旁边。后面是两驾马车，车上坐着卫鑫的两个赶车伙计和两个保镖。他们一路走来。

突然，有人一声大喊：“都站住！不许动！”

宋云带人冲出树丛，端着枪把两驾马车团团围住。

李通双手作揖说：“好汉，我们都是普通老百姓。”

宋云大喝一声：“哼！看你们骑着高头大马，穿着狐皮貂裘，不是财主，就是土豪！”

李通下马，走到宋云跟前，哀求说：“好汉，放我们走吧！”

两个寨兵上前抓住李通，李通突然挣脱扑上前去抢夺胖子的枪。胖子举枪对着李通胸前“砰砰”就是两枪，李通扑倒在地，一股鲜红鲜红的血从他身下流了出来。李通脚蹬了几下，就不动了。

宋云喝道：“谁不老实，这就是下场！”

两个寨兵把卫鑫拉下马，押到宋云跟前。

卫鑫求饶道：“好汉，饶命！我把所有的钱都给你们！”

宋云哼了一声：“你有多少钱？来买你的命。”

卫鑫从怀里掏出两张银票，赶紧说：“这是四千五百块大洋，不够，我再叫人回家去取。”

猴子一把把银票抓了过去。

“哼，”宋云冷笑一声，说，“你这个叛徒！今天，再多的钱也救不了你的狗命。告诉你吧，我们是箭山游击队。”

卫鑫大惊，刚想伸手掏枪。旁边胖子起手一刀，插在他后心上，一命呜呼倒在地上。

一个保镖见势不好，伸手想掏枪，被一个寨兵一梭镖刺中胸口毙命。另一个保镖从车上跳下，撒腿就跑。他回头开了一枪，把一个寨兵的手臂伤了。

宋云拿过寨兵手中的一支长枪，推弹上膛，瞄准，扣动扳机，一枪正中保镖的后心，那保镖一头栽倒在地。两个车夫吓得跪在地上，瑟瑟发抖，磕头如捣蒜，连喊饶命！

宋云对车夫说：“老表，起来吧！你俩也是受苦人，不必害怕。”

两个车夫说：“我们都是地主老财的长工。”

“冤有头，债有主。我们是箭山游击队，是共产党的队伍！”宋云说，“卫鑫是个叛徒，那个人是财主，他们企图顽抗，两个人都死有余辜！你们两个回去吧。”

两个车夫赶着马车，掉转头，往回走了。

看着两驾马车走远消失不见。宋云用脚踢了踢李通说：“军师，起来吧，别再演了，别赖在地上不肯起来。”

李通从地上爬起问：“我演得怎么样？”

“演得好！只是可惜了我两颗子弹。”

“不可惜，这两颗子弹换来了四千多大洋。”

宋云和李通相视大笑。

宋云吩咐：“你几个把卫鑫的尸体抬走。”

胖子问：“寨主，这老小子死了还要我们抬他？”

“把他抬到前面悬崖边，扔下深沟去喂狼。这叫毁灭证据，懂吗？”

胖子点头说：“知道，这是毁尸灭迹！”

4

虎穴城“剿共”司令部里，于副官与欧阳山话不投机。

于副官说：“欧阳堂主，卫老板的家属状告你私通‘共匪’，设局谋害了卫鑫。”

“于副官，这种无中生有的话他们也能说出来？说话得凭良心，栽赃得有伪证！卫鑫是我老表，我们亲如手足，我怎么可能害他？”欧阳山说，“是共产党游击队清理门户，把他给杀了，与我何干！”

两个车夫说：“长官，游击队说我们东家是叛徒，说李老板是个大土豪、大财主！两个人都死有余辜，罪该万死！”

于副官问：“你俩亲眼看见那个姓李的死了？”

“亲眼所见，”两个车夫说，“千真万确！一个胖子，手持短枪，对着李老板胸前‘砰砰’就是两枪。李老板当场倒地身亡，血从身下流出，把一片地都染红了。”

这时，一个白匪班长进来报告。班长说：“报告于副官，我们在案发现场，只见到了两个保镖的尸体，卫鑫和李老板的尸体不见了。我们找遍了周围的沟沟洞洞，都没有发现！”

于副官一愣：“奇案，谁会偷那两具横死的尸体呢？”

“于副官，”班长说，“是不是卫鑫这小子没死，反复无常，他又投共党去了？”

“放屁！”于副官骂道，“共党恨不得扒他的皮，抽他的筋，他还敢投共党去？”

“这李老板一死，我这三千大洋的欠条，就变成死账了！找谁去要？”

欧阳山拿出张欠条，递给于副官看。

于副官扫了一眼欠条说：“你留着下辈子找他要去。”

“要真有下辈子，还真跑不了他狗日的。”欧阳山恨恨地说。

于副官手一挥：“你们走吧。”

欧阳山叹一口气，说：“唉，可惜了我那三千大洋，连本带利就是三千三哪！”

欧阳山把那张借条撕得粉碎，往空中一扬，纸片飘落下来。

5

山路上，密林中，一个连的白匪在急行军。

杨连长问：“还需要多少时间才能赶到雷公寨？”

廖林说：“杨连长，照这样的速度，最少也得三个小时。”

冷森说：“杨连长，是不是叫部队休息一下？”

“部队原地休息。”杨连长下达命令，“现在，我们面临一个问题。今天部队赶到雷公寨，天已经大黑了。天黑攻寨，乃兵家之大忌。更何况我们远道而来奔袭，人困马乏，地形不熟。敌在暗处，我们在明处，容易遭敌暗枪。”

廖林伸出大拇指，拍着马屁：“杨连长雄才大略，实在是高！”

杨连长问：“你们两位知道这附近有没有村庄？”

“有，”冷森说，“杨连长，转过那座山头，就有一个小村，叫坳背村，有十户人家。”

杨连长手一挥：“好，你带路，到前面那个村子去生火做饭，部队好好休整一个晚上。以逸待劳，一鼓作气，明天攻克雷公寨！”

坳背村，散落着十户人家。

时近傍晚，夕阳西下，炊烟升起，一片安静祥和的景象。

杨连长站在山上，用望远镜观察了一会儿。他拔出手枪，大喊：“弟兄们，村里发现‘共匪’，格杀勿论！冲啊！”

白狗子们听到命令，端着枪，嗷嗷叫着，兵分几路，潮水般地冲进村子。顿时，鸡飞狗跳。女人的叫喊，小孩的哭声。白狗子们见什么抢什么。

一个白狗子拉着一个年轻妇女欲非礼，妇女拼命地反抗。白狗子压着那妇女，正在强扒她的衣服。那妇女的男人刘祥生冲进屋，见自己的妻子山妹被人欺负。他掂起一把斧子，大骂一声：“王八蛋！”一斧子砍下去，正砍在那白狗子的左肩膀上，那白狗子痛得在地上打滚。祥生拉着正在扣衣服扣子的山妹，向门外跑去。刚到院门口，迎头碰见两个白匪进院子。祥生挥斧就砍，前面那白匪头上中了一斧，倒在地上。后面那白匪见势不妙，转身就跑。

屋内被砍伤的白匪手捂伤口，跑出来大喊：“打死他！开枪打死他！”

逃跑的白匪正撞见三个白匪从一家院子出来。他惊魂未定：“排长，那边有‘共匪’！”

排长一惊，问：“哪里有‘共匪’？”

排长拔出手枪，正看见刘祥生右手掂斧，左手拉着山妹往村口跑去。他急忙开了两枪，打中了跑在后面的山妹。

祥生见山妹中枪倒地，连忙蹲下身子，扶起妻子说：“山妹，我抱你走！”

山妹着急地说：“祥生，别管我，你自己快逃命吧！”

肩膀被斧砍伤的白匪冲到跟前，端着枪指着祥生，骂道：“他妈的！你跑呀？”

山妹挣脱祥生怀抱，用尽全力，猛地抱着白匪的双脚一拉，白匪倒地。倒地时，那白匪的枪响了，一颗子弹射向十几米外正向这边追来的白匪排长四人，一个白匪中弹倒下，吓得其他三名白匪慌忙趴在地上。山妹大喊一声：“祥生哥，你快跑！你要给我报仇哇！”

山妹接着猛扑上去，一口咬住倒在地上那白匪的喉咙不放。白狗子大叫一声，挣扎了几下就不动了。

祥生爬起身，看了一眼自己心爱的女人，撒腿往村外跑去。

白匪排长赶紧爬起身，和另外两个匪兵向远去的祥生背影开了几枪，没有打中。祥生钻进树林，瞬间消逝得无影无踪。

排长望着死去的白匪，大骂：“奶奶的，山里的刁民太厉害了！”

6

雷公寨聚义大厅，雷小山领着祥生向寨主雷正雄报告：“寨主，山下来了中央军。”

雷正雄问：“哦，有多少人？他们来干什么？”

“昨天傍晚，这支军队血洗了坳背村。村里的女人被糟蹋，男人、老人和孩子都被杀了！这是我老表，全村就他一个人逃了出来。”

“很多，估计有一百几十号人！”刘祥生气恨难平地说，“他们把我们村子里的人都杀光了！我逃出来后，躲在山上树林里，亲眼看到他们杀人。我爸妈、我老婆、我孩子都被他们杀了，呜……”

祥生大声恸哭起来。

雷正雄脸色一变：“这帮该千刀万剐丧尽天良的中央军，造孽呀！”

雷龙梅说：“爹，看样子这伙敌人是冲着我们雷公寨来的。”

“你怎么知道？兴许是路过的。”

“这里不靠大路，他们这一大帮子队伍跑进山里来干什么？”雷龙梅说，“我看他们八成是冲着阿华来的。”

文中书点点头：“我看百分之百是。”

雷正雄问：“军师，怎么办？”

雷小山说：“我们总不能和坳背村一样，等着挨宰吧？”

“古话说，兵来将挡，水来土掩。”文中书说，“既然他们打上门来，我们就只有接招了。”

“军师，这敌人太多了，一百几十个，又有机枪小炮，而且是有备而来。我们寨子就几十杆破枪，如何抵挡？”雷虎说。

“杀他一个够本，杀他两个赚一个，杀他三个赚大了！”雷龙梅说。

“说得也是。”雷虎说，“既然抵抗是死，不抵抗也是死，那就和他们拼吧！”

雷小山、刘祥生喊：“我们和他们拼！”

“我们雷公寨寨墙高，寨门牢，地势险要，易守难攻，能抵挡敌人。不过，这次敌人是有备而来，他们人多枪多、装备精良，我们只宜智取。”文中书捻着胡子说，“这样，小姐你带上几个人，埋伏在谷坑密林中；雷虎带上几个人，埋伏在第二道关口北坑的密林中。大家记住，我们人少，武器不好弹药少，不和敌人硬拼。你们启动我们事先在密林中布好的陷阱、野猪夹等机关。等敌人来了，在暗处开冷枪杀伤他们，先给他们来一个下马威。”

雷龙梅、雷虎说：“遵命！”

刘祥生抓起一把大刀说：“我跟你们一起去，我要报仇！”

7

谷坑，密林中，雷龙梅、小兰、祥生几个埋伏在密林树丛中。

小兰手一指说：“小姐，看，敌人来了！”

一队敌人走了过来，杨连长的身边是廖林和冷森。

雷龙梅哼了一声：“原来是这两个狗特务去搬来了救兵。”

“对，就是那天追阿华哥的那两个狗特务。小姐，早知道那天就该杀了他们。”

“他们躲过了初一，却躲不过十五，来，先叫他吃我一箭！”

雷龙梅取出一支箭，搭上弓，瞄准走在前面的冷森，放了一箭。这箭不偏不倚，正中冷森左太阳穴。冷森惨叫一声，一头栽倒在地上。

廖林大喊：“杨连长，注意！有‘共匪’！”

白匪们闻声乱成一团，卧倒的、蹲下的、趴在地上的。

杨连长大骂：“你他妈的不要叫我的官衔，知道吗？在战场上最容易成敌人狙击手的目标！”

“是，那就叫——头儿？”廖林问。

“头你个头！头不就是个头头吗？人家更知道了。”

“这不能叫，那不能叫，那就叫木易。怎么样？”

“好，就叫木易。”杨连长大喊，“大家注意，分散开，向两边密林中搜索。发现刁民，立即开枪，格杀勿论！”

又是一支箭，向杨连长头上射来。幸好廖林拉了杨连长一把，把他的帽子射飞了。

杨连长一惊：“好险！他奶奶的，差点跟冷森一样躺在这里。刁民在那边！”

白狗子们顺着杨连长手指方向，乱开了一通枪。

杨连长大喊：“弟兄们，刁民们没有枪。不用怕，给我追！”

白狗子们争先恐后地钻进了密林中。两个白狗子发现了雷龙梅和小兰。

一白匪喊：“连长，在这里！哈哈，两个漂亮妹子。站住，举起手来……”

雷龙梅闻声回手一枪，那白狗子头部中枪倒在地上，尸体顺坡滚落下去。

另一个白狗子惊叫："连长，不得了！她们有枪！"

雷龙梅和小兰在密林中飞跑，一群白狗子在后面叫喊着追赶。

一寨兵向追过来的白狗子们开了一铳，跑在最前面的白狗子一头栽倒在地上。良久，他才从地上爬起。只见他一脸黑灰，脸成了蜂窝，满脸是血。他大喊大叫："我的妈呀！我中弹了，我的眼睛看不见了，我完蛋了！"

他又喊又叫，疯狂至极。他转身往山下跑去，一头撞在一棵大树上，倒地身亡。

另外几个白狗子，身上都中了几颗铁砂，或坐或躺在地上叫喊。大树后转出祥生，对准最近一个白狗子就是一砍刀，白狗子惨叫一声，倒地身亡。他捡起一支枪，一转眼就蹿进了密林中。其他几个白狗子慌忙端起枪开枪。

一胖一瘦两个白狗子追赶雷龙梅和小兰，突然发现目标不见了。

"这俩妹子怎么一转眼就不见了？奇怪！"胖白狗子说。

"我看那边树丛密，一定是藏到那边去了。"瘦白狗子说。

"兄弟，机灵点，抓住这俩妹子，咱兄弟俩一人一个，抱回家做老婆。"

"嘿嘿，我做梦都想着这种好事。"

胖白狗子转过树丛，端着枪大喝一声："举起手来，不准动！"

树丛后空无一人。胖白狗子正纳闷，突然感觉脚下一沉，"轰"的一声响，连人带枪掉进了陷阱里。胖白狗子大声喊叫："救命啊！救命，救命！……"

声音越来越弱。

瘦白狗子站在陷阱边往里一看，不由得倒吸了一口冷气，只见坑内布满了一尺多长削尖锋利无比的竹扦。胖白狗子脸朝下屁股朝上，像只烧鸡。几根竹扦戳穿了他的身体，上面露出竹片的尖尖角。

瘦白狗子转身就跑，一边大喊："不得了啊，不得了啊！"

杨连长一把拉住瘦白狗子，喝问："他妈的！你叫喊什么？你跑什么？"

瘦白狗子扬手大喊：“连长，胖子他掉进陷阱里了，身上戳满了竹扦！他活不成了，他完了，他死定了！”

“木易！”廖林说。

杨连长皱皱眉：“你叫我什么？嗯，从现在起叫杨连长。”

“是，杨连长，刁民在密林中布满了陷阱，叫大家要多加小心。”

杨连长命令：“一排长，命令部队停止在树林中追击，走大路继续前进。”

“是！”

北坑埋伏点，雷虎带几个寨民埋伏在这里。

雷小山说：“雷虎哥，小姐他们来了。”

雷龙梅走到雷虎身边趴下，气喘吁吁地说：“雷虎哥，敌人从大路过来了。”

雷虎问：“你们这一阵干掉几个敌人？”

“打死有六七个！”

雷小山手一指：“雷虎哥，敌人来了！”

“敌人刚才钻林子吃了亏，这次得来点大动作。”雷龙梅说，“我们居高临下，等敌人到了下面，大家听号令十几条枪一齐开火。一顿猛打，逼着他们再钻进林子里来。”

“对！”雷虎说。

雷龙梅见敌人进了伏击圈，她大喊一声：“打！”

雷龙梅率先开枪把走在前头的那个白狗子打倒，大伙儿枪、铳、箭一齐发射，顿时有五六个敌人倒在了地上。

杨连长躲在一棵大树后面，大声命令：“机枪！给我狠狠地打！”

机枪子弹像雨点般在雷龙梅雷虎他们头顶呼啸飞过。双方打了一会儿枪战。雷龙梅见敌人又开始钻进林子，向他们包抄过来。

“雷虎哥，敌人从两边上来了，我们撤！”雷龙梅说。

“好，大家分散撤，各自为战。”

寨民们四散撤走，白匪们也分开追击四散的寨民。

一白狗子的脚突然被夹野猪的铁夹子夹住，痛得他大喊救命。雷小山从大树后转出，对准白狗子脑袋一刀，脑袋开花。雷小山捡起枪迅速隐进树丛中。

两个白狗子追赶雷虎，雷虎钻进了树丛中。

两个白狗子左右搜索，其中一个白狗子说："咦，有鬼！怎么一眨眼工夫人就不见了？"

雷虎从两个白狗子身后大树后出来，对着一个白狗子就是一刀，那白狗子惨叫一声，倒在地上。另一个白狗子转身向雷虎射击，雷虎抓住枪管，往上一托，子弹射向了天空。雷虎抓住枪，飞起一脚，把白狗子踢翻在地，紧接着上前一刀，白狗子命丧黄泉。

一个白狗子脚触到了机关，右脚被绳子套住，人被倒吊在半空。

刘祥生端着刺刀上前。白匪大声求饶："我的大爷！饶命啊！"

刘祥生大喊一声："我这是为我山妹报仇！饶你不得！"

刘祥生说完，一刺刀捅在白匪的前胸，血哗哗地流了下来。

8

雷公寨寨门紧闭。寨墙上，寨民们手持刀枪，严阵以待。

寨门外，白狗子集结在树林中，架好了重机枪，准备进攻。

杨连长骂道："他奶奶的，这仗还没打，就损失了我二十个弟兄。"

"杨连长，是不是可以进攻了？"廖林问。

"打仗，攻心为上。"杨连长说，"你先给他们喊话。告诉他们，只要他们打开寨门，交出那个共党分子，再交出那几个刚才杀我弟兄的首恶分子，其他人可以既往不咎。否则，一旦攻破寨子，杀他个鸡犬不留！"

廖林手持一个铁皮喇叭筒，站在树下喊道："寨子里的人都给我听着。只要你们交出那个逃进你们山寨的共党分子，再交出刚才伏击我军的那几个首恶分子，打开寨门，其他人可以既往不咎，网开一面!”

寨城门楼上，文中书指着喊话的廖林对雷虎说：“你干掉他!”

雷虎答应一声：“好!”

雷虎端起步枪，瞄准廖林。

“我给你们十秒钟时间考虑。”廖林拉长声调说，“缴枪可以不杀！否则，我们一旦攻破寨门，男人、老人、小孩，杀，一个不留！年轻女人留下，慰劳我们的弟兄们！我现在开始数数，一……二……三……”

一声枪响，子弹打在喇叭筒上，喇叭掉在地上。廖林急忙藏到大树后，他哆嗦着说：“杨连长，这一枪再抬高那么一点点，子弹就打进我嘴里了。你看，把我的嘴震得肿了起来，现在还是麻的。我看这全寨子都是刁民，个个顽固不化，都该杀，统统该杀，一个不留!”

杨连长命令：“一排长，你带人准备冲锋，重机枪掩护，开始!”

机枪猛烈地向着寨墙上扫射。立时，就有几个寨民中弹身亡，摔下寨墙。一排长指挥白匪们冲到寨墙下，架起梯子。白狗子们顺着梯子开始往上爬。

雷正雄带着寨民们冒着枪林弹雨还击。一个匪兵刚爬上寨墙，雷虎过去就是一刀，白狗子滚下楼梯。雷虎用力把梯子一掀，梯上的两个白匪跟着梯子一起摔倒在地上。

另一架梯子上的白狗子刚登上寨墙，雷龙梅一枪，白狗子的尸体趴在墙上。小兰提一桶热水，顺着梯子倒了下去，浇得几个白狗子哭爹叫娘。

“杨连长，寨墙太高，一时攻不下来，我死伤了十个弟兄。”一排长报告说。

“命令所有弟兄退回来。炮兵做好准备!”

一排长、炮兵班长：“是!”

杨连长手一挥：“开炮!”

炮弹呼啸着飞向寨门寨墙。寨民死伤惨重。寨民四处乱跑。

雷虎大喊："寨主，敌人的火力太猛了！"

文中书说："撤，大家赶紧往下撤！"

不一会儿工夫，寨门被炮弹炸开一个大缺口。

杨连长大喊："弟兄们，给我冲啊！谁抓住妹子给谁做婆娘，谁搜到大洋回家盖新房！"

白狗子们嗷嗷叫着争先恐后地冲进了寨子。

第十一章
寄人篱下

1

雷正雄带领着众寨民跟白匪展开了肉搏战。双方混战在一起，各有伤亡。

廖林被雷虎飞起一脚，正踢中心口，他踉踉跄跄后退几步，一口鲜血吐出，人跌坐在地上。文中书刚好在旁边，他捡起地上的一根木棍，当头敲了廖林一棍。廖林一下子弹跳起来，圆睁着双眼，扑向文中书。文中书慌忙又是当头一棍。见廖林没有倒下，文中书接连又是几棍，廖林终于倒下了。文中书看着死去的廖林，身子靠在墙上出了一口大气。文中书说：“唉，真是百无一用是书生，手无缚鸡之力，连个白狗子都打不死。”

雷正雄刚砍死一个白狗子，又有两个白狗子向他冲了过来。雷正雄迎战一个白狗子，另一个白狗子趁机向他开了一枪，雷正雄倒在地上。雷龙梅看到爹爹中弹倒地，一刀把开枪那个白狗子砍倒在地，接着一枪，把一个用刀想刺她爹的白狗子打死。她几步上前，扶起雷正雄。雷龙梅叫唤：“爹！”

一个白狗子想偷袭雷龙梅，被雷虎用刀挡住。

雷虎说：“龙梅，快把寨主扶进大厅，敌人太多了。”

雷龙梅和文中书扶着雷正雄进入大厅。

“爹，你醒醒！”

雷正雄躺在雷龙梅怀中，他睁开双眼说：“梅儿，你和文军师、雷虎带着剩下的人赶紧逃吧，不要管我，我不行了！”

“爹，我不会丢下你的！”

“梅儿，听爹爹的话！敌人太多了。你们不走，一个也剩不下，都得死在这里！”

雷龙梅流着泪：“爹，我不能不管你。”

雷正雄伸出手，抚摸着雷龙梅的秀发，慈祥地说：“梅儿，听话，留下你们这些人，是我雷公寨的根。你要带着他们去找钟龙华。只有跟着他，你们才能报仇，你们才有希望。梅儿，爹有一句话告诉你，你小的时候，爹找人给你算了一回命，算命先生说了一句话，叫我切记，龙遇龙，结良缘，你和钟龙华是命中注定的姻缘。”

雷龙梅听着泪流满面，她点了点头。

雷正雄从怀里掏出一包东西和一个玉佩说：“来，我给你戴上。”

雷龙梅弯下头，雷正雄吃力地把玉佩给雷龙梅戴上。

“这只是我的。”雷正雄说，“它和你从小到现在戴在身上的，你母亲留给你的那一只，是一对玉佩。一只上面雕着龙，一只雕的是凤。这是我和你妈的定情之物，你应该知道这只雕龙将来要给谁。”

雷龙梅含着泪点了点头。

雷正雄继续说：“这包是一根金条和两个金镯子，还有二十块大洋。这是爹一生的积蓄，别无其他。”

“爹，我们带你一起走！”

雷正雄两眼看定文中书说：“军师……”

“寨主！”

“我别无他求，拜托了，你把梅儿带走，你们去找钟龙华……”

雷正雄说完，闭上了眼睛，头歪向一边，无力地垂了下来。

雷龙梅失声痛哭：“爹！”

“寨主!”

正在这时，雷虎带着小兰、雷小山、祥生等十几个寨民退进了大厅。

雷虎说：“军师、龙梅，敌人快攻进来了!”

文中书拉起悲伤的雷龙梅说：“梅儿，快带大家走吧！再不走，就来不及了!”

雷虎说：“全寨子的人，就剩我们这十几个了!”

正在这时，大厅门“轰”的一声倒下了，有几个敌人冲了进来。雷虎带领大伙一通射击，敌人丢下几具尸体又退出大厅。杨连长在门外大喊：“快，架上柴火，烧大厅!”

文中书催促道：“快，往屋后地道跑!”

雷小山和小兰一左一右架着雷龙梅往后院跑去，雷虎断后。雷虎见大门外烧起了熊熊的大火，他转身往后院跑去。

站在后山顶上，雷龙梅他们可以清楚地看到雷公寨大院的情景。大院内尸横遍地，一片狼藉。大厅火势熊熊，浓烟翻滚。一些白狗子正举着火把，把寨子里所有的房子都点着了，一栋栋房屋被烧塌，家没有了，家被敌人毁了。雷龙梅满脸泪水。她默默地数了一下人数，连刘祥生在内，一共十八个。一个一百多人的村子，现在就只剩下他们十七个人了。雷龙梅见每个人脸上都悲愤交加，泪流满面。大家的心都在流血。

文中书说：“梅儿，寨主临终时叫我们去找钟龙华，可是，他在哪里呢?”

“是呀！我们去哪儿才能找到他呢?”雷龙梅擦干泪水，“当初分手时他说，上级派他到箭山，是执行一项非常重要非常艰巨的任务。我想，他肯定还在箭山。只要他在箭山，我们就会找到他。”

“要不是因为当初你救下他，我们雷公寨也不至于落到如此地步。”雷虎说。

“当初他遇难了，救下他，那是我心甘情愿，我无怨无悔。”雷龙梅说，“你也听他说了，共产党、红军，那是我们穷苦百姓自己的党、自己的队伍。他们是为了解救我们穷苦百姓在和国民党反动派做殊死搏斗。他们遇到危难的时候，我们不出手相救，谁出手相救？”

刘祥生说：“是呀，像我们坳背村，全村几十口。他中央军冲进村子，不分青红皂白，烧杀抢掠，奸淫妇女，把全村人杀光了。我们又招谁惹谁了？”

“梅儿和祥生说得对！”文中书说，“国民党不是好东西，我们是他们的眼中钉肉中刺。迟早有一天，他会来剿灭我们。当务之急，是得找一处地方落脚，我们好安顿下来。”

雷龙梅想了一下，说：“军师，我们去石门寨，投靠我舅舅去。”

“眼下也只有这条路了。”文中书说。

2

石门寨寨门口，寨门紧闭。

雷龙梅一行来到寨门前，把门的寨民喝问：“站住，你们是什么人？”

文中书说：“老表，我们是雷公寨的。我们这位小姐是你们石寨主的亲外甥女。有劳你去通报一下石寨主。”

寨民说：“原来是雷公寨姑爷家的人来了。稍等一下，我去通报寨主。”

不一会儿，寨主石金山带着大儿子石松一干人打开寨门出来了。

“舅舅，表哥！”

话没说完，雷龙梅忍不住泪水哗哗地流。

石金山诧异道：“梅儿，见了舅舅、表哥，应当高兴才是，怎么哭啦？”

“舅舅，我们雷公寨叫中央军给毁了！我阿爹死了，全村百十口男女老少都死了，就剩下我们这十几个人逃了出来。”

石金山大惊：“怎么会这样呢？”

后院内房，雷龙梅和石母、外婆在一起。

“这班天杀的中央军！”外婆捶胸跺脚地骂道，“怎么这么狠哪！雷公寨上上下下有一百多号人，全部都杀了！这班人要遭天打五雷轰，不得好死！阿弥陀佛！”

石母也骂：“真是，这班千刀万剐的中央军！”

雷龙梅抱着外婆的肩膀说：“外婆，如今外甥女无处可去了，来这里跟你做伴。”

外婆抚着雷龙梅的秀发说：“好闺女，你娘在你六岁那年就过世了。你在外婆身边长到十二岁才回到你爸爸身边。转眼这么些年过去，你就成了一个大姑娘了。梅儿，你今年应该二十二了吧？对吗？”

“外婆记得清楚哪，我二十二了。”

“你外婆还没老糊涂呢。”

“外婆还不老。”

石母埋怨道：“梅呀，你说你们雷公寨惹谁不好，怎么就偏偏惹上了官家呢？”

“不是我们惹他们。”雷龙梅说，“舅母，我们雷公寨前山脚下的坳背村，也就十户人家。这中央军路过，冲进村子，一通烧杀抢掠。这班畜生，把村里年轻女子抓来轮番糟蹋，然后不分男女老少，全部杀了。好端端一个村子，成了无人村。”

外婆嘴里念叨着说：“罪过，罪过，阿弥陀佛！”

“总之，千不该万不该，你不该救那个姓钟的共党分子，惹祸上身。”石母说。

“舅母，共产党红军在江西闹革命，打土豪，分田地，建立红色政权，这些都是为了我们穷苦老百姓啊！”

“看看，你这才刚接触共产党，就被赤化了。”

外婆叹了口气说："不说这烦心事了。梅儿，想你母亲去世这么多年，只苦了你阿爹。这么些年过来，也没续弦。你阿爹疼你哪！他怕给你娶来后娘让你受气。"

雷龙梅问："舅母，我大嫂、二嫂呢?"

"你二嫂娘家侄儿今天满月，同你二哥回娘家去吃满月酒了。"石母说，"你大嫂刚才我见她挑着稻谷去砻房砻稻谷。"

"那我去跟我大嫂砻稻谷去。"

外婆嘱咐道："记得早些回来吃饭。"

3

石门寨大厅里，石金山一行人和文中书、雷虎等分坐两边。

石金山听完文中书的叙说，沉默了一会儿，说："这么说来，这祸根就是你们救了这姓钟的共党，才招来这屠村之祸。实在不该，实在不该呀！我妹夫这人，样样都好，大方仗义，锄强扶弱！他就这个缺点，有时分不清是非。你们不想想，这国民党，乃是当今之皇上，就像前清那阵的光绪慈禧，你得罪了他，能有好果子吃吗?"

"石寨主，"文中书说，"这国民党虽说是当今皇上，其实是不得人心。远的不说，就说这箭山虎穴地区，民不聊生，官匪兵匪一家。就说我们雷公寨前山脚下那个坳背村，这帮国民党兵比土匪还土匪，他们冲进村子，烧杀抢掠。那些年轻的妹子，被他们轮着奸了，然后男女老幼，全部杀害。天理何在！这民国民国，民生凋零，国不像国啊！"

"爸，我看这国民党也确实不是个东西！"石松也说，"我一个朋友跟我说，他前些年在井冈山见过共产党红军。那红军真的好，他们不打人不骂人不欺负人。买卖公平，说话和气，不偷不抢，不盗不娼。听说那里的老百姓管红军都叫'红菩萨'。"

石金山训道："你懂什么？不得胡说！小心招来无妄之灾。"

"我们石门寨山高皇帝远，怕他个鸟！"

石金山哼了一声说："你看看，你看看！雷公寨不是同样山高皇帝远吗？不照样叫中央军的机枪大炮给炸平了。你懂个屁！自古祸从口出！"

"大公子年轻气盛，寨主不必生气。"文中书说。

"国军就是国军，人家有飞机大炮，说剿灭你，跟捏死只蚂蚁一样。"

"寨主，我等此来，实在是有一事相求。"

"军师不必客气，自家人，有事请讲。"

"石寨主，这次我们雷公寨被毁，剩下我们这十八个人是有家难回了。"文中书说，"我们此次同小姐到贵寨，就是想找处地方暂避风头。"

石金山沉默片刻，说："不是我有意推托，不瞒军师你说，我们石门寨也是地瘠田瘦，只怕……"

"寨主，我们现在如丧家之犬，实在无处可去。我们只是暂时在此栖身，待到来年春暖花开，我们自会想办法。"

石金山又是沉吟片刻，说道："军师，这样吧！我寨子山后有一处地方，叫野猪坑。那里有十几亩地，可种稻种菜种旱作物。那里还有五间茅屋，虽破了些，倒也能遮风遮阳遮雨。你们十几号人，不如去那里安营扎寨。那里离我们寨子也就四里地远。你们住在那里，我们彼此有事也好相互有个照应。"

"全凭寨主安排，我们现在就可以去那边。"文中书说。

"军师别慌。今天天不早了，你们大家今晚在寨中住上一宿。待明天吃过早饭，我同石松领你们去那里安顿住下。"

石金山转身吩咐石松："你去，给大家安排晚饭住宿。"

"好。"石松答应一声出去了。

文中书感激道："寨主大恩大德，日后我们雷公寨人定当厚报。"

4

晚饭后，房间里，石金山正在抽旱烟。

石母小声说：“哎，你别光顾着抽烟，我跟你说个事。”

石金山吐出一口烟，问：“什么事，你说。”

“你看你外甥女龙梅，几年没见，如今活脱脱长成了一个大美人了。”

“你想当媒婆呀，你先看看我们寨子里谁能配得上她呢？”

“你真是根木头。”石母不高兴地说，“谁家谁家，你就不想想自家？我家三儿都二十五了，还没娶媳妇呢！”

原来，石金山夫妇，共育有三个儿子。老大石松，老二石林，也都一表人才，壮壮实实。唯有老三石柏，小时候得了一场病，如今都二十五岁了，人长得瘦小，高不过三尺。整天病恹恹的，走路一个肩高一个肩低。这些年，石金山夫妇托媒说了不下十几家，竟没有一家父母愿把自己女儿往这火坑里推。

石金山叹了口气：“这怎么成，还没有出五服呢。”

“你懂个屁！这叫亲上加亲，自古就有。你知不知道？”石母训道，“戏文上说陆游和唐婉的故事，就是表哥和表妹成亲圆房结为夫妻。”

“这事恐怕我妈也不会同意。”

“你想叫你三儿打一辈子光棍，当绝户头？”

“不不不，我不是这个意思。这事我不是在跟你商量嘛。”

“只要你同意，老太婆那里我自有办法。”石母哼了一声，“等我把生米做成了熟饭，她不同意也得同意。”

“梅儿她能同意？她能看上我三儿那武大郎模样？”

“这事要放在以前她爸在世时，我三儿是癞蛤蟆想吃天鹅肉——痴心妄想！”石母说，“如今她父母双亡，无依无靠，寄人篱下，也由不得她挑挑拣拣了。”

“你这是乘人之危，趁火打劫。”

“这事你不用管，我自有安排。”石母问，“问题是那同来的十几个人，你打算怎样安置？”

“我打算让他们住到后山野猪坑。让他们去种那十几亩田，帮我看护那片山林。”

“什么？你把那十几亩田一句话就给了人家？也不收租金？”

石金山正忙着抽烟，点点头说：“嗯。”

“你呀，真是崽卖爷田心不疼！他们是外人，你知道吗？”

“女人就是女人，头发长见识短，我叫他们住那里是有打算的。”

“你能有什么打算？”

“你看我们那个邻居虎威寨。寨主邢老虎，仗着他寨子大，人多势众钱多枪多，更有五个如狼似虎的儿子，作威作福，称霸一方，每每欺负到我们头上。”石金山说，“就说今年春上那事，他家老四四虎看中了我们寨子石老拐的二女儿秀花，人家不肯。你看那邢老虎硬是抬着花轿来我们村寨抢亲。这不是骑在我们脖子上拉屎吗？就这，全寨人都围着看热闹，没有一个人出头阻挡，都做了缩头乌龟，连屁都不敢放一个。”

“你这当寨主的，”石母反唇相讥道，“当时不也躺在床上装病做了缩头乌龟？”

“所以，我就吸取了教训。这叫吃一堑，长一智！”

“你想以夷制夷，以外人对付外人？”

“对，我叫他们住那里，给些薄田他们种，闲时打打猎帮我守护着那片山林。”石金山说，“他们十几号人，十几条枪，能从国军枪口下逃生的人，个个都是精英。再加上那文军师足智多谋，能掐会算。他们和我石门寨互为犄角之势，一旦有事，彼此也好照应。”

“你那如意算盘打得蛮精的。不过，梅儿我是不会放她去那儿。”

“为什么？”

“你看那十几个都是虎狼汉子，就她两个姑娘家，住一起合适吗？”

“混在一起是有些不合适。”

“我把她留在身边，也好把我三儿的好事做成了。”

石金山笑了，说：“你想得很美。”

5

早晨，石门寨后山野猪坑。石金山、石松领着文中书一行来到五间茅草房前坪上。

石金山指着那几间茅屋，说：“文军师，就是这里。”

文中书同石松察看了一下屋内，点点头说：“这房子蛮好的，不破不漏。”

“有一年多了，没住人。军师，大家将就着住吧。”石松说。

文中书转身对大家说：“大家把东西行李放坪上，一齐动手，铲除杂草，清扫整理屋里屋外。从今以后，这里就是我们的新家了。”

大家开始动手。有铲除杂草的，有清扫屋子的，有上山砍毛竹的，有围篱笆的……

石金山指着屋前的田土说：“军师，这一坑大大小小几十丘田，都给你们种。这屋前坡上的土，可以种菜。山上的树、毛竹，你们尽管砍来用。”

“寨主，”文中书大为感动地说，“大恩不言谢，以后寨主有用得着的地方，尽管吩咐，我们万死不辞！”

石金山点点头：“有军师这句话，我就放心了。”

“这是应该的。”

石金山转身对雷龙梅：“梅儿，我们走吧，你跟我们一起回寨子去。”

雷龙梅说：“舅，我留在这里帮他们做饭。”

“那可不行，”石金山说，“来的时候，你外婆一再交代我，一定要把你带回寨子。这里做饭有小兰姑娘就行了。今天一大早，你外婆就叫人去圩上割了肉，在家杀了鸡。今天晚上，一家人要给你接风呢。”

文中书说：“梅儿，你就跟你舅舅回寨子去住吧。我们这里你别担心。我们今天就把围墙篱笆大门扎好扎牢，把屋门门窗整理好。晚上派两个岗。再说，这里到寨子也不远。白天你也可以时常来这里玩。”

“军师，”石松说，“明天我给你们送两条狗来。有狗看家，也就不怕贼了。”

“那样最好，多谢大公子！”

雷龙梅跟舅舅说：“好吧，我给军师和小兰交代一下。”

雷龙梅和小兰在一边说话。

雷龙梅拿出二十块大洋，交给文中书。雷龙梅说：“师爷，这些钱，你安排人去买一些衣物被子、日常用品，还有粮食。该用钱就用，别省着。用完了，过两天，再把我那对金镯子拿到虎穴城去当了。”

“小姐，那对金镯子是你母亲留给你的，千万不能拿去当了。”

“师爷，我们这十八个人，首先考虑的，我们要活下去，我们要挺过这个难关。”

文中书点点头说：“小姐说得对，我们得挺过这个难关。”

石金山、石松、雷龙梅告别大家，回石门寨。

6

晚上，石府大厅里，灯火通明。

雷龙梅和石家一家人围坐在一张大圆桌，桌上摆满了鸡鸭鱼肉，好不热闹。

外婆夹起一只鸡大腿，放到坐在她身边的雷龙梅碗里。外婆疼爱地说：“闺女，你小时候，最喜欢吃鸡大腿了。那时候，逢年过节，杀了鸡，宰了鸭，鸡鸭大腿就要给你一只。”

二嫂柳英问：“那另一只大腿给谁吃？”

“另一只给柏儿。那个时候，就他俩最小。大家都疼着他们。”

“如今这两个，一个是大姑娘，一个是大小伙。金童玉女，天生一对。”

众人都哈哈大笑起来。

石母笑了：“真是天生一对。”

雷龙梅脸上飞红：“二嫂，看你说的。”

“妹子，你别介意。”大嫂吕婵说，“你二嫂这张嘴，就是这样，没轻没重的。”

石母趁雷龙梅不注意，偷偷拿出一包蒙汗药粉，倒进自己那碗酒里。这一切虽然做得隐秘，却被一旁的吕婵和柳英看到了。

石母端起酒，走到雷龙梅跟前说：“梅呀，舅母敬你一碗酒。”

雷龙梅慌忙站起说：“舅母，你是长辈，该外甥女给你敬酒，哪有你给我敬酒的道理呢？”

“我是主，你是客，舅母自然要敬客人酒。来，你把舅母这碗酒喝了。”

石金山说话：“梅儿，你就把你舅母那碗酒喝了吧。”

雷龙梅为难地道：“这酒万万喝不得。”

石母一惊：“怎么，舅母的酒里难道放了毒药？”

“舅母，不是这个意思。”雷龙梅说，“你是长辈，应该我给你敬酒才是，岂有你敬我酒的道理？再说，我长这么大，从未喝过酒，喝完这一大碗，我肯定就醉了。”

石母摸着自己的胸说：“哎哟，舅母现在的心还吓得嘣嘣跳！我以为你……原来是你不喝酒，但舅母敬的这碗酒你是一定要喝的哟！”

外婆也说：“梅儿，既然是你舅母的心意，你就接下喝了吧！”

石母把碗硬塞到雷龙梅手上，说：“这水酒呀不醉人，就跟喝白开水差不多。我们寨子里的女人个个都能喝酒。我能喝五大碗，你大嫂能喝八大碗，你二嫂就更不用说了，她能从早喝到晚！”

雷龙梅无可奈何地接过碗，为难地说：“我在家真的是滴酒不沾。”

“这不是在外婆家吗？入乡随俗！好！喝了这一碗！”石母说。

“那我喝两口。”

“喝半碗。”

“喝不了，最多喝三口。”

“好，就喝三大口！”

站在旁边的柳英，突然夺下雷龙梅准备喝的酒碗说：“妹子，你不想喝二嫂替你喝！”

石母刚要止住，只见柳英一口气把酒喝完，把碗往桌子上一放。

柳英说：“妹子，你看看二嫂我的酒量，就知道什么叫从早喝到晚。”

雷龙梅赞道：“二嫂真好酒量！真是女中豪杰！”

“女中豪杰？只怕这次你二嫂要一觉睡到天亮了。”大嫂吕婵说。

石林说：“爸，哥，我们喝酒，不管她们。”

石松说：“老二，咱哥俩还猜拳？”

“猜，不猜不喝酒！”

石松和石林猜拳喝酒。

“老二，喝酒！”

“我输了？好，我喝酒！”

石林刚要去端酒碗，柳英抢先端起，又是咕咚咚一口气喝完。突然，柳英把碗掉在地上，人一个踉跄，差点摔倒，被身边的吕婵扶住。

“老二家的，你今晚怎么醉成了这样？”

“大……大嫂，酒不醉人人自醉。”柳英说。

“看她平时挺能喝的。”石母说，“看来，她也是个稻草绣花枕头。”

“喝……我还要喝！”柳英叫喊着。

外婆皱皱眉说：“石林，快扶你家里的回去，别在这里闹了。”

石林应道：“好，奶奶。”

石林扶着柳英，往门外走去，嘴里嘟哝道："你不能喝，还要逞强。"

石林把柳英搀进卧室，放在床上，拉过一床被子，给她盖在身上。

"宝贝，"石林说，"你一个人乖乖地在这里睡吧。不许闹事，不许呕吐。好了，我还要去陪我爸我哥喝酒。"

柳英把被子一掀，喝道："你给我站住！"

"怎么？你没醉？"

"谁说我醉了。"

石林摇摇头说："搞不懂，闹了半天原来你是装醉呀。"

柳英哼了一声说："我真不知你妈安的是什么心。"

石林问："我妈安的什么心？"

"这事你不知道？"

"我真不知道。"

"你妈没跟你说？"

"说什么？你这云里雾里地说一大堆，究竟怎么回事？我真的不知道。"

"这就怪了。你妈怎么往酒里下蒙汗药？还端给龙妹子喝。"

"不会吧？"石林疑惑地说，"你可千万别胡说八道。"

"这是我亲眼所见。所以，我才从龙梅手里夺过那碗酒自己喝了。"

"不对，你说酒里下了蒙汗药，你喝了怎么没被麻翻？"

"你没见我先出去了一会儿，我先服了解药。"

"我妈想干啥？想谋财害命？也不至于呀。"

"哦，我想起来了，你妈要成亲。"

"瞎扯！我妈都五十多岁的人了，她还想跟谁成亲。"

"我告诉你吧，你妈是想今天晚上让石柏和龙梅成亲。"柳英说，"她今天下午向我要了一块红头巾，就是当年我和你拜堂成亲蒙我头上的那块红盖头。我问她干什么用，你妈支支吾吾地不肯说。现在想来，只有这件事了。"

石林问："那她下蒙汗药干什么？"

“猪脑子！”柳英点着石林的头说，“你想想你弟弟那副尊容，半条命样子，要明说龙梅肯定不愿意。所以你妈才出此下策，想用蒙汗药把龙梅麻翻，晚上好跟石柏成亲，睡一张床上圆房。这样，生米就做成了熟饭。”

石林暗暗叫苦：“好一个生米做成熟饭。我的娘，这事也做得太缺德了。”

“这是你骂你娘缺德，我可没骂她。”

“我娘这样做，只怕要把我龙妹给害了。”

“怎么害了？”

“你不清楚。”石林说，“龙梅在我们家生活了六七年，她的性格我和老大最清楚。从小心高志大，性格倔强。我和大哥都拿她当亲妹妹看待。再说，我们之间还没出五服呢。怎么能成亲？我妈也真是老糊涂了。今晚这事要真让她做成了，以龙梅的性格，只怕会上吊自尽。这岂不是害了她吗？”

柳英想了想，说：“你这一说，还真有些麻烦，只怕你妈不会就此善罢甘休。”

石松家里，吕婵说：“当家的，我跟你说，你妈……”

吕婵对着石松的耳朵耳语了一阵。

石松脸色一紧说：“不会吧？我妈是这样的人吗？”

“信不信由你！今晚要不是老二家的这么一搅和，龙梅今晚恐怕要出事。”

“唉，我妈也是。我三弟那副样子，半死不活，三天两头病，还不知哪天就蹬了腿，成什么亲！这不害了龙梅吗？这事万万不可以。”

“这事虽然叫老二家的搅了，只怕你妈不会就此罢休。”

“怎么说？”

“刚才龙梅说今晚跟她外婆睡，硬是叫妈给拆开了。妈把龙梅安排在后院西屋那间闲屋睡，房门连个闩也没有。她独自一人，只怕石柏半夜三更要硬闯进去胡来。”

“他有那个胆吗？”

“有你妈给他撑腰，他就有那个色胆。”

“你说得有道理。”

“你看着，今晚非出大事不可。”

“龙梅的性格我了解，她心高气傲有主见。”石松说，“我姑父前几年给她说过几门亲事，她一个也看不上。我姑夫视她为掌上明珠。如今，一夜之间，家毁人亡，寄人篱下。要是我妈今晚的计谋得逞，只怕龙梅妹子会上吊自尽。”

吕婵坚决地说：“不行，今晚这事我们得管！”

“好，”石松说，“这事我爷们儿出面不方便。你去吧，见机行事！”

7

石母提盏马灯在前，雷龙梅在后，两人往后院走去。

石母用钥匙打开西屋的门，点亮一盏油灯，屋里顿时亮了起来。

“龙梅，以后你就住这间屋。”石母高兴地说，“下午我就叫人过来打扫干净了。换上的全都是新床单、新褥子、新枕头、新棉被、新蚊帐，俨然就是一间新洞房了。以前，你大哥成亲时，这里是洞房。后来，你二哥成亲时，这里还是洞房。等你三哥圆房时，还得选这里做新洞房。这间房子好，旺人。你看你大嫂生了三男二女五个，你二嫂生了二男一女三个。她们以后还得生。这叫人丁兴旺！”

雷龙梅环视了一下屋内说：“舅母，我看门前长了草，应该很长时间没住人吧？”

“嗯，你晚上不怕鬼吧？”

“我不怕鬼，在家时我常走夜路。不怕鬼，也不怕豺狗。我爸说过，这世上根本就没有鬼，那都是人瞎编出来故意吓人的。”

“对，没有鬼。要是半夜里有什么响动，那多半是老鼠。你别害怕。”

“我不害怕。”

“好，龙梅，我走了，一会儿你自己吹灯休息。”

雷龙梅见舅母走了。她坐了一会儿，才去关门，她突然发现门没有闩。她搬来了张椅子，靠在房门上。随即，她吹灭了灯，和衣上床休息。

但雷龙梅怎么也睡不着。变故来得这么快，一夜之间，她就成了举目无亲的孩子。她从这两天舅母闪烁的眼神里，读到了世态炎凉。她甚至觉得舅母仿佛在给她编织一张网。她虽然还不知道这是一张怎样的网。好在大哥二哥、大嫂二嫂对她好，还有外婆。

龙哥走了没有？他现在又在哪里？箭山好大，山山水水，她到哪里去找他呢？但她坚信，龙哥还没有走。分手时，他说他要办一件大事。她知道，办大事很艰难，办大事要很长时间。他们分手才半个月，龙哥一定还在箭山，他没有走。安顿下这班人后，她决定每天都要出去寻找，走遍箭山山山水水、沟沟峪峪，不管千难万险，她一定要找到龙哥。

只有找到龙哥，他们才有希望，他们才能给雷公寨的父老乡亲们报仇雪恨。

龙哥，你在哪里，你到底在哪里？雷龙梅在心中一次次呼唤。

很久，她才恍恍惚惚地进入了梦乡……

8

大街上传来报更的吆喝声。

石母起床，走到隔壁石柏的房间，叫醒了睡梦中的石柏。石柏睡眼惺忪地坐在床上被窝里，揉了揉眼。石柏不高兴地说：“妈，半夜三更地叫醒我干什么？”

“好事，”石母说，“今天晚上给你娶老婆圆房，你想不想？”

“想，我刚才做梦还娶老婆呢。”石柏兴奋地说。

“你做梦娶的谁？新娘子漂亮不？”

“新娘子好漂亮！我正抱着她亲着，都怪你把我叫醒了。”

“那新娘子是你表妹龙梅吗？”

石柏想了一会儿，说：“好像是，又好像不是。”

“柏儿，快起来，”石母催促道，“你这会儿去后院西屋，轻轻推开门。门没闩上，门闩下午我就叫人拔掉了。你轻手轻脚地进去。到床边，你脱光衣服，钻进被窝。你不要说话。被窝里有一个美人儿，就是你刚才做梦梦见的新娘子。”

“妈，我钻进被窝里干什么？”

“干什么？你抱紧她，和她睡觉。都二十好几的人了，这事还要问妈？”

“妈，我怕！”

石母呵斥道：“怕什么？你真没出息。”

随即，她用手摸着石柏的头，安抚道：“当年你爸可是色胆包天！那天中午，我在菜地里挑水浇菜。他冲过来，二话不说，把我抱进树林，放在地上，脱光我衣服，压在我身上。这以后才有了你大哥、你二哥和你。你一点都不像你爸。这种事还用妈教你吗？来，三儿，喝一杯酒。这药酒是你爸用人参、鹿茸、田七、狗鞭、鹿鞭、虎鞭等十几种名贵药材泡制成的，补肾壮阳。”

石柏接过酒杯，一口干了：“好酒，我以前不知道有这好东西。”

“好，酒壮㞞人胆。”石母说，“乖儿子，去吧！你今晚睡了你表妹。从今以后，龙梅表妹就是你的老婆了。”

石柏大喜，说：“好，妈，我这就去。”

第十二章
智救游击队

1

夜，院子里寂静无声，漆黑一片。只有一只猫头鹰在树上叫了两声。

吕婵蹑手蹑脚地走进后院，她猛然发现前面墙角猫着一个人，便轻手轻脚地走了过去。吕婵在柳英身后轻咳了一声，柳英吓得一个激灵，低声问："谁?"

"我。"

"大嫂，"柳英说，"你吓死我了，我以为是谁呢!"

"老二家的，这三更半夜，天寒地冻，你不在家睡觉，跑这儿来干什么?"

"大嫂，我丢了一只鸡，我来找鸡。"

"找着鸡没有?"

"没找着，怕是叫黄鼠狼给吃了。"

"你编的瞎话哄鬼去吧，我看你是来搅老三的好事吧?"

"大嫂，原来你也是来搅……"

吕婵一手捂住柳英的嘴，轻声说："别说话，来了。"

吕婵和柳英屏住呼吸，只见石柏蹑手蹑脚走进院子。到了西屋门口，他轻轻地推开房门，进了房间。

“大嫂，老三进去了。”柳英着急地说，“快，我们过去，迟了就……”

背后传来一个声音，把两人惊得魂飞魄散，只听石母厉声地说：“站住！你们去干什么？想去听小叔子的床？你两个死八婆！”

两人想跑，衣服被石母拉住了，她生气地说：“老二家的，我告诉你，今天晚上喝酒时你就搅局，现在你还不死心？”

“妈，你这是在冤枉我。”

“一点也不冤枉你。”石母说，“我告诉你，老三这事成了便罢，要是不成，我不会拉倒，你得把你最小的妹妹柳苹嫁给老三做老婆。”

“妈，”柳英说，“我家三妹已经订好了人家，换了八字，收了彩礼，就等着下个月过门了。”

石母霸道地说：“不行，把那边的亲事退了。”

正在这时，西房传来一阵声响，紧接着是石柏喊妈的声音。

石母问：“谁在叫妈？”

柳英说：“好像是老三在叫你。”

“走！”石母一马当先。

三人走进西屋，吕婵划了根火柴点亮了桌上的茶油灯。只见石柏只穿着裤衩站在床前，冷得瑟瑟发抖。雷龙梅衣着整齐，坐在床上面朝里。

石柏颤抖着，上牙打着下牙说：“妈，表妹不……不让我上床，冷……冷死我了……”

吕婵和柳英见状赶紧扭过头去。

“你怎么把衣服脱光了？这大冷天的。”

石柏说：“你不是教……教我把衣服脱……脱光，再……”

石母打断了石柏的话，说：“别啰唆了，丢人现眼！赶紧穿上衣服走吧。这孩子，半夜三更地闯进他表妹房间，想干什么？一定是得了夜游症。”

石柏穿好衣服，同两个嫂嫂出门走了。

石母嘱咐道：“梅儿，我们走了，这次你可真得把门关紧了。”

2

王效走出房间，叫上刘清。王效说：“刘清，走！跟我去查岗。”

刘清答应道：“是，特派员。”

两人一前一后往村里走去。

一阵货郎鼓声，传来一人沙哑的声音：“收破铜烂铁，废纸牙膏皮！换针头线脑，油盐酱醋糖块啰！”这声音一直在村里重复地喊着。

村里几个小孩围着货郎担，正在用破铜烂铁换糖块吃。

货郎接过一个男孩递给他的一个古铜镜，他看了看铜镜说：“小孩，给你十颗糖怎么样？”

小孩高兴地说：“好！”

王效和刘清正好走到跟前，王效说：“慢，让我看一下这面古镜。”

王效从货郎手中接过铜镜，他仔细看了看，发现上面有大明宣德的年号。

“这铜镜是一件古董，明朝的，有几百年了。”王效说，“虽说有些破残，但最少也值五六块大洋，你怎么就给人家小孩十颗糖豆？”

刘清大吃一惊：“特派员，这破镜能卖五六块大洋？”

“这是在小山沟里。”王效说，“这古董要是在上海、北平这些大城市，起码能卖二三十块大洋！”

货郎说：“长官，小人不识字，小人实在不知道这东西是件古董。”

“我们共产党，最讲究买卖公平，童叟无欺。”

“是，长官，小的该死！”

“哼！奸商奸商，无商不奸！”王效说，“不过，你那心也太黑了些。就算是破铜烂铁，这么大一个铜镜，也远不止换十颗糖豆。小刘，你把这铜镜和小孩送回家。告诉这家大人，这铜镜是件古董，等以后太平盛世再拿去卖，就值大钱了。”

“是。小孩，走，带我去你家。”刘清说。

王效看那小孩领着刘清远去的背影，他见四下无人，便对挑起担子正准备走的货郎低声道：“站住，有针卖吗？”

货郎一惊，迟疑了一下说：“有，长官要什么针？绣花针？”

“我不要绣花针，我要补衣服的针。”

“绣花针，缝衣针，都是一样的针。”

“怎么卖？”

“论根卖。”

“多少钱一根？”

“两角钱五根。”

“我买一角钱。”

“一角钱两根。”

“好，就两根。”

货郎给王效拿了两根针，王效接住顺手把一张小纸条夹在钱里递给了货郎。货郎接过钱，见四下无人，把纸条塞进货郎担子一处隐秘的地方。货郎挑起担子，又吆喝着往村子外面走去。货郎喊着：“收破铜烂铁，废纸牙膏皮！换针头线脑，油盐酱醋糖块啰！”

刘清回来，见货郎已经挑着担子走远。

“王特派员，这家祖上是财主，上一代破败了。”刘清说，“他说这铜镜是他们家的传家宝，不知道被小孩偷去换糖吃。他千恩万谢，感谢特派员慧眼识宝，给他追了回来。他说明天要送一面锦旗给你。”

王效一笑，说：“送锦旗倒不必。这铜镜宝算不上，但毕竟也是几百年的古董了。”

刘清说：“那也算宝物。我们家一年忙到头，收入才两三块大洋。”

“走，我们去那边看看。”

3

虎穴城白匪司令部。于副官急匆匆地走进白湘君的办公室，喊了一声：“报告!”

白湘君说：“进来!”

“司令，‘猴王’刚刚送来的情报。”

白湘君接过情报，见电报纸上写着一行字：西山沟姑病危，速来。

白湘君命令：“叫李营长火速到作战室来。”

于副官答道：“是!”

于副官领着李营长来到司令部作战室，李营长向白湘君敬礼。白湘君点点头，他拉开墙上的布帘，露出作战地图。白湘君指着地图上一个红圈说：“李营长，我命令你营火速集结，急行军，天亮前完成对东山村的包围。拂晓时分发起攻击。这一次，务必把箭山游击队彻底消灭干净，永除后患!”

于副官提醒道：“司令，情报上不是说游击队在西山沟吗?”

“西山沟就是东山村，这是约定的暗语。箭山地区没有西山沟，只有东山村。”

“司令高见!”

李营长立正敬礼：“是，保证完成任务!”

4

一个山间湖泊，星光下波光粼粼，晚风轻拂过湖面。

岸边，一块大岩石上，钟龙华和林春并排坐着，观看着星光下的湖面。

“特派员，”林春说，“昨晚我在窗外听‘南霸天’说，我们中央苏区大部已经沦陷，瑞金也快被国民党军攻陷。我想，这绝对不可能，一定又是敌人在造谣。”

“不，这次应该是真的。”

“真的？你刚从苏区过来，应该更知道目前苏区的战况，到底怎么样了？”

钟龙华缓缓地说：“这次反‘围剿’和前四次不一样。蒋介石集结了百万大军，亲自坐镇南昌指挥。天上每天有几十架飞机轰炸，地上有坦克、大炮。4月28日，我们苏区的北大门广昌就失守了。我出来的时候，敌人已经占领了我们苏区一多半的地方。”

“我们红军有毛委员的领导，还怕他第五次‘围剿’吗？”林春说。

“这次的确不一样。”钟龙华说，“毛委员、朱老总被排挤出中央领导层。新的党中央让我们红军和比我们强大十几倍的敌人硬打硬拼对着干，仗打得很辛苦，我们红军消耗很大损失很大，照这样打下去，焉有不败之理？”

“是呀，就像我们和白湘君打仗一样。白匪人多，武器好。我们游击队不能和他们硬碰硬对着干。我们只能和他打游击，叫他顾此失彼。”

“对。所以，这次‘围剿’，中央苏区可能真的不保了。”

“特派员，那怎么办？”

“还是毛委员高瞻远瞩。”钟龙华说，“毛委员判断这次残酷的反‘围剿’，中央苏区有可能不保。中央红军一定要来一次战略大转移。红军应该在10月中下旬左右西进转移到湖南。虎穴城扼湘粤赣三省咽喉，西有大峡谷天险，大铁桥就成了我们红军西进的唯一通道。党中央这次派我来就是要我带领游击队，不惜一切代价，关键时夺取控制大铁桥。确保我们数万红军顺利通过大铁桥，进入湖南。”

“我明白了。”林春说，“那个假特派员跟我们说：中央苏区第五次反‘围剿’取得了伟大的胜利。他要我们加紧扩大队伍，将来配合中央红军攻打赣州、南昌等中心城市。”

“他是在误导你们。现在已经是9月中旬了。我们的任务还很艰巨。白湘君已经派人在大铁桥上安装了两吨炸药。一旦察觉到我们中央红军的西进意图，他随时有可能把大铁桥炸毁！”

“可是，罗队长现在还很相信这个假特派员。”

钟龙华沉默了一会儿，说：“我现在最担心的，是王效和白湘君内外勾结，里应外合，让游击队防不胜防。”

“特派员，要不我现在回游击队去，伺机把王效干掉。”

钟龙华摇摇头说：“这个办法不行。你现在回去也很危险。罗队长现在不相信你，认为你是叛徒。说不定他们一看见你，就会对你开枪下毒手。”

“那我们现在怎么办？”

“我们在暗中关注游击队的动向，暗中保护，等待时机。另外，我想我们明天再去一趟大铁桥，侦察一下情况。”钟龙华说。

突然，一群鸟从东边惊飞，黑压压一片，从头顶天空飞过。

钟龙华警觉地说：“有情况！”

“特派员，东边是条大路，是不是有大部队来了？”林春说。

钟龙华站起身：“我们去那边看看。”

钟龙华和林春蹲在大路边的树丛后，只见大路上一队队的白匪在急行军。

钟龙华轻声地说：“今晚敌人果然有重大军事行动。”

林春说：“他们极有可能是针对我们箭山游击队。”

“有可能。林春，你地形熟，他们是去哪里？”

林春摇摇头说：“不好说，前面有盘寨、苏坑、东山村、肖家湾等几个村庄，敌人到底是去哪里，一时还不好判断。”

“你看，”钟龙华手指那边说，“有一个白狗子落单了，我们去抓个俘虏问一下。”

“好。”

两人猫着腰，快步蹿出林子。那白匪刚撒完尿，正在提裤子。钟龙华已经到了他身后，右臂把他脖子扼住，就往林子里拖。林春一把夺下他的步枪。白狗子想叫，但叫不出声来，他拼命挣扎着。

林春低声喝道："老实点！敢叫喊就杀了你！"

那白匪果然不敢动，也不敢喊。钟龙华把他拖到树丛后。

钟龙华问："你们是哪一部分的？"

白匪战战兢兢地说："报……报告长官！我们是虎穴城粤军第一营。"

"你们现在去哪里？执行什么任务？"

"去东山村，'围剿'箭山游击队！"

林春一声惊叫："游击队在东山村。"

钟龙华和林春把白匪的外衣裤脱下，让林春穿上，然后把白匪捆在一棵树干上，嘴里塞上一块布。

钟龙华说："应该是王效把游击队驻地的情报报告了白湘君。"

"特派员，我们现在怎么办？"

"只有赶在敌人前头，通知游击队迅速转移。"

"可是，我们怎么走也走不过敌人。"林春说："他们走大路，我们走小路；他们路好走，我们路难走；他们路近，我们路远。等我们赶到东山村，恐怕……"

钟龙华想了一下说："走，我们跟在敌人后面，见机行事。"

钟龙华和林春蹲在山上树丛中，钟龙华指着前方的那个村庄问："那个村子叫什么？"

"这是苏坑村。"

"这里离东山村有多远？"

"有五六里地。"

突然，两颗信号弹升起，划破了黎明前的夜空。

钟龙华心一紧，说："不好，敌人已经对游击队展开了进攻。"

林春着急地说："特派员，现在怎么办？我最担心的是这个时候王效趁乱对罗威、罗红兄妹背后开黑枪。"

"暂时不用担心。"钟龙华安慰林春，"游击队人多，王效现在还不敢下手。只有在游击队遭受重大伤亡，弹尽粮绝，大批敌人冲到跟前的时候，他才会出手。”

“特派员，一看你就是一个身经百战的指挥员。我看你胸有成竹，胜券在握，跟你在一起根本就不知道什么叫害怕。”

“大敌当前，惊慌失措解决不了问题，只会自乱阵脚，遇事要冷静。你看，敌人的指挥部就设在苏坑村，而且就在前面那座灯火通明戒备森严的苏家祠堂里。”

“你怎么知道？”

“你看，”钟龙华说，“那几匹马就拴在祠堂门口。在国民党部队，只有当官的才有马骑。你再看，大路上三步一岗、五步一哨，防守得如此严密，证明它就是敌人的指挥部。打蛇打七寸，只要我们拿下敌人的指挥部，游击队就有救了。”

“特派员，这苏家祠堂我来过。我们走后面。后面围墙外有一棵大树，从大树上围墙跳进大院，可以神不知鬼不觉地避开前门岗哨，直捣敌人心脏。”

“好，我们现在趁着黎明前最黑暗的时候行动。”

钟龙华和林春猫着腰，冲进了茫茫夜色中。

5

敌人的进攻冲锋号声，回荡在黎明前的山村夜空。

罗威和王效冲出屋，罗红气喘吁吁地跑了过来，说：“哥，我们被敌人包围了。”

罗威命令：“快！集合队伍，抢占后面那座山峰！”

“好！”

敌人冲进村子。游击队员和敌人短兵相接，展开搏斗，双方互有伤亡。

高强刚把一个敌人一刀砍死。

罗红大叫：“高强，不要恋战！你带着队伍赶紧往那座山上撤，占领制高点!"

高强答应道:"好，同志们，快往山上冲!"

游击队员们开始边打边往山上撤退。

几个敌人冲了过来，罗威、王效、刘清等向敌人射击。罗威击毙一个敌人，刘清击毙一个敌人，有两个敌人端着枪冲向王效。罗威大喊:"注意危险!"他急中生智，抓起身边一小捆柴，猛地扔向一个敌人。那敌人慌忙张开双手抱住扔来的柴，仰面倒在地上。另一个敌人一愣神，罗威一枪击毙，尸体滚下小溪。这时，又有几个敌人喊叫着往这边冲来。

罗威大喊:"特派员，快！我们往山上撤!"

游击队抢占了制高点，开始狙击敌人。

罗红报告:"哥，队伍都撤上来了。"

罗威问:"损失情况怎么样?"

"牺牲了几名同志。"罗红说。

高强说:"队长，敌人从四面把我们围住了。"

"不用慌，"罗威说，"我们占据高处有利地形，居高临下，敌人暂时冲不上来。"

王效说:"罗队长，我们这座山头孤立无援，没水没吃的，万一弹尽粮绝了怎么办?"

"大家节约子弹，等敌人靠近瞄准后再打!"

"罗队长，我建议现在冲下山，突围。"王效说。

罗威沉吟了一下说:"不行，你看，敌人现在正气焰嚣张。这会儿冲下山，无异于送死，会全军覆灭。再说，天已经蒙蒙亮了。"

这时，白匪发动了冲锋。

罗威等敌人靠近，大喊一声:"同志们，打，狠狠地打!"

游击队员们一阵猛打，敌人死伤惨重，退了下去。

6

钟龙华和林春趁着黎明前最黑暗一刻，绕到苏家祠堂后墙，发现大树下有一个敌哨兵正在抽烟，烟火一明一灭。钟龙华跟林春耳语了几句。林春转过墙角，吹着口哨，大摇大摆地向哨兵走去，那哨兵大喊一声："谁？站住！"

林春骂道："他奶奶的，连老子都不认得？"

"你，你是谁？"

"臭小子，我抽死你！"

"你是张排长？"

正在哨兵狐疑的时候，钟龙华一个箭步从身后蹿上，一下就用胳臂勒紧了哨兵的脖子，那哨兵脚蹬了几下，就不动了。钟龙华麻利地剥下哨兵的衣帽裤子穿戴好，和林春爬上树，上围墙，跳进了后院。

两人利用树影墙根作掩护，快速向前院运动。

敌人指挥部里，李营长正站在作战地图前看地图。

李参谋进来："报告营长，前线报告正在组织第三次冲锋。"

李营长命令说："告诉刁连长，注意'共匪'队伍里，有一个叫王效的，是自己人，千万不能把他打伤打死，否则，我没法向上峰交代。"

"好，我去打电话告诉他。"

李参谋刚转过身，就被林春用枪顶住了脑门，钟龙华一个箭步冲到李营长跟前。李营长刚想掏枪，枪就被钟龙华拿走了。

李营长惊恐地问："你们是……"

钟龙华威严地说："我们是箭山游击队。"

李营长张大着嘴说："不，不可能。"

"不可能的事，现在就发生了。"

林春一枪柄把李参谋打昏在地，随即用绳把他捆了起来，嘴里塞了块布。

“你们想干什么？”

“我命令你：赶快命令你的前线部队，立即停止进攻，撤出战斗！”

“如果我不下命令停止进攻呢？”

钟龙华拉开手枪保险，顶住他的脑门心，双眼威严地盯着他。

钟龙华震慑地说：“我再说一遍，立即命令你前线的部队，马上停止进攻，撤出战斗！这是我的最后一次命令。”

李营长沉默片刻说：“我下命令后，你要保证我的生命安全。”

钟龙华说：“立即下命令！你现在没有资格跟我们讨价还价！等你下达命令停止进攻后，我会考虑保证你的生命安全。我们共产党的政策历来是，缴枪不杀，优待俘虏。”

“好吧，我下命令。”

李营长拿起电话说：“喂，给我接前线，是刁连长吗？”

电话那头传来刁连长的声音：“营长，我是刁德一！”

“我命令你：立即吹撤退号，部队停止进攻，撤出战斗！”

“营长，共党游击队已经弹尽粮绝！马上就要完蛋了！”

“我再说一次，我命令你：立即吹撤退号，部队停止进攻，撤出战斗！”

“营长，现在撤退，功亏一篑呀！十分钟，你再给我十分钟，我就可以解决战斗，我就可以把‘共匪’统统消灭！”

李营长大骂：“混蛋！刁德一，你再不执行命令，军法论处！”

“是！”

须臾，清晨的空中传来敌军撤退的军号声，在山谷中回荡。

林春兴奋地说：“听，敌人在撤退。”

钟龙华说：“走吧，李营长，我们遵守诺言放你，但你必须送我们出村。”

钟龙华和林春一左一右，挟持着李营长出了祠堂大门。他们上了三匹马，往村外走去。一个哨兵问：“营长，你们是去……”

钟龙华训道：“混蛋！营长去哪里，这是你该问的吗？”

“是!”

一匪兵走进白匪指挥部办公室里汇报战况，他发现营长不在，四下一看，只见李参谋在屋角正两眼巴巴地看着他。匪兵赶紧过去，给他解开绳索。匪兵问：“李参谋，你怎么这样？营长呢?”

李参谋拔掉嘴里的布说：“快，赶紧给刁连长打电话，命令部队重新发起冲锋，消灭共党游击队!”

“不行了，电话线全部都莫名其妙地断了。”

“发信号弹?!”

“信号枪在营长身上。”

“快，吹冲锋号!”

匪兵立正说：“报告李参谋，号手在前线。”

李参谋拔出身上手枪大骂一句：“他妈的，快追！共匪挟持了营长。”

李参谋追出大门外，见三人骑马已走到大路上。他朝天开了一枪，大喊：“截住他们！那两个共党挟持了营长。”

两个最近的哨兵听到喊声，刚端起枪来，就被钟龙华、林春一人一枪击毙在地。钟龙华、林春挟持着李营长快马加鞭一气跑出五六里路远，才停了下来。钟龙华叫李营长下马，然后打了那马一鞭子，那马独自跑了。

“李营长，”钟龙华说，“你自己回去吧。我们红军遵守诺言，不杀俘虏。”

钟龙华说完，和林春策马飞驰而去。李营长呆呆地望着他们的背影消失在远处。

好大一会儿，李参谋气喘吁吁地领着一群白狗子追到。

李参谋问：“营长，那两个共党呢?”

“跑了。”

“那我们追不追?”

“追你个头！我们两条腿，人家四条腿！你追得上吗?”

“营长，那您再发信号，让刁连长再次发起冲锋，把游击队消灭掉。”

李营长摇摇头说：“那是正月十五贴门神——晚了半个月。再说，我的信号枪也被那两个‘共匪’收缴了。我征战大半辈子，这是我遇到的最狡猾的两个对手。”

“营长，”李参谋说，“当时您就不应该答应这两个共党。”

“妈了个巴子！”李营长火冒三丈，大骂，“当时不答应，你我当时就去了阎王殿报到。现在我们还能站在这里面对面说话吗？操！”

7

山上，游击队员的子弹打光了。战士们插上了刺刀，拔出了大刀。

白狗子们叫喊着：“‘共匪’没子弹了！抓活的！冲啊！”

罗威把大刀一挥喊：“同志们！我们和敌人拼了！”

罗红振臂高喊：“誓死不做俘虏！我们和敌人拼了！”

众游击队员齐声大喊：“我们和敌人拼了！”

王效躲在一棵大树后，他用枪瞄准了罗威，准备扣下扳机。

就在这时，敌人撤退的军号声吹响了。白狗子们停止了冲锋，他们迟疑了一下，突然转身像潮水般地争先恐后退了下去。

王效失望地放下了枪。

罗红问：“哥，怎么回事？敌人撤退了？”

众游击队员也面面相觑：“敌人怎么撤退了？”

王效上前说：“罗队长，得抓紧时机赶紧撤退。”

罗威对罗红说：“阿红，快，赶紧带领队伍向后山撤退！”

8

在章城的一座深宅大院里，院中站着一队特务。

焦新站在台阶上说：“诸位，我念到名的，请到后院大厅，汪处长亲自给你们布置重要的任务。”

焦新掏出一张纸，念：“张甲、孙虎、刘有田。”

三个特务答应一声出列。

“你们三个到后院大厅，汪处长在那里等你们。”

三个特务来到后院大厅。

汪清泉交代任务：“张甲、孙虎扮成猎户，伺机混进游击队里，然后和王少校取得联系。一切行动听从王少校指挥，配合他的行动。刘有田扮成流浪汉叫花子，在游击队活动那一带活动，联系上王少校，主要任务是传递情报。”

张甲、孙虎、刘有田：“是！”

“你们三个现在可以走了。”

张甲、孙虎、刘有田三人领命走了。

院子里，焦新继续念：“大家听着，田野、刘林、刘飞、叶富、李青、郑天。”

六人相继答应一声出列。

“你们六位到后院大厅，汪处长给你们布置任务。”

六人往后院去了。

焦新说：“剩下的没有分配任务的同志，回宿舍待命！”

众特务：“是！”

后院大厅里，汪清泉交代任务：“诸位，你们六位除了郑天扮成书生模样外，其余五个全部剃成光头，身穿袈裟扮成和尚，然后再回到这里，我给你们布置重要任务。”

六人齐声：“是！”

不一会儿，六人进来。田野扮成方丈，郑天长衫马褂书生打扮，其余四人皆是和尚。

汪清泉满意地点点头说："好。"

汪清泉起身来到墙上一幅地图前，用棍子指着地图上一个小红圈："诸位，这座山，叫瑞峰山。山中有一座古刹，叫浮云寺。寺不大，有四个僧人。你们的任务就是携带电台，在庙里潜伏下来。配合王少校，传递情报。"

刘林问："处长，庙里原有的四个和尚怎么处理？"

汪清泉用手做了个杀头的手势，然后哼了一声说："就超度他们吧。然后你们借尸还魂，取而代之。"

田野双手合十："阿弥陀佛，善哉善哉！"

汪清泉说："好，你们动身去吧，祝你们马到功成！"

9

日落时分，浮云寺。

小和尚正要关上庙门，田野等六人急匆匆走了上来，推开刚半关上的庙门。

小和尚问："几位施主是……"

"贫僧等是来投宿的。"田野说。

"本寺没有空房。"

刘飞斥道："你这小沙弥好不晓事，带我们去见方丈。"

小和尚带着他们来到大雄宝殿，只见庙里的四个和尚都在。方丈是个七十多岁的老僧人，人清瘦但精神矍铄，颇有几分仙风道骨。一个四十来岁的中年和尚，生得浓眉大眼，壮壮实实，那相貌使人想到了《水浒传》里的花和尚鲁智深。还有一个二十出头的和尚，人瘦得仿佛刮阵风就能把他吹倒。

方丈问："不知几位施主从何处来？"

田野答："我们是同行，少林寺的。"

"噢，原来几位是从嵩山少林寺来的。"

"不，我们是莆田南少林的。"

"此时日落时分，不知几位到鄙寺又有何事？"

"方丈，实不相瞒，我们是来借宿的。"

壮年和尚接口道："只怕我们这里庙小，供不下你们几尊大佛。"

叶富张口就骂："操！敬酒不吃吃罚酒！老子跟你明说吧，你们该让贤了。"

壮年和尚哼了一声，说："你们终于耐不住了，露出了本相。"

"你们是这样对待客人的吗？"郑天说。

壮年和尚瞪着大眼："只怕你们不是正经客人。"

田野双手合十，给刘林使了个眼色。田野念了一句："阿弥陀佛！"

刘林大吼一声："你们找死！"

刘林挥拳砸向壮年和尚，壮年和尚见他来势汹汹，闪身躲过。刘林接着又是一记左勾拳，奔壮年和尚太阳穴来，壮年和尚又是一闪身躲过。刘林再次发力，一个冲拳，直奔壮年和尚面部而来。壮年和尚一闪身，拳再次走空。

壮年和尚双手合十："施主，来而不往非礼也。我已让你三招，得罪了！"

方丈双手合十："阿弥陀佛！"

壮年和尚说完，双掌往前一送，刘林整个身子飞了出去，背撞在大殿柱子上，人摔在地上，痛得他龇牙咧嘴起不来。

刘飞见他叔叔吃了亏，拔出一把匕首，从背后向壮年和尚后心刺来。

壮年和尚说声："来得好！"

壮年和尚一个快速转身，躲过刺来的匕首，随即飞起一脚，正踢在刘飞的小肚子上。刘飞大叫一声，跌出一丈多远。

李青见壮年和尚凶猛，忙掏出手枪，对准壮年和尚连开两枪。

壮年和尚胸口中弹，他怒视着李青，往前走了两步，终于倒下了。

老方丈见对方有枪，刚动手就开枪杀人。

方丈责道："你们几位也是出家之人，缘何大开杀戒?"

田野双手合十："超度他们吧，阿弥陀佛!"

方丈见状，对年轻和尚和小和尚说："你们快跑，各自逃生去吧!"

小和尚刚要跑，被郑天一把抓住。小和尚一口咬住郑天的手，痛得他哇哇大叫。李青上前，掏出一根绳子，从背后套在小和尚脖子上勒紧用力一拉，小和尚气绝身亡。

青年和尚虽说人瘦弱，动作还挺快，他一闪身蹿进了后殿。刘林、刘飞两个跟着追了出去。叶富一把抓住老方丈骂道："老东西，叫你让贤你不让，敬酒不吃吃罚酒!"

方丈叹道："遭此大劫，乃佛门之大不幸!"

叶富抓住方丈的头，猛撞向菩萨底座，方丈的脑袋顿时血流如注，倒地身亡了。

刘林和刘飞喘着粗气回来报告："田组长，我们追到后院，才把他抓住，正好旁边有一口井，我们提起他，头朝下，脚朝上，扔进井里了。"

田野双手合十："阿弥陀佛!"

叶富问："那小子死了吧?"

"听声音，那井有十来丈深。"刘林说，"他就是一只壁虎，也绝无生还的可能。"

田野吩咐道："大家把尸体拉出去埋了，把血迹清洗干净，千万不能露出一丝痕迹。从此以后，我们就是这座庙里的活佛了。"

第十三章
再探大铁桥

1

张甲、孙虎、刘有田三人走在大路上。

孙虎问："我说张兄，我们上哪儿去找游击队?"

张甲说："据我考证，这游击队一般都在山高林密荒无人烟的深山老林里。我们应该往那里去，才有可能碰上游击队。"

"张兄到底是头儿，见多识广，言之有理!"

刘有田说："那我们三人就往深山老林去。"

"且慢，你跟着我们两人走就不合适了。"

"为什么？有什么不合适?"

"我们的任务不同。你是个要饭的，臭叫花子，你只能往村里去，去人多有人家的地方才有饭要。你几时见过要饭的往山上跑?要叫游击队撞见，一准认定你是奸细，一刀把你给宰了。"张甲说。

"张兄说得有道理。只有我们打猎的，才往深山林子里跑。"孙虎道。

"我们就此分手。我俩往这边进山，你往那边，进村子去要饭。"张甲说。

刘有田望着张甲、孙虎远去的背影。

刘有田"呸"了一声："什么东西！叫你俩进山就撞见游击

队。不，进山就撞见土匪，抓起来打一顿，最好每人再剁去一根手指头。”

2

张甲和孙虎正在林子走着，突然一声枪响，接着有人在后面大喊：“快，抓住他！”

只见一个大汉，满身满脸都是血，右手提一把木匠斧，左手上臂血流不止，踉踉跄跄地跑了过来，跑到他们跟前的时候，一头栽倒在地。

两人吃了一惊，张甲蹲下身子问：“喂，你醒醒，你怎么啦？”

那汉子低声说：“救救我。”

“张兄，这人胳臂受了伤，不知道什么来路？”

“看他衣着打扮，像是个种田的做田佬。”

“不会是土匪吧？”

张甲摇了摇头：“不像。”

正在这时，后面四个汉子追到跟前。魏管家手持一支驳壳枪，头戴礼帽。另外一个拿着一支汉阳造步枪，还有两个手持大砍刀。

魏管家走到地上那汉子跟前，踢了他一脚。魏管家骂道：“跑呀，我叫你跑！”

“魏管家，他左臂中弹了。”拿步枪的说，“嘿！要不是刚才我那一枪打得准，恐怕这小子要溜了，我们哪里追得上他哟！”

“好，等回家后我告诉老爷，赏你五块大洋。”

“多谢魏管家！”

张甲问：“请问魏管家，那汉子犯了什么法？是家法还是国法？”

“这人把我们少东家给杀了。”

“他怎么无缘无故地就把你们少东家给杀了？”

“我们少东家，看上了他妹子长得靓。”魏管家说，“那天，我们少东家来了个霸王硬上弓，把他妹子给睡了。他妹子一时想不开，就上吊自尽了。这家伙，昨夜潜入我们东家大院，把我们少东家一斧头给宰了。”

孙虎笑了：“噢，原来你们少东家是个采花大盗。该杀，该杀！”

“对，哦不，该杀？你这话什么意思？你跟朱大壮是不是一伙的？”

张甲连连摇手说：“不是，魏管家，你千万别误会。”

“误会？那你俩是山上的土匪？”

“也不是。”

魏管家后退两步，突然用枪指着张甲、孙虎。魏管家大喊一声：“不准动，举起手来！”

张甲一惊道：“魏管家，你千万别用枪指人，小心走火！”

魏管家厉声道：“你们到底是什么人？说！”

“我们是猎户，打猎的！”

“不对，你们是游击队，是共党赤匪！”

张甲连连摇手说：“魏管家，你这玩笑开不得，那是要掉脑袋的。”

“别动，”魏管家命令家丁，“把这两个人给我绑起来！”

三个家丁不由分说，把张甲、孙虎二人五花大绑。

“哈哈，老子今天发大财了。”魏管家高兴地说，“抓了两个共党，往虎穴城白司令那里一送，一个就是两百大洋，两个就是四百大洋！哈哈哈！”

“魏管家，”孙虎说，“我们真不是共党，实话跟你说，我们是国……”

话没说完，只听一声枪响，魏管家脑袋开花，一头栽倒在地上。只见高强带着四个游击队员从树林子里冲出。高强大喊一声：“不准动，举起手来！”

一个家丁挥刀向高强砍来，高强闪身让过，随即飞起一脚，把那家丁踢倒在地。另外两个家丁撒腿就跑，刘清举枪，一枪把那个持步枪的家丁击毙。另一个家丁，已经钻进树林里跑了。一个游击队员过去把那支枪捡了回来。

刘清高兴地说：“小队长，今天收获不小，缴获了一长一短两支枪，还有一把大砍刀！”

高强叫两个队员给张甲、孙虎松绑。孙虎捡起地上的大砍刀，要杀那个家丁，被高强拦住了。

“老乡，不能砍。”高强说，“他就是地主老财家的一个家丁，不算罪大恶极。我们共产党游击队的政策是缴枪不杀，优待俘虏。”

孙虎恨恨地说：“这地主老财家的狗腿子，仗势欺人，该杀！”

高强把那家丁放了，教育他说：“以后你不准再欺负穷人。如果以后我们再抓到你，决不轻饶！”

家丁点头哈腰：“长官，以后不敢，以后不敢，以后再也不敢！”

高强问：“老乡，你们两位是……”

张甲赶忙接过话说：“我叫张甲，他叫孙虎，我俩都是猎户。今天碰巧碰见这位兄弟受伤，我们刚想救他，不想那四个地主狗腿子追了过来。不由分说，说我们是共党赤匪，要绑了我们去领赏。游击队同志哪，这多亏了你们及时赶到把我俩救下，要不，我们就没命了。你们共产党游击队真是我们的救命恩人哪！”

张甲说着，拉了一下孙虎，两人“扑通”一声，跪在高强跟前，磕头作揖。

高强慌忙去拉他们说：“老乡，不要这样。解救你们，是我们应该做的。”

张甲说：“我们总算找到你们了。游击队同志，我们要参加游击队。”

高强问：“你们为什么要参加游击队？”

“游击队同志，我们也是苦大仇深哪！我爹娘妻儿都叫国民党反动派给杀了，他爹娘也叫地主老财害死了。我俩现在是举目无亲，一贫如洗，真正的无产阶级，无家可归。游击队同志，我们要跟着你们，一起去打国民党反动派，去报仇雪恨！”

张甲说着说着，突然号啕大哭起来，孙虎也跟着一把鼻涕一把泪地哭着。

高强忙说："老乡，不哭了，你们起来再说。"

"不，"张甲说，"你不答应我们参加游击队，我们就跪在地上不起来。"

"好吧，我答应你们。"高强说。

张甲和孙虎这才爬了起来。

刘清问："小队长，这人受了伤，枪伤不算重，没伤着骨头。但他流血太多，人有些昏迷。我们已经替他包扎了伤口。这人现在怎么办？"

"救人救到底，把他背回游击队疗伤。"

张甲捏了一下孙虎，孙虎自告奋勇地说："小队长，我长得牛高马大，有力气，我来背。"

"老乡，那太谢谢你了。"高强说。

3

钟龙华和林春骑着马，来到了大铁桥桥头。钟龙华一身绅士打扮，头戴礼帽，架副墨镜，西装革履，林春则随从打扮。

两个哨兵端着枪，其中一个喊道："站住！什么人？下马检查！"

钟龙华和林春跳下马，他把马缰绳递给林春。随后，他不紧不慢地掏出一支雪茄烟，点燃后吸了一口，悠闲地走向哨兵。

两个哨兵被钟龙华的气势镇住了，哨兵结巴着说："老……老板，这是上峰命令。最近形势紧张，凡是过往的均需检查，并查验证件。"

钟龙华从上衣口袋里拿出一本证件，上面印有国民党党徽。他用二指夹着递给哨兵。

哨兵瞄了一眼，脸色大变，不敢接。哨兵立正："不知长官驾到！"

正在这时，班长谢峰走了过来。他问："王才，什么事？"

“报告谢班长，这位长官要过桥！”

林春突然惊叫起来：“表哥，你什么时候在这里当差？”

谢峰回头，惊喜地说：“表弟，怎么会是你？”

“今天我和我老板，想到桥对面金狮镇去一趟。”

林春随即给二人介绍：“这是我老板，这是我表哥谢峰。”

钟龙华和谢峰握手，他笑着说：“想不到你兄弟俩在这里喜相逢。”

“我们有两年多没见了。”林春说，“表哥，没听说你在这里当差啊！”

谢峰看了一眼周围说：“走，我们换个僻静处叙叙。”

“带上我们老板，我和他亲如兄弟。”

谢峰把马匹交给哨兵看管，他带着林春、钟龙华沿着一条陡峭的台阶小路，爬上一座小山顶。山顶上是一块岩石平地。站在这里，可以俯瞰下面的军营、峡谷、大铁桥，一目了然，这真是一处绝佳的观察点。

谢峰手指下面大峡谷大铁桥说：“这里地势高僻静。表弟，我听说你在游击队里当副队长，今天怎么有空来这里？”

林春说：“还是先说说你。姑父姑妈、表嫂侄儿都好吗？”

谢峰突然泪流满面，掩面失声痛哭起来。

林春大惊：“表哥，家里是不是发生了什么事？”

好一会儿，谢峰才停止哭泣。他擦干眼泪，两眼定定地望着远处的山峰，开始述说那段惨案。谢峰回忆说：“那一天，我打猎归来……”

谢峰打猎归来，走在路上，突然听到从自己家传来枪声。

谢峰跑步回家。刚到院子门口，正好看见妻子秀兰中枪倒下。院子里有七八个便衣男子，有的手里握着枪。他看见父亲、母亲、儿子和那只大黄狗都倒在地上已经死了，他们身上流着血。

谢峰发疯般地大喊一声，举起手中的鸟铳，对着这伙人开了一枪，一个特务中弹倒地。特务们爬起身，向他开枪。谢峰逃进树林，才躲过了这伙人的追杀。

……

林春听完，愤怒地说：“惨无人道！这是什么人干的？”

“不知道。”谢峰恨恨地说，“至今我也不知道这伙人是谁？他们为什么要杀害我全家？表弟，五口人哪！秀兰当时正怀着八个月的身孕，一尸两命！我一直在打听寻找，就是想替我父母妻儿报仇雪恨！”

林春问：“你打听到些蛛丝马迹了没有？”

谢峰摇了摇头：“没有，我黑白两道打听毫无结果。我当时只看清了从地上爬起向我开了两枪那个人的面目，他两眉中间有一颗绿豆大小的红痣。”

钟龙华、林春同时叫了起来：“王效，是王效！”

“你们认识他？”

钟龙华问：“你家那地方叫麻子坡，单家独院对吗？”

“对，你怎么知道？”

“那就对了。”钟龙华说，“杀你全家的那伙人，是国民党复兴社的特务。那个两眉间有一颗血痣的，叫王效，是复兴社的一个头目。他现在正冒充苏区中央特派员钻进了箭山游击队。”

林春恨恨地说：“对，就是这个该死的狗特务王效！”

钟龙华点点头：“就在你家遭变故后的一天，我去虎穴城路过麻子坡，在你家院子里我也中了四个特务的埋伏，当时我打死一个，跑进树林里才逃脱。这么想来，他们杀你全家就是为了在那里伏击我。”

“表弟，你们快告诉我，那个王效现在在哪里？我要去杀了他！”

“他在箭山游击队。”林春说，“我们也是被他赶出来的，还险遭他的毒手！”

谢峰咬牙切齿地说：“我要报仇，我要杀了他！”

“这个仇先记着，一定要报！表哥，再说说你怎么就来这里当了兵？”

“我只身逃出来后无家可归，就来投奔我表哥陈胜。”谢峰说。

“怎么？陈胜表哥在这里？那时你不是说他在广州吗？”

“前年他随白湘君部调到虎穴城驻防。”谢峰说，“他们这个连是个加强连，负责保卫大铁桥。他是一排排长。”

“哥，”林春说，“杀害我姑父姑母、表嫂侄儿的都是国民党的特务！他们和虎穴城的白湘君其实是一丘之貉。你给他们当兵，这是助纣为虐！”

“阿春，那我现在该怎么办？”

钟龙华说：“谢班长，你暂时还是继续在这里当兵吧。”

“阿春，你这位老板不是做生意的，他肯定是……”

“他肯定是什么？”

“他肯定是共产党！”谢峰肯定地说，“阿春，我和国民党有不共戴天的血海深仇，你就把你们的真实情况都告诉我吧！”

“表哥，你说对了，”林春点点头说，“他是我们中央苏区派到箭山地区的特派员，叫钟龙华。”

谢峰上前握住钟龙华的手，激动地说：“钟特派员，我谢峰以后就跟定你们共产党了！”

“好，我们欢迎你！”钟龙华高兴地说，“你表哥陈排长这个人怎么样？”

谢峰说：“我表哥这个人为人正直仗义。他从不嫖不赌，也不准自己部下嫖赌。他对部下有三条纪律。一不准酗酒嫖赌抽大烟；二不准欺压老百姓；三是官兵一律平等，兄弟相称。所以，全排人尊敬他，服从他，听他的话。我投奔他后，他见我枪法好，就提拔我做了三班班长。整个连，就数我们排有战斗力。”

正在这时，突然从树丛后站起一个人来，用枪对准他们。

陈胜说：“我听多时了，你们是共产党！”

众人大惊，谢峰说：“表哥！”

4

陈胜把枪收起，走了过来，哈哈一笑。

陈胜把手伸向钟龙华，快人快语地说："来，认识一下，我叫陈胜。"

钟龙华握住陈胜的手，微笑着说："我叫钟龙华。"

"你就是中央苏区派来的特派员！"陈胜说，"这位虽未谋面，但我知道你是谢峰的表弟林春。谢峰时常跟我提起你，真是百闻不如一见！谢峰的表弟就是我的表弟。久闻你在游击队里武功出众，枪法如神！"

林春一笑："陈排长过奖了，我也常听谢峰说起你，东征老兵，刚正不阿，屡建奇功。"

钟龙华点点头说："陈排长的正直为人，在国民党军队下级军官中，算是凤毛麟角了。"

"钟特派员过奖了。"陈胜说，"当年在广州的时候，我也参加了中山先生的东征。那时候，我还是个战士。我们连有一个指导员姓彭，是共产党人。他经常给我们讲革命道理。说句心里话，我对你们共产党是相当佩服的。不像我们国民党，贪污腐败，欺上瞒下。军队里克扣军饷，打骂士兵，拉帮结派。这样的军队焉有不败之理？"

"陈排长，你治军有方。你那三条纪律，和我们红军的三大纪律八项注意相似。"

"比起你们共产党领导的红军来，我这点算是小巫见大巫了。"陈胜说，"你们刚才的谈话，我都听到了。国民党惨无人道，滥杀无辜，注定不得人心。钟特派员，我愿带领全排四十几号人跟你参加红军去！"

钟龙华再一次紧紧握住陈胜的手，热烈地说："好，陈排长快人快语，我们欢迎你！你先说说你们连布防的情况？"

"我们连是个加强连，近一百五十号人，装备精良。"陈胜说，

“我们一排驻守桥东。连部设在桥西，那里驻有二、三两个排的兵力。二、三排是连长丁少魁的嫡系。”

钟龙华问：“白湘君怎样计划炸毁大铁桥?”

“前几天，工兵已经把两吨炸药安装好了。引爆开关设在西边连部后面的一个山洞里。山洞安有牢固的铁门，铁门上有锁。门钥匙在连长丁少魁一人手上。上峰有命令，说一旦红军进入箭山地区，白湘君就会弃城带兵窜过大铁桥并下令炸毁大铁桥。”

钟龙华坚定地说：“好恶毒的计划！决不能让他们的阴谋得逞!”

“钟特派员，只要你一声令下，我带领全排人跟你们誓死保卫大铁桥!”

“陈排长，谢谢你！具体的一些细节和措施，我们这几天好好研究计划一下，拿出一个具体的行动方案。”

钟龙华伸出双手，紧紧握着陈胜伸过来的双手，林春的一双手加入了进来，谢峰的一双手又加入了进来。四双手紧紧地握在一起。

四人异口同声：“排除千难万险，誓死保卫大铁桥!”

5

游击队驻地，张甲和孙虎若无其事地来到一处大院。见四下无人，张甲示意孙虎在院中放哨，自己推开王效的房门，闪身进了房间。

屋窗户太小，光线较暗。张甲环顾四周，不见王效。张甲低声道：“王特派员!”

王效突然出现在张甲身后，用枪顶着他。

王效低声喝道：“不准动，举起手来!”

张甲举起双手，说：“别，别动手！王少校!”

王效问：“你是什么人？胆敢偷偷闯进我的房间?”

张甲慢慢转过身来说：“王少校，我是张甲。”

王效仔细审视着张甲，疑惑地问："你是张甲？"

"王少校，你真是贵人多忘事！我是汪处长手下第二行动小组组长张甲。那次在麻子坡的行动，我们不是在一起并肩战斗吗？"

王效眼前随即闪过麻子坡那悲惨血腥的一幕：奶奶看见孙子惨死，掂了一把铁铲，冲向汪清泉要拼命。张甲对着奶奶连开两枪，奶奶倒在地上……

"哦，原来是张组长。你什么时候进了游击队的？"

"王少校，前天我和孙虎奉汪处长命令，化装参加了游击队。以后，我俩在你身前身后，随时听候你的调遣。"

"你们两个进来，游击队没有谁怀疑你们吧？"

"没有，"张甲说，"上次游击队在东山村被重兵包围，绝处逢生，没有被消灭。汪处长对此非常恼火，他要求你下一步计划绑架罗威。我给你带来了一包安眠药。"

王效接过张甲给的一个小纸包，问道："绑架罗威？"

"对，汪处长要求你尽快制订一个周密的绑架计划，并尽快实施。"

王效思索了一下说："好！"

"我和孙虎听从你的指挥，协助你完成这项伟大的任务。"

王效突然用手捂住张甲的嘴，轻手轻脚走到窗前，向窗外望去。只见刘清走进院子。刘清看着孙虎说："孙虎，你怎么在这里？"

孙虎一惊："哦，刚才王特派员把自己吃的一只红薯让给我吃。我这是来感谢他的。感谢他的救命之恩！"

刘清一笑说："嘿，吃只红薯算什么救命之恩。真是大惊小怪！"

"我肚子饿，饭量大，这就等于是救命之恩。"

"你饭量大，不够吃，晚上我把我的红薯给你吃。"

刘清欲去推门，孙虎忙说："我见王特派员刚刚出去了。"

刘清问："他往哪边去了？"

孙虎一指相反方向说："往那边去了。"

王效见刘清走出院子，转身对张甲说："这两天我做个周密的计划。你和孙虎快走，以后没事不要轻举妄动，有事我会通知你们。”

“好，这是你以后跟刘有田接头的暗语。”

张甲把一团纸递给王效，迅速跟孙虎离去。

6

天黑时分，游击队员们在吃晚饭。孙虎用筷子敲打着碗去打饭，刘老爹给孙虎打了一碗南瓜汤，再递给他两只红薯。

孙虎问：“就这？再没有其他什么？”

刘老爹点点头说：“没有了。”

“怎么天天顿顿都是红薯加南瓜汤，南瓜汤加红薯？怎么吃？”

刘老爹笑了，说：“怎么吃？这还用教吗？用嘴吃！”

“不，”孙虎说，“我的意思是还有没有馒头、米饭，或者肉菜什么的。”

刘老爹止住笑，说：“你是新来的同志吧，那我告诉你，这饭还算好的。有一段时间，我们大家天天吃野菜、吃草根，个个都没怨言。”

孙虎问：“大家都吃一样的？”

刘清走过来，把手中的一只红薯递给了孙虎，说道：“孙虎同志，我们游击队里官兵平等，大家都吃一样的。罗队长王特派员跟大家一样，一样的饭菜一样多少，一点也不特殊！你饭量大，我的这块红薯给你吃。”

孙虎嘟囔道：“我在家从没吃过这么差的伙食。”

刘老爹讥笑道：“呵呵，你是地主老财少爷的命，你就不该到游击队来受苦！”

刘清疑惑地问：“孙虎，你不是说你家苦大仇深吗？”

张甲接过话头，说道：“是，他家的确是苦大仇深！”

刘清问：“既然是苦大仇深，为什么有红薯吃还在这里叫苦？”

“这孙虎，他自小病了一场，有神经病。”

刘清大惊：“什么？他有神经病？你们为什么进游击队时故意隐瞒他的病史？我们游击队不能收有神经病的，明天一早送他下山。”

“不不不，副小队长，”张甲连忙解释，“我说的神经病不是指‘癫佬’那种神经病。我是说他脑子里缺少一根筋，不会拐弯，只会胡言乱语，绝不是那种发作起来就骂人打人用刀砍人的神经病！”张甲转身狠狠瞪了孙虎一眼，厉声道：“孙虎，快去吃你的饭！真是好了伤疤忘了痛！你忘了我们一起在地主贾善人家做长工的日子？吃的是猪狗食，睡的是柴寮牛棚，还要挨打受骂。你忘了你父母又是怎样被地主贾善人打死的吗？”

说到这里，张甲眼泪双流，痛哭流涕。

王效走了过来，说：“这位新来的张同志说得好哇！有觉悟！我们大家参加游击队，不是为了吃得好来享福，而是为了消灭国民党反动派，为了穷人翻身过上好日子！”

“王特派员，孙虎这人我了解，心眼不坏，就是脑子里少根筋！他现在是无家可归，这次放他一马，不要赶他走。求求你！”

王效沉思了一会儿，说：“好吧，这样的同志，以后要多忆苦思甜，多加强教育。”

“王特派员，”张甲保证道，“你把这个艰巨的任务交给我，我一定对孙虎严加教育严加看管，以观后效，下不为例！”

“好吧，下不为例！”

在一处无人的山林里，张甲愤怒地给了孙虎一记重耳光。

张甲训道：“你这个混蛋，成事不足，败事有余！今天又差点露了馅，翻了船！”

孙虎捂着火辣辣的脸，嗫嚅着说：“我……我……”

“我什么？你就是他妈的一个混账东西！”张甲低声吼道，“那天在树林子里，你他妈差一点就说出国民党三个字来！你以为我不知道吗？要是那天你说出这三个字来，那天我们就到阎王殿去报到了！

奶奶的!”

“我不是没说吗？我就说了一个国字。”

“那是游击队出来得早，再迟出来那么几秒钟，你小子就说出口了。”

“头儿，这假扮游击队不是个美差。天天顿顿南瓜红薯，实在是受不了哇!”

“你以为我就好受？你以为王少校这段日子又好受?! 告诉你，你受得了要受，受不了也得受！你要是叫游击队开除了，回去汪处长就会把你送上军事法庭!”

“头儿，我受得了!”

“记住，别说吃南瓜红薯，”张甲训道，“以后就是叫你去吃屎，你也得笑着吃。”

孙虎连连点头说：“是，还得说好吃好吃，这屎真好吃!”

7

王效在村子中走着。突然，他听到传来一声细小的声音：“大爷行行好!”

王效吓了一跳，他四下看，没见有人。他正在狐疑的时候，又听一声“大爷行行好”。他终于看见墙角阴暗处蹲着一个乞丐。

王效走过去，目露凶光地问：“你要干什么?”

刘有田说：“大爷行行好，给点吃的。”

“你想要什么?”

“我是要饭的，大爷随便给!”

“没有米饭。”

“馒头也行。”

“馒头也没有。”

“红薯也行。”

王效见暗语对上了，低声问：“你是刘有田?”

“对，王少校，我是刘有田。汪处长派我来取情报。”

王效见四下无人，迅速递给他一块红薯和一个纸团。刘有田火速地把纸团塞进打狗用的竹竿中。正在这时，一个游击队员过来。

游击队员说：“王特派员，罗队长叫你。”

“好，我们一起过去。”

8

刘有田急匆匆地走进汪清泉办公室，敬礼报告：“报告处长，王少校有情报。”

汪清泉接过情报看，点点头说：“好，王少校这个计划可行，高!”

行动四组组长王前说：“处长，是王少校从游击队里送来的情报?”

汪清泉晃了晃手中的纸条，得意地说：“罗威呀罗威，你躲过了初一，却逃不过十五!”

“处长这次一定有妙计将游击队彻底消灭!”焦新说。

汪清泉喊道：“王组长，焦组长!”

王前、焦新说：“到!”

“你俩去准备一下。火速招集所有人马，这次我要移师到虎穴城!”

9

虎穴城白匪“剿共”司令部。一辆黑色轿车，一辆十轮卡车，一前一后开进了白匪司令部大院。从轿车上下来汪清泉和王前、焦新。

白湘君和于副官哈哈笑着迎了过来。

白湘君笑容满面：“哎呀呀，汪处长，您大驾光临，兄弟我有失远迎!”

汪清泉也是笑容满面："白兄言重了！岂敢，岂敢！"

白湘君一伸手，说："汪兄，请！"

客厅里，白湘君陪着汪清泉喝茶。

白湘君问："汪兄，不知赣南匪区现如今战况如何？"

"白兄，"汪清泉说，"此次'围剿'，我军在蒋委员长英明领导下节节胜利。现大部匪区已经占领，攻克伪都瑞金是指日可待了！"

"此次'围剿'，蒋委员长也是下定决心：不肃清匪患，誓不班师！"

"虽说共党败局已定，但我等也万万不可大意，大意失荆州啊！"

"汪兄此话怎讲？"

"共匪割据多年，狡猾异常。"汪清泉说，"所以，昨日南昌行营来电说，共匪败后可能往西逃窜。上峰命令我军在此构筑第一道封锁线，阻止共匪西窜。"

白湘君问："难道他们真的会西窜入湘？"

"百分之百入湘！"汪清泉肯定地说，"他们的目的就是和湘西的赤匪贺龙会合，创建新的赤匪根据地。"

"汪兄分析得有道理。但他们西窜会走哪一条线呢？"

汪清泉指了指脚下说："这里。虎穴城！"

"汪兄如此肯定？"

"还是百分之百！你看，这里有条大峡谷，是道天然的天堑！南北长百余里，只有虎穴城一座大铁桥。舍此别无他途！"

白湘君大笑："哈哈，真是英雄所见略同！"

"所以，白兄一定要早做打算。"

"汪兄尽管放心！"白湘君说，"前几天，我已经命令工兵在大铁桥桥墩上安装好了两吨炸药。只等共匪西窜进入箭山地区，我就下令立即炸毁大铁桥。"

"白司令，到时中央军从南北东三面合围，'共匪'就插翅难飞了！"

白湘君得意地说："到那时，共匪就成了当年大渡河畔的石达开。这叫瓮中捉鳖！"

“到时候，白兄也就成了党国的第一大英雄！名扬华夏！名垂千古！”

两人相视大笑……

汪清泉停住笑说：“我此次来，其一是移师虎穴城，借贵方一方宝地，和白兄并肩作战，同歼‘共匪’。”

“这个好说。我司令部左侧有一个闲院，甚是幽静。我看给汪兄一班人办公住宿，非常适宜。且到我司令部仅数百步之遥，办事甚为方便！”

“还有一事有求白兄。”

“请讲！”

“我目前缺一名报务员，想借用白兄的报务员一用如何？”

“此事容易，”白湘君朝外大喊一声，“李组长！”

李娟进来：“报告司令，您有何吩咐？”

“这段时间，你帮助汪处长收发一下情报。”

“是！”李娟走了出去。

汪清泉盯了一眼李娟的背影。

“谢谢白兄鼎力相助。”

白湘君问：“不知汪兄的其二又是什么？”

“其二嘛，是我给白兄送来一件功劳。”

白湘君一喜：“什么功劳？”

汪清泉对着白湘君耳边嘀咕了一阵，白湘君顿时喜笑颜开。

“好，好，好！”白湘君恨恨地说，“这个罗威，这些年，就像鲠在我喉咙里的一根鱼刺。我吞，吞不下；我拔，拔不掉。真乃心腹大患，想不到汪兄今日要帮我把他拔掉！”

“白兄，清共灭共，乃你我共同职责。理当如此，理当如此！”

“汪兄此次远道而来，兄弟我当尽地主之谊。”白湘君说，“今日我略备薄酒，招待汪兄。一则替汪兄洗尘接风；二则就算是庆功酒吧！祝我们精诚团结，旗开得胜，活捉罗威，一举歼灭共党游击队！”

汪清泉肯定地说：“这次一定活捉匪首罗威！”

第十四章
绑架

1

夜，游击队驻地队部办公室，罗威正在油灯下看地图。他比画着，思索着。

王效推门进来，右手端一碗热气腾腾的南瓜汤，左手抓两只红薯。

王效说："罗威同志，我听伙房刘老爹说，你还没有吃晚饭。这么晚了，我叫他把南瓜汤热了热，就顺便给你端过来了。来，罗威同志，趁热快些吃吧。"

"好，我这会儿还真有些饿了。"

王效见罗威吃红薯，便说："你先吃饭，我去查一下岗。"

罗威吃了一口红薯，说："特派员，你先坐下，我们谈一会儿工作！"

王效搬了张凳子，在罗威对面坐下，点点头说："好！"

"特派员，"罗威说，"最近，我们补充了二十多位队员。射击、搏击、拼刺刀这块由罗红、高强、张猛等负责。政治思想教育这方面，就全靠你了。你是从中央苏区来的，有这方面的经验。虽说这些参加游击队的大都是受苦人，个个苦大仇深，但他们也难免有些缺点。我想明天上午组织他们上一堂政治课。你给他们讲讲我们中央苏区历次反'围剿'的战斗经验，讲讲我们红军的三大纪律八项注意。"

"好，我觉得很有必要！这些新来的队员，思想觉悟参差不齐。"

罗威点了点头，喝了两口汤，继续说："还有，自从我们上次在东山村突然被敌人包围，蒙受重大损失后，我就一直在反思，在我们游击队内部，是不是有敌人的奸细？游击队的消息又是怎样走漏的？"

"罗威同志，游击队内部是否有奸细，目前不能排除。所以，这次新来的二十几名队员，还需要进行一次严格的审查。"

"对，你说得很对！"

"好了，罗队长，"王效说，"我去巡查。有事明天再说。你趁热快把汤喝了。"

罗威端起汤，说道："好，早去早回。"

王效看着罗威一口气把碗里的大半碗南瓜汤喝光，脸上露出一丝诡异的笑容。

王效走出院子，树后阴影中转出一个人。他四下环顾一下，走到王效跟前。

"王少校。"张甲说。

王效也环视了一下四周，见没有什么异样，便问："接应行动小组到了吗？"

"到了，孙虎带他们都潜伏在前面竹林中，随时待命！"

"好，刚才罗威已经喝下了安眠药。二十分钟后，你们一切按方案行动。"王效从口袋里掏出一把匕首，交给张甲，小声交代，"这把匕首是高强的。你用它解决队部院里的岗哨，然后把它丢在旁边，栽赃高强。"

"是，少校，再见！"

张甲转身离去。

2

王效走在村中石阶路上，在一棵大榕树下，他迎面碰上了罗红。

王效问："阿红，你去哪里？"

罗红答道：“我刚查完岗回来，想去一下我哥那里。”

王效心里一惊，忙说：“阿红，正好我有一件事，想跟你谈一下。”

“特派员，有什么事？你说吧。”罗红问。

“我们游击队最近新添那二十几个队员，你和高强要抓紧对他们加强训练，主要是射击、搏击、拼刺刀这块！每个人都要练好过硬的本领。”

“我们每天都在对他们进行这方面的训练。”罗红说，“其中，有两个战士的枪法还挺不错的。”

王效问：“哪两个？”

“张甲和孙虎，这两人枪打得熟练，据说这两人以前是猎户。”

“噢，那个负伤的朱大壮呢？”

“他的伤基本上好了。”罗红接着说，“朱大壮苦大仇深，和地主老财有不共戴天的血海深仇。特派员，有一件事要向你反映，听刘清说，有一个新来的队员有些可疑。”

王效问：“谁？”

“孙虎。”罗红说，“听刘清说，孙虎这人的表现，根本就不像他自己说的家境贫寒苦大仇深，成天想着吃好的，南瓜汤红薯都吃不下。”

王效沉吟了一下，说：“下午我同罗队长商量过了。这批新来的二十几个队员，有必要对他们进行一次严格的审查。你刚才提到的那个孙虎，我们可以把他列为重点审查对象，必要时把他拘禁起来。下一步，可以派人到他的原籍去调查核实。我们不能冤枉一个好人，也决不能放过一个坏人。”

“对，特派员，好，我去找我哥。”

“对了，阿红！这几天你有林春同志的消息吗？”

罗红刚走几步，王效又叫住了她。

“没有。”

“我总觉得，林春是个好同志。”王效假惺惺地说，“他只是一时糊涂。只要他迷途知返，我们党和游击队随时欢迎他，既往不咎。”

“特派员，谢谢你对林春的理解。”

“不过，他现在的处境应该很危险。”王效说，“说不定他已经被敌人杀害了。”

罗红黯然伤神地说：“但愿他平安无事。”

“对了，还有一件事要麻烦你。”王效又说，“明天上午，我想举办一个学习班，专门给那二十几个新来的游击队员上一堂政治思想教育课，给他们讲我们中央苏区第五次反‘围剿’的大好形势，再讲讲我们红军的三大纪律八项注意。你看怎么样？”

罗红高兴地说：“特派员，那太好了！”

“明天吃过早饭后，你帮我组织一下人员，地点就在村中祠堂里。”

罗红说：“好。”

就在这时，从村子南头突然传来一声枪响，紧接着，又是几声枪响。

王效和罗红同时说：“不好！有情况！”

两人同时拔枪向村南跑去。

3

张甲来到竹林边，他学了两声鸟叫。一会儿，竹林里传出三声鸟叫。

从竹林里走出孙虎、王前等七人，王前问：“张组长，一切都准备就绪了吗？”

“天遂人愿！”张甲说道，“王少校说，一切按计划行动！”

张甲看了一下怀表说：“时间到了，现在开始行动！”

“张组长，你安排，你指挥！”王前说。

张甲把匕首交给一个特务说：“孙虎，你带上三名队员，去队部把已经昏睡的罗威赶紧背出来。用这把匕首解决岗哨，然后把它丢在尸体边。记住，行动要快！我和王组长在这里接应你们！”

孙虎答应一声，带着三个特务往队部去了。

游击队队部门口大院，一名游击队员在站岗。孙虎示意一个特务从另一边包抄过来。孙虎大摇大摆走向哨兵，他咳嗽一声。

哨兵一声喝问："谁？口令？"

孙虎答道："我，眼镜蛇！回令？"

"五步蛇！啊！是你，孙虎，你来干什么？"

"我……我来换岗。"

哨兵一怔问："换岗？不是还不到时间吗？"

"你回家去吧！"

就在哨兵一愣神的瞬间，后面那个特务蹿上，从背后往哨兵脖子上拉了一刀，哨兵倒地身亡。孙虎一招手，后面两个特务跟了上来。孙虎带着他们推开罗威的房门进去。外面那个特务捡起哨兵的枪伪装成站岗的哨兵，并把那把带血的匕首扔在尸体旁边。

孙虎见罗威伏在桌子上鼾声如雷，早已沉睡，忙把他身上的枪抓在手里。他叫一个高大壮实的特务背上罗威。孙虎一口气把油灯吹灭。三人出了房间，会同院子里站岗的特务，很快，一行人消失在夜色中。

竹林里，孙虎会合了等待他们的张甲、王前。

"这药真管用！"孙虎说，"你看罗威平时威风凛凛，像只猛虎，人见人怕的。这会儿好了，他沉睡得像只死猪。"

"这是进口的美国的安眠药，"张甲说，"他这一觉恐怕要睡上十几个钟头了。"

王前下达命令："走，我和张组长带队在前，孙虎带两人断后做掩护！"

村南路口，树林中传来一声喝问："什么人？站住！口令？"

张甲答道："眼镜蛇！回令？"

"五步蛇！"哨兵问，"你们这么多人去干什么？"

"罗队长叫我们送一个危急病人去镇上找大夫。" 张甲说。

哨兵走上前查看，问道：“这是什么病人？有罗队长开的路条吗？”

张甲从裤袋里抽出一把匕首，刺向哨兵，恶狠狠地说：“有，给你路条！”

哨兵一闪身，匕首在他左臂上划了一下。哨兵大喊：“有情况！”

哨兵喊完，顺势倒地一滚，滚下一个陡坎，躲过了从背后插来的致命一刀。倒地一刹那，哨兵的枪响了，枪声划破了寂静的夜空。

张甲说：“不好，快跑！孙虎，你带两名队员断后阻击追兵！”

正带着两名游击队员巡岗的高强听到枪声，赶紧带着队员冲了过来。他见敌人要逃，三人连忙开枪射击。一名特务被当场击毙。

“王组长，”张甲急忙说，“跟我往那边小路跑！”

这时，王效和罗红赶到，王效问：“高强，什么情况？”

高强说：“有一伙来历不明的便衣队。”

罗红问：“他们是干什么的？”

“不清楚，不知道他们干什么？”

王效也问：“有多少人？”

“有七八个，”高强说，“我们打死一个，剩下的往那边跑了！”

罗红命令：“快追！”

孙虎和另两名特务，向追来的罗红、高强射击，罗红、高强还击，双方互相对射。罗红、高强各把一名特务击毙。孙虎见势不妙，拔腿就跑，被罗红一枪击毙。

天亮了。罗红和王效在检查敌人的死尸。

刘清报告说：“特派员，我们一共击毙四名匪徒。”

一个队员用脚撩动孙虎的尸体，孙虎翻了个身，脸朝上。

罗红问道：“这名匪徒是谁？好生面熟！”

“小队长，他就是我跟你说的孙虎。”刘清说，“想不到他还真是个奸细，狗特务！”

哨兵左手吊着绑带，走过来。哨兵说：“王特派员，我跟你反映一个问题，有一个大个子匪徒背上背着一个病人，我看着有些像罗队长。”

罗红、王效惊问：“什么，罗队长？”

罗红捡起地上孙虎手中的枪，大惊失色：“这支枪是我哥的。”

王效肯定地说：“对，这是罗队长的枪。”

这时，高强带着几名游击队员追击敌人回来。

高强报告：“王特派员，我们追出有二十里地远，不见了敌人的踪影。”

王效自言自语：“难道真是罗队长出事了？”

4

游击队队部大院气氛压抑，王效站在台阶上大声说：“同志们！昨天晚上，我们游击队队部遭到一小股敌特的偷袭。哨兵被敌人残忍杀害，敌特还把我们的罗队长绑架走了。”

陈宝问：“敌人的行动目标怎么这么准确呢？”

“很显然，敌特是里应外合。”王效激动地说，“现查明，我们游击队内部，一共有两名奸细，张甲和孙虎。是他们和一股外来敌特内外勾结，杀害了岗哨并绑架走了罗队长。现在，孙虎已经被击毙，张甲在逃！”

刘清骂道：“这两个该死的狗特务！”

这时，一个游击队员从围墙角的柴堆里拾到一把带血的匕首。

游击队员报告：“特派员，岗哨是被这把匕首杀害的。看，上面还有血！”

另一个游击队员说：“我见过，这把匕首好像是高小队长的。”

“是高小队长的。”王成说，“你看，这上面有个‘高’字记号。”

王效沉默了一会儿，终于做出决定，他大喊一声：“高强同志！”

高强答道：“到！”

王效问：“这把匕首是你的吗？”

高强看了一下说："是我的，前天晚上就丢失了。奇怪，怎么会在这里呢？"

"现在我在问你！"王效说，"你给大家解释一下，你的匕首为什么会出现在案发现场？是敌人用你这把匕首杀害了岗哨。"

"这个……"高强抓了抓头发说，"我真不清楚，昨晚出事时，我正带着两名队员在巡岗。"

王效沉思了一会儿，命令道："来人，把高强和朱大壮的枪下了，把他俩绑起来！"

四个游击队员上前下枪绑人。

"王特派员，"罗红问，"你怎么把高强、朱大壮给绑了？"

"张甲和孙虎是高强招进来的。"王效说道，"杀害岗哨的匕首也是高强的。我怀疑朱大壮和张甲、孙虎本来就是一伙的。他们导演了一出苦肉计，然后高强把他们救下来，再带进游击队。"

一游击队员说："王特派员分析得有道理。"

"有嫌疑。"张猛说，"这事说不清，道不明，还真脱不了干系。"

"王特派员，"罗红质问，"你说的苦肉计，现在并没有充分的证据啊？"

"但高强脱不了干系。"王效说，"他必须对此事件负责！"

"特派员，我们不能随便抓人。"罗红说，"我反对！"

"先抓起来！"王效说，"防止他们逃跑和再破坏，然后我要审讯他们。"

游击队队部里，王效一个人在房间里抽着烟，来回踱步。

王效心里在想：罗威被抓走了。现在只要把罗红和高强这两个人再逼走，这支游击队就会人心惶惶群龙无首。我就可以一手遮天，一人当家了！

王效把烟头狠狠地摔在地上，转身走了出去。

5

罗红独自一人坐在山顶一块平坦的大石头上。她望着莽莽的林海，起伏的群山，落日的余晖，层林尽染！她思索着。

这些天，奇怪的事一件接一件发生了。自从王特派员上山后，又凭空出现了另一个特派员。更奇怪的是，春哥竟敢抗令劫法场跟那个假的特派员跑了。游击队的多数人都说林春是叛徒，只有她心里坚信，春哥他一定是发现了什么秘密，他不是个无原则的人，更不可能会是一个人人憎恨的叛徒。春哥走后没多久，游击队就莫名其妙地被数倍强敌围困在东山村。正在游击队弹尽粮绝准备和敌人拼刺刀的时候，奇迹发生了。敌人怎么会突然无缘无故就吹号撤退呢？她真想不明白。

接下来她哥突然被一伙来历不明的敌人绑架走了，她顿时失去了主心骨，她仿佛觉得天要塌下来了。

高强怎么可能去杀害岗哨呢？罗红了解高强兄妹，就像了解她哥哥罗威一样。他们是亲戚。高强自从参加了游击队，打仗勇猛，冲锋在前，忠心耿耿。在她眼中，就是第二个林春。这样的同志怎么可能与敌共谋去害自己的领导队长呢？这众多发生的事，纠缠在一起，道不清，理还乱！她现在该怎么办？

一阵山风徐徐吹来，她真想对着茫茫宇宙大喊一声！

高英急匆匆地爬上山顶说：“红姐，我找你找得好苦哇！”

罗红问：“英妹，你找我什么事？”

“红姐，”高英着急地说，“王特派员刚才说，明天一早要枪毙我哥和朱大壮。他说他俩是敌人派来的奸细！”

“这怎么可能？”罗红站了起来说，“王特派员怎么可以这样草菅人命？”

高英继续说道：“王特派员刚才跟大家说，对敌特对奸细不能仁慈，不能手软！该杀的就要杀！他还说，我们中央苏区当年肃清AB团，杀了不少人，就是清除了敌人安排在我们队伍中的大批特务奸细，所以，才取得了后来几次反‘围剿’的伟大胜利！很多人听了都鼓掌拥护叫好。我真怕他们把我哥当奸细杀了啊！”

“他们两个现在关押在什么地方？”罗红问道。

“就关押在村东的山神庙里。红姐，你一定要想办法救下我哥他们！”

高英说着说着，就哭了起来。

罗红安慰着高英，她想了一下，对着高英耳语了一阵，高英连连点头。

6

夜，村东山神庙。一个游击队员在山神庙前站岗，王效走了过来。

哨兵喝问：“谁？口令！”

王效低声说：“是我。”

“哦，是王特派员。”

“我来查岗，没有什么情况吧？”

哨兵报告：“报告特派员，没有。”

王效指着哨兵身后说：“看，那是什么？”

王效乘着哨兵回头一刹那，用准备好的绳子猛地勒住哨兵的脖子。哨兵拼命挣扎，王效越勒越紧。一会儿，哨兵不动了，瘫倒在地上。王效把哨兵的尸体连人带枪拉到院角的柴火堆后面藏好，自己则悄悄地躲到一边。

山神庙，静悄悄。墙角传来蝈蝈的叫声，树上一只猫头鹰叫了两声。

罗红、高英四下察看着走进了山神庙院子。

罗红问：“英妹，是不是关在这里？怎么会没人看守呢？”

"是呀，怪了！"高英说，"会不会是看守的人去上茅厕了？"

"先不管他。快，你在院里看着，我进庙里救人。"

罗红快步走进庙里，见高强和朱大壮被分别捆绑在大厅里的两根柱子上。罗红上前把高强的绳索解开，随后两人又把朱大壮的绳子解开。

高强问："阿红，你怎么来啦？"

"我和阿英来救你们。"罗红说，"我们快走！这里不是久留之地！"

罗红、高强、朱大壮三人走出庙门，四人匆匆离去。这一切都被躲在暗处的王效看在眼里。王效见罗红他们已经走远，他出来把哨兵的尸体重新拖回院子中间。王效举枪向空中开了一枪，大喊："快来人啊！"

三小队队长张猛首先带了一班游击队员冲了进来。

张猛问："特派员，发生了什么事？"

"我来查岗发现，有人把哨兵勒死，把高强、朱大壮两个嫌犯救走了。"

张猛摸了一下哨兵的尸体，恨恨地说："死了有一个多时辰了。这是谁干的？"

"看来又是内部人作案。"王效说。

"我想起来了。"陈宝说道，"个把时辰前，我碰见罗红和高英往这边走来。"

另一个游击队员也说："对，我也看见她们往这边来。"

刘清说："难道真是她俩把高强救走了？"

张猛说："高英是高强的妹妹，完全有可能是她们干的。"

"救人就救人吧，为什么还要杀人？"刘清又说。

张猛主动请缨："特派员，我带一班人追去把他们给抓回来！"

王效摇摇头说："不行了，已经一个多时辰，追不上了。"

王效站上庙门前台阶上，慷慨激昂地演讲："同志们！我们这支游击队，现在正面临着非常危急的时刻，也可以说是面临生死大考验。昨天晚上，我们的罗队长刚刚被敌特绑架走了下落不明。今天晚上，又有人胆敢把哨兵勒死，劫走嫌疑犯！我们的队伍里出了叛徒，出了奸细！这看起来是坏事，其实是好事。这样一来，我们这支队伍就更纯洁了。大家说是不是呀？”

众游击队员一齐大喊：“是！”

“现在，罗队长被敌特抓走了，罗红、高强又逃走了。”王效继续说，“在我们尊敬的罗队长没有回来之前，我代表党中央义不容辞地暂时挑起领导这支游击队的千钧重担！我要对我们这支游击队负责！大家说可不可以？同意不同意？”

大家异口同声：“同意！”

“同志们！”张猛第一个表态，“罗队长暂时不在，我们坚决拥护王特派员当领导，带领我们这支游击队。如果大家同意，那就一起鼓掌吧！”

张猛带头，大家一齐鼓掌叫好。

王效摆摆手说：“为了我们今后的行动和战斗，我在此宣布新的任命，刘清同志。”

刘清答应：“到！”

“任命你担任第一小队小队长职务，接替罗红的职务！”

“是！”

王效又喊：“陈宝！”

陈宝答应：“到！”

“任命你担任第二小队小队长职务，接替高强的职务！”

“是！”

王效再喊：“第三小队小队长职务，还是由张猛同志担任！”

张猛答应：“是！”

王效激动地说：“同志们，我们这支游击队，今后要更加团结！大家拧成一股绳，这样才有力量！明天，我们要派出几路情报人员，到虎穴城及周边打探罗队长的消息。探听清楚罗队长现在究竟被敌人关押在何处？一旦打听到他的确切消息，我们就是上刀山下火海，也要把他救出来！我们当务之急，是必须马上转移。”

众游击队员举枪欢呼："对，把罗队长救出来！"

"王特派员，"张猛说，"罗队长被敌人抓走了生死不明。现在，你就是我们的主心骨，我们大家都听你的！"

"王特派员，"刘清说，"我们全体游击队员一定紧密地团结在你的周围，听从你的指挥！"

"王特派员，"陈宝也说，"我们都听你的，我们都跟着你走！"

全体游击队员热烈鼓掌。众人大喊："我们都听王特派员指挥，跟着王特派员走！"

7

罗红、高强四个人正跑着，突听身后传来一声枪响。

"不好。"罗红停住脚步说，"他们发现我们跑了。"

高英问："那我们怎么办？"

"怎么办？开弓没有回头箭！既然出来了，就没有回头路走了！"

高英问："哥，你在想什么？"

"我在想，当时庙院里应该有一个看守我们的岗哨。"高强说，"可是，我们出来时怎么会不见了呢？真是奇怪。"

"是呀，我和阿英进庙时就根本没有看见！"

"不对！"高强说，"你们俩来之前半个时辰左右，我明明听见院子里岗哨大喊了一声：'谁？口令！'但回答的声音很低，根本听不清楚。"

朱大壮回忆说："对了，我听见哨兵好像是说，是王特派员。"

"什么？"罗红问，"哨兵说是王特派员？你有没有听错？"

朱大壮肯定地说："没听错，哨兵是这么说的，是王特派员。"

"我现在想起来了。"高强也说，"当时哨兵是这么说的。"

罗红沉思了一下说："糟糕！我们掉进了王效精心设计的一个圈套里。这么说来，王效很有可能就是一个特务，一个假特派员！当初林春救走的那一个，才是真正的特派员。当时林春他一定是发现了什么，才打伤了三花，救走了那个特派员。”

高强说：“现在想来，那次我们在东山村遭遇敌人偷袭包围，肯定是他搞的鬼！”

“张甲、孙虎混进游击队，绑架走罗队长，肯定是他策划的！”朱大壮说。

“这么说来，”高英说，“院子里那个岗哨，一定是被他杀害了！”

“对！”罗红说，“他把岗哨杀害，故意让我俩把你俩救走，并嫁祸是我们杀害了岗哨，让我们无法在游击队里待下去。这样，游击队就成了他的一统天下了！”

高英着急地说：“阿红姐，我们几个一走，游击队就危险了。”

“是呀，”高强也说，“阿红，我们应该回游击队去，我们不能走！如果我们一走，王效也许就会带着这支游击队去投靠敌人！”

罗红思索了一会儿说：“我想，王效他暂时还做不到。我们虽然走了，但还有张猛、刘清、陈宝、刘老爹等几个共产党员，还有一大批久经考验的老游击队员，他们不会那么轻易地就跟着王效去投靠敌人！”

高强点了点头：“对，这几个人，我信得过。”

“再说，此时我们回去，大家听信王效说哨兵是我们杀的。正是群情激愤的时候，我们也是百口难辩。说不准，王效一声令下，我们四个还真会命丧众人枪口之下。”

高英问：“阿红姐，那我们现在怎么办？”

“我想到虎穴城里，去打探一下我哥的消息。”

“对，我们一起去。”高强说，“找到罗队长，我们把他救出来。”

“再看看能不能找到林春。”

高英说：“找林春哥，太难了。这么长时间，没听到他一丝一毫的消息。”

罗红摇了摇头说：“不，我总觉得他和那个钟特派员就在我们的身边，他们从来就没有离开过我们，他们也从来就没有走远。他们一直在暗中跟着我们，关注着我们，保护着我们。”

高英笑了：“阿红姐，这就是爱情的力量。”

“不，这是真的。”罗红执拗地说，“高强，你们想想，那一次我们在东山村被数倍的敌人铁桶般地包围着，弹尽粮绝，眼看着快不行了。就在这时，敌人突然吹响了撤退号，敌人像潮水般地撤退了。我总觉得，这一定是那个真正的钟特派员和林春哥在帮助和拯救了我们这支游击队。”

“你这么一说，我心里豁然开朗了，还真是这样。”

“阿红姐，”高英说，“我们去找林春哥。找到他们，就一定有办法救罗队长。”

“走，我们去虎穴城。”

8

虎穴城“剿共”司令部客厅里，白湘君、汪清泉等人喜不自胜。

白湘君酝酿了一下情绪，大喊一声：“把共党游击队头目罗威带上来！”

罗威戴着脚镣手铐，缓慢地走进客厅，后面跟着两个特务。

汪清泉手指沙发，微微点头笑道：“罗先生，请坐！”

罗威打量了两个对手一眼，坐在对面的沙发上。

白湘君说：“罗先生果然英雄。白某久闻大名，如雷贯耳！”

罗威淡淡一笑：“应该说闻风丧胆更准确些！”

汪清泉说：“不管怎么说，罗先生现在不还是成了我们的阶下囚吗？”

“但是最终，你们必将成为人民的阶下囚！”

汪清泉哈哈一笑：“不要说以后，我们就说现在。罗先生，只要你肯归顺党国，我可以保证你一个少校团长。怎么样？请用茶！”

罗威端起茶杯，咕咚咚一气喝完。汪清泉忙唤随从：“给罗先生续茶!”

汪清泉继续说道:“其实,你们共产党中还是有许多比你当得还大的官都投诚了我们党国。他们很识时务。你们中央红军有一个姓孔的军长叫孔荷宠,还有你们上海中央那个最大官向忠发,他们都归顺了我们党国。”

“很多?”罗威轻蔑地说,“不见得吧!不就是一个姓孔一个姓向两条没脊梁骨的哈巴狗吗?这么几个社会渣滓跳梁小丑是代表不了我们共产党的。”

白湘君怒道:“难道你就不怕杀头掉脑袋?”

罗威哈哈一笑,说:“威武不能屈,富贵不能淫,这就是我们共产党人的本色!”

“来人,把他拉下去,叫他尝尝我的烙铁、竹扦子、老虎凳!”

特务们把罗威押了下去。

汪清泉说:“白兄,对待这种共党死硬分子,烙铁和老虎凳是不起作用的。”

“我的忍耐是有限度的,我不相信他是铁打的硬汉!”

“白兄,我们的目标,是要把这支游击队一网打尽。”

“汪兄,”白湘君突然想起说,“你不是有一个‘猴王’在游击队里当特派员吗?这次罗威被抓了,他在游击队里就成了老大。你通知叫他把这支游击队带下山来,不就大功告成了吗?”

“白兄,你太不了解共产党了。”汪清泉摇摇头说,“共党游击队不是土匪武装,两者不可同日而言。‘猴王’如今在游击队虽然是老大,但孤掌难鸣,不是他一人说了算。重大行动还要和他手下几个小队长商量,要多数人同意,他才能发号施令。”

“那你说我们现在该怎么办?”

“现在第一步,是你叫人在虎穴的大街小巷大张旗鼓四处张贴布告,就说我们抓到了共匪游击队头目罗威。第二步,把罗威装进囚车,押着在大街上游街,派出便衣暗中监视。这一招叫引蛇出洞!”

白湘君反问:“你以为共党游击队一定会来劫囚车吗?”

“我没有指望他们来劫囚车。”汪清泉说，“我这一步棋，只是为我们走的下一步棋做一个铺垫。”

“好。”白湘君命令，“于副官，你派人按汪处长的指令去贴布告、游街。”

9

大街上，白狗子在张贴布告。市民们围着看布告。罗红、高英两人村姑打扮，高强、朱大壮两人扮成脚夫，和大家一起围着布告看。

老汉问一老学究：“先生，这上面写的是什么？”

学究答道：“布告上写着，箭山共党游击队头目罗威被抓住了。”

“你是说我们穷苦百姓叫‘罗菩萨’的罗队长被他们抓住了？”

“正是，轻点声，轻点声，你这一声‘罗菩萨’，小心招来横祸！”

“菩萨保佑罗队长逢凶化吉，遇难成祥！”

老汉口中喃喃自语着，自顾低着头挑着箩往前走去。迎面一伙白匪，为首一个拿着一面大铜锣，边敲边喊：“大家听好了，共党游击队头目罗威被我们抓住了，今天游街！大家看，囚笼里的罗威虎落平阳，龙游浅滩，威风扫地啰！”

老汉只顾喃喃自语，低头行走，不小心扁担头正戳在提铜锣喊叫的白狗子胸口。那白狗子吃了一惊，铜锣“咣”的一声响，掉在地上裂了。

白狗子大怒，动手就打：“老杂毛！你瞎了狗眼！这铜锣你赔得起吗？”

高强、朱大壮赶紧上前拦住，高强把老汉拉到身后，赔着笑脸说：“老总，老总，他老眼昏花，不小心碰着了您，实在不是故意！”

罗红一抬头，猛然看见哥哥罗威站在囚车里，他的目光正好和她对视。罗红伸手去后腰衣服里掏枪，罗威轻轻地向她摇了摇头。

这时，身后一只大手按住了罗红掏枪的手。罗红吃了一惊，猛回头问：“你……”

林春和钟龙华站在她身后，林春按住她掏枪的手，向她摇了摇头。

那边几个白匪围着高强、朱大壮，摩拳擦掌，口中骂骂咧咧要动手打架。钟龙华一步上前，拦着说：“各位老总，请息怒！”

三角眼匪兵眼一瞪骂道：“你他妈算哪根葱？”

“鄙人不算哪根葱，”钟龙华说，“我是做生意的。”

“你做你的生意，左腿不管右腿，你这是狗咬耗子，多管闲事！”

“老总，请高抬贵手，这两位是在下的伙计。”

三角眼突然端起枪，指着钟龙华凶巴巴地说：“我看你们是共匪同党！”

突然，一颗石子飞来，正打在三角眼匪兵托枪的手背上，他手一松，枪掉在地上。三角眼匪兵捂着受伤流血的手，四下搜寻，大声叫喊：“谁？是谁扔的石子？敢打老子黑枪？站出来！有种的站出来！怎么？不敢……”

欧阳玉走了过来说：“有什么不敢，是我扔的石子！”

看到欧阳玉的气势，三角眼一时气馁：“你……为什么用石子打我？”

欧阳玉杏眼一瞪说：“你的枪是随便指人的吗？”

这时，一个匪兵大喊：“连长来了，付连长到！”

三角眼报告说：“报……报告付连长！”

付连长用手一指欧阳玉说：“叫正连长！”

“是！报告正付连长，她用石子打伤了我的手背！”

付连长看了一眼欧阳玉说：“噢，这不是欧阳堂主的千金吗？”

金师爷在一旁点头笑道：“正是，正是，付连长，多有得罪，多有得罪！”

金师爷说着，把一个小包塞给了付连长，他用手捏了捏，立即喜笑颜开。

“金师爷，自己人！误会，误会。这位是……”付连长用手指了指钟龙华。

“这位是我们小姐的姑爷!”

付连长一抱拳:“失敬,失敬!”

欧阳玉挽着钟龙华的胳臂扬长而去。

欧阳玉说:“阿华,走!叫上他们回家。”

打锣的白狗子提着那面破锣,白狗子问:“连长,这面摔烂的铜锣他们还没有赔钱哪!”

“这锣破了怕什么?”付连长不屑地说,“照样能打!破锣嗓破锣嗓!走,押着匪首,继续打锣游街!”

那白狗子敲着破锣,扯着嗓子喊着,领着囚车往前走去。

罗红回头看了一眼囚车中罗威远去的背影,偷偷擦了一把泪。

第十五章
陷阱重重

1

欧阳府后院，大厅内。

“这样说来，”钟龙华说，“王效现在是独揽游击队的大权了。游击队会不会很危险?”

“特派员，”罗红说，“我们也考虑分析过了。我觉得我们这支游击队暂时来说，不会有太大的危险。”

“你们有哪些把握?”

“我们的把握主要有三点。”罗红说，“第一，虽然我和高强被王效设下的阴谋诡计赶走了，但我们游击队里还有很多共产党员和可靠的老同志，像三小队长张猛同志，像刘老爹、刘清、陈宝等同志。他们现在仅仅是受了王效的蒙蔽和欺骗，而找不准方向。第二，王效现在是孤家寡人一个，他身边暂时应该还没有什么得力的帮手。”

钟龙华点点头说：“嗯，那第三点呢?”

“第三，王效现在一定是打着救我哥的旗号来欺骗人蒙骗人的。”

“这叫拉大旗作虎皮!” 高强说。

“对，如果他不拿这着棋来做文章，那么，他在游击队里就没有号召力。”

“对，”钟龙华说，“你们分析得有道理。这一点是关键。”

林春接着说：“眼下，我们谁都不能回游击队。王效肯定下了命令，他把我们说成是革命的叛徒、奸细、无恶不作的坏蛋。只要发现我们，立即开枪击毙！”

“对，”罗红说，“当初我哥也下命令，对你和钟特派员格杀勿论！”

“同志们，”钟龙华说，“我们当下的首要任务是要救出罗威同志。因为只要罗队长一回到游击队，王效这只钻进游击队里的‘假猴王’就会现出原形。”

“特派员，我们下一步怎么行动？”林春说。

“这几天，我们要密切注意敌人的动向。首先，我们要摸清敌人到底把罗威同志囚禁在什么地方？这样，我们下一步，才能设计出营救罗威同志的具体行动方案。”

林春点了点头：“好，特派员，你分派任务吧！”

“这样，高强、朱大壮两人一组，去虎尾镇；罗红、高英一组，去城东门；林春去西门。大家现在去化装，分头行动，打探消息。”

众人齐声说：“好！”

2

虎穴城白匪“剿共”司令部。

“汪兄，”白湘君说，“你的匪首游街示众之计，收到了立竿见影的效果没有？”

汪清泉笑了笑：“白兄，敌人虽然没有搞出劫囚车救人那样的行动，但我还是收到了我想要的结果。这次游街肯定会引起虎穴城潜伏共党的关注。这就是我想要的结果！”

“那汪兄的下一步妙棋是？”

“白兄，你现在派一个连的兵力，分乘四辆大卡车，大张旗鼓地押着罗威从东门出城，押往虎尾镇。对外公开宣称，要把匪首罗威囚禁在虎尾，择日枪决示众！”

“哼，”白湘君说，“要枪决干脆就在虎穴城里执行。虎穴人多，可以起到杀鸡儆猴的作用，何必把他押到虎尾镇？来回穷倒腾，这简直是脱裤子放屁——多此一举！”

汪清泉皱了皱眉说：“白兄，这罗威是我手中的一张王牌，是一块能钓大鱼的鱼饵，我怎么会这么轻易地就把他杀了？”

“那你的意思是……”

“把罗威押到虎尾镇，等天黑后，再把罗威从西门悄悄地押回虎穴城囚禁。虎尾镇只留下一个排的兵力看守，制造一个假象，让共党和游击队以为我们把他们的队长囚禁在虎尾镇。到时候，游击队的探子得到消息后。我们的‘猴王’就会鼓动并带领全部游击队下山，到虎尾镇去劫狱。”

“你这招叫‘明修栈道，暗度陈仓’！然后我们在虎尾镇一带布下重兵，张网以待。等游击队来劫狱，一网打尽。”

“白兄，你这次又只说对了一半。”

白湘君问：“怎么又是一半？”

汪清泉起身，走到作战地图前，拉开布帘，指着作战地图上一处红圈，说道：“白司令，你看，虎尾镇西北，有一条三公里长的峡谷，叫磨刀谷。磨刀谷呈南北走向，西侧是悬崖绝壁，东侧是陡坡，林木繁茂，是一处绝佳的伏击战场。中间一条大路通过。游击队从北边箭山地区前往虎尾镇去劫狱救人，磨刀谷是必经之路。”

“哦，我明白了。我们在磨刀谷内设下重兵埋伏，让你的‘猴王’带领这支游击队进入磨刀谷，然后我们再收紧口袋。”

白湘君做了个两手一掐的手势，目露凶光。

“对，这叫瓮中捉鳖，十拿九稳！”

白湘君竖起大拇指，赞道：“高，高，实在是高！妙计呀！汪兄不愧是诸葛亮再世，刘伯温重生！兄弟我佩服得很！”

汪清泉一笑，说：“白兄过奖了！”

3

虎穴城东门口，罗红和高英两人村姑打扮，正在吆喝着卖菜。

一群白狗子荷枪实弹过来，驱赶人群："走开，大家让开，汽车要过去！"

罗红和高英随人群后退着，只见城里大街上，一溜开来几辆大卡车。车上都是全副武装荷枪实弹的白匪军。第一辆车厢前面，站着罗威，他被五花大绑，背后插一块木牌，上书"共匪首领罗威"六个大字。

汽车从罗红她们身边开过，出了城门往东而去。

一乡绅模样男子问一匪兵："李排长，这共党头目不在虎穴城枪决？你们这是往哪里送啊？"

"肖保长，"李排长说，"这共党匪首罗威，是个要犯。我们白司令已经呈报上峰，过两天只等上峰批示下来，就在虎尾镇执行枪决。我听于副官说，虎穴城人多眼杂，所以把他押往虎尾镇看押。"

"好啊！等枪决时，你要通知我，我得去看杀共党头目！"

"好的好的，一定通知，一定通知！"

罗红、高英站在一边听着。

4

虎尾镇，白匪的四辆卡车停在镇公所大门口。胡三和胡魁迎了出来。

"哎呀呀！"胡三笑容满面说，"付连长大驾光临，有失远迎，有失远迎呀！"

"胡镇长，"付连长把公函递给胡三说，"这是白司令的公函，给你。"

胡三接过公函，看了一会儿，抓了抓头说：“付连长，这罗威是个共党匪首，是个要犯，把他放在虎尾镇看押，恐怕有些不合适吧？实在不妥，万一……”

“胡镇长，这是上峰的命令。”

“付连长，你看我镇公所也就几十号人、几十条破枪。”胡三说，“要说对付几个刁民闹事造反的还凑合，要是游击队知道了来劫人，我们就没办法了。”

胡魁赶紧给付连长点上一支烟哈着腰说：“付连长，要是游击队进镇来要人，我们这些保丁，也只好躲在碉楼里朝天放放空枪吓唬他们，怎敢和他们交手？”

“这个你放心，”付连长说，“我会放一个排的兵力驻在这里，重兵看押。”

胡三、胡魁一听，连连点头说：“这样就好，这样就好！”

“胡镇长，你看把匪首关押在哪里最安全？”

胡三想了一下，说道：“我认为把他关押在胡家大祠堂最安全。那里地方大，院墙高，进出就一个大门，队伍好驻扎。做饭，休息，看押要犯都方便。”

“对，”胡魁说，“胡家大祠堂把大门一关，派上两个岗，连只老鼠都休想进出。”

“那好，你派个人带我们过去安顿一下。”

胡三吩咐：“胡团总，你带他们过去。付连长，来，我们进镇公所喝茶。”

付连长命令：“常排长，你带弟兄们把要犯押过去。”

付连长安排完，同胡三进了镇公所。

5

高强、朱大壮化装成卖柴的樵夫，在镇公所门前街上卖柴。

匪兵伙夫走了过来，高强迎上去说：“老总，买柴火？你看我这一担上好杂木条柴火，柴干好烧，火旺耐烧！”

伙夫扫了一眼柴火，开始点人：“你……你……你，你们六个，挑上柴火，跟我走！”

一个黑瘦的樵夫说：“老总，还要柴火吗？我也跟你走。”

“今天不要了，明天再说。”

伙夫在前面带路，高强、朱大壮紧跟在伙夫身后，一行七人往胡家大祠堂走去。

高强没事找事地问：“老总，这是挑到哪里去呀？”

“你们跟着我就行了。”伙夫答。

“老总，远不远呀？”

“不远。胡家大祠堂，马上就到了。”

“老总，你们一次要这么多柴火，我看肯定是办喜事！”

“哼！”伙夫哼了一声说，“你这人，军队里能有什么喜事？”

“有哇！比如你们长官，娶了一房姨太太。再比如，姨太太生了崽……”

“长官娶姨太太生崽关你屁事，真是咸吃萝卜淡操心！”

后面那几个樵夫跟朱大壮都大笑起来。

伙夫在祠堂门口跟一个白匪军官打招呼，伙夫讨好地说：“常排长！”

常排长答应一声，过去了。

走进祠堂大门，伙夫指挥着说：“来来来！大家把柴火堆这边，不要乱，堆整齐。”

高强抢先把柴火放在墙角，他抽出竹杠，赶紧退一边。他迅速打量了一下周围，听西厢房那边有动静。他把竹杠靠在大堂柱上，假装小便，往西厢房走去。

朱大壮故意把柴火撒落一地，挡住了后面几个挑柴的去路。伙夫一手叉腰一手指着他：“你看，你看，怎么搞的？把路挡了，快点收拾好！”

“柴火怎么放，反正都是烧的。”朱大壮理直气壮地说，“堆放这么整齐干什么？”

“你这人不听指挥，还振振有词，明天不要你的柴火了。”

“老总，这可不行！”朱大壮说，“我家老母亲有病，还等着我多卖些柴火回去抓药呢！”

“不要，不要！”伙夫不耐烦地说，“就是不要！以后再也不要你的柴火了。”

另外四个樵夫说：“老总，我们听你的话，明天还买我们的柴火。”

“好，明天我还买你们五个的柴火。”

伙夫开始点人数：“一、二、三、四……不对！这个六去了哪里？”

伙夫一回头，见高强正站在西厢房窗前，向里张望。高强见屋里坐着两个白狗子，背朝自己抽着烟，对面坐着五花大绑的罗威。

伙夫急忙跑过去，一把拉着高强，走回天井院子。

“你这人怎么搞的？”伙夫埋怨道，“一点不老实，一点规矩都不懂，跑这里乱看什么？”

“我是急着要解小手。”高强说。

“你解小手往厢房跑干什么，厢房里有茅厕？”

“厢房里有马桶尿桶，我们家尿桶都在厢房的房门后屋角放着。”

“好好好，”伙夫说，“算你对！这里不是你家，这里是军事重地，能叫你随便乱跑吗？”

“什么军事重地？这不就是胡家大祠堂吗？”

“这里现在关押着匪首……”伙夫急忙打住，“唉，你要小便，去外面路两边都是茅厕。你走吧，快走，你给我赶紧走、走、走、走哇！”

“走，你不是还没给我钱吗？叫我怎么走？”

伙夫赶紧掏出钱，塞给高强说：“这事要叫常排长看见，就麻烦大了，连我也得跟着你们受罚！给钱，赶紧走，你们赶紧走，都走！”

朱大壮五个人都说：“老总，我们的柴火钱你还都没给哪！”

“看看，看看，真把我搞糊涂了！给你们钱，都走，都快走！”

伙夫掏出钱，分发给五人。

6

欧阳府后院房间里，钟龙华等人在商议事情。

“四辆大卡车，装满了白匪军，大概是一个连。”罗红说，“车上架着机枪。我哥在第一辆车上，五花大绑着。他们出了东门，往东去了。”

钟龙华问：“是一路往东去了？”

“一个保长问一个白狗子排长，那排长说，是押往虎尾镇关押。”

“他们为什么要把罗队长转移关押到虎尾镇？”

罗红继续说：“那白狗子排长说，白湘君嫌虎穴城人多眼杂，特地把我哥转移到虎尾镇派重兵看守关押。他还说白湘君已向上级呈报，只等这几天上级批文下来，就立即在虎尾镇就地处决！”

钟龙华听后沉默不语，陷入深思。

“特派员，”罗红说，“如果我哥真的被囚禁在虎尾镇。我想，在那里营救要比在虎穴城里营救，容易得多了。”

“我只是觉得这件事太过蹊跷，敌人为什么要这样做呢？”

“是呀，敌人是不是在虎尾镇设下了埋伏，故意引诱我们去救我哥呢？”

“敌人不知道我们。”钟龙华说，“他们只会考虑游击队的行动。为什么？”

罗红问：“特派员，敌人会不会提前动手杀害我哥？”

“罗红同志，”钟龙华说，“你放心，我们一定会尽力把罗威同志救出来。我想，敌人不会这么快就杀害罗队长的。在箭山游击队没有被他们消灭前，罗威同志应该是安全的。”

高英说：“我也认为敌人不会那么快就杀害罗队长。”

“高强和朱大壮两人去了虎尾镇。林春这么晚了还不回来，等他们回来，结合他们打探到的情况，我们再考虑下一步行动。”

“我哥他们也不知道什么时候回来？”

“是呀。”罗红说，“城门马上要关了，真是急死人！”

正说着话，高强和朱大壮走了进来。

“哥，”高英说，“你们回来了。我们正着急呢！”

钟龙华用茶壶倒了两碗凉开水说：“来，先坐下，喝口水，再慢慢讲。”

高强坐下，端起碗一口气喝了碗水，用衣袖擦了下嘴。

“特派员，”高强急着说，“敌人把罗队长关押在虎尾镇胡家大祠堂的西厢房里。守卫祠堂的白狗子有一个排，门口沙包后有两挺轻机枪，把守很严。”

钟龙华问：“你是亲眼看到关押的是罗队长，还是听说？”

“我亲眼看到，罗队长被五花大绑着。房间里有两个白狗子看守。”

“当时我引开敌人，他去看到的。”朱大壮说。

“怪了！”钟龙华摇着头说，“好端端地，敌人为什么要把他转移到虎尾镇去关押？”

“特派员，”高强肯定地说，“但是房间里面关押的确确实实是罗队长。我从窗户往里看的时候，罗队长正好抬起头。我们四目对视，他轻轻地跟我点了点头。”

钟龙华思索了一会儿，才说：“高强、朱大壮，你俩先去吃饭吧，既然罗威同志确定关押在虎尾镇胡家大祠堂。那么，等你们吃过饭后，我们大家一同来商讨一个方案，看看怎样来营救罗威同志。”

正在这时，欧阳玉迈步跨进大厅。

“阿华，”欧阳玉说，“你们的罗队长没有关押在虎尾镇。”

钟龙华狐疑地问：“阿玉，你怎么知道？”

欧阳玉笑了，说：“没有我不知道的消息。你别忘了，我爸是白虎堂堂主，他的门徒遍及整个虎穴城里城外。”

“那罗队长现在关押在哪里？”

“其实，早上他们把罗队长押解出城，确实是押往虎尾镇。”欧阳玉说，“不过，这只是白湘君虚晃一枪玩的一个诡计。他的目的是引诱你们游击队前往虎尾镇去劫人。就在刚才不久，他们又把罗队长用卡车从西门拉回虎穴城。现在，他被关押在司令部后院一栋二层小楼里，并没有关在城北监狱里。”

钟龙华点了点头。钟龙华说：“这就对了，敌人把罗队长押到虎尾镇关押，我总是感觉有哪些地方不对劲！”

这时，林春回来了。

“特派员，”林春说，“刚才我趴在西门城隍庙的房顶上看见，敌人的三辆卡车又把罗队长拉回城里来了。敌人非常狡猾，他们把罗队长夹在车中间。要不是我趴在房顶上，还真发现不了。”

钟龙华点点头说：“白湘君真是只狡猾的老狐狸！”

“阿华，”欧阳玉说，“最近，白湘君身边来了一个谋士，叫汪清泉。”

“汪清泉？”钟龙华说，“这人是什么来路？”

“你千万别小瞧了他，”欧阳玉接着说，“这个汪清泉，是国民党蓝衣社情报处上校处长。你还记得麻子坡惨案吗？那是他一手导演的，然后埋伏几个特务在那里伏击你。你们罗队长这次被抓，也是他的杰作。”

钟龙华笑了，说：“阿玉，你的消息这么灵通！？”

“你是在夸奖我，还是在讽刺我？”

“夸奖你！”

“夸奖就好！”欧阳玉一笑说，“还是那句话，你别忘了，我爸是白虎堂堂主。”

“阿玉，谢谢你，你帮了我们的大忙。”

欧阳玉瞋了钟龙华一眼说：“谢谢？！哼，谁叫你是我的夫君呢！”

“我是衷心向你道歉！”钟龙华说，“怪我不会说话，不能说谢谢。”

“油嘴滑舌的！我走了。你们计划着怎样去救你们的罗队长吧！”欧阳玉说，“记住，他是关押在司令部后院的一座小楼里，不是城北监狱，更不是虎尾镇的胡家祠堂！”

7

夜，虎尾镇胡家大祠堂。两条黑影趴在祠堂房顶屋脊上。

刘清对王成说：“走，夜静了，我们下去。”

刘清用一根长绳，从祠堂天井角上放下，王成像只猴子样顺着绳索悄无声息地溜到祠堂地面。落地后，他侧耳听了听，没有什么异样，便轻手轻脚走到西厢房窗下。他用食指蘸了点口水，把窗纸戳了个小洞，他把眼睛贴在小洞上。只见房间里有四个白狗子，正围坐一张桌子旁打纸牌。旁边一个汉子，被五花大绑着。王成看不清他的脸，只看见一个侧面，和罗威非常相像。

一个嘴里叼烟的白狗子把牌一甩：“哈哈，我赢了！掏钱。”

一个老匪兵站起身说：“我怎么听着外面好像有响动。”

叼烟白匪：“我看你是神经过敏!”

“老五，”老匪兵说，“走，我俩到外面去查看一下。”

老匪兵和老五提着枪走了出来。王成赶紧躲到大堂一根大柱子后面。老匪兵出门后用手电来回照了几圈。这时，从墙角传来两只老鼠打架的声音。接着，房顶上又传来两声猫的叫声。老五说：“没有什么，是老鼠打架猫叫春！回屋打牌去。”

王成顺着放下的绳索爬上屋顶，刘清问：“罗队长在不在里面?”

“关押在西厢房。”

“你看清楚了?”

“我没看见罗队长正面脸。”王成说，“但侧面看，那身架，那背影，分明就是我们再熟悉不过的罗队长。没有错，是他。”

“好，那我们走吧!”

“我们现在就下去把罗队长救走。”

刘清问：“房间里有几个敌人把守?”

“一共四个，他们在打牌。”

“救不了。走吧！”

王成坚持说：“可以，我们打他们一个措手不及。一个人对付俩白狗子，应该没问题。”

“不行，”刘清说，“你不想想，其他房间里睡觉的、大门外站岗放哨的敌人还有几十个。一有风吹草动，敌人就把我们包了饺子。到那时，不但救不了罗队长，还把我们两个搭进去了。”

“那罗队长不救了？”

“救，肯定要救！王特派员临行前再三交代我们，遇事要冷静，千万不要冲动胡来。我们这次的主要任务是摸清罗队长到底关押在什么地方？敌人有多少？千万不能惊动了敌人。好了，我们赶快回去搬救兵来救罗队长。”

两人顺着绳索溜下地面，很快消失在茫茫夜色中。

8

刘清和王成回到游击队驻地，走进队部大院。王效从屋里出来大步迎上。王效伸出双手，紧紧地握着刘清和王成的手，摇着说：“刘清同志，王成同志，你们辛苦了！任务完成得怎么样？”

“报告特派员，”刘清说，“我们顺利地完成了任务。”

“那就好，那就好！”

“我们探明了，罗队长被敌人关押囚禁在虎尾镇胡家祠堂的西厢房里。”

王成说：“我亲眼看见罗队长被五花大绑着，他受尽了折磨。”

“好，这就好！”王效说，“只要敌人没把罗队长关押在虎穴城的大牢里，我们的营救行动就更有把握。王成，你去把张猛、陈宝两位小队长叫来。我们大家来共同商讨一个切实可行有效地营救罗队长的行动方案。”

不一会儿，陈宝、张猛就来了。王效、刘清、陈宝、张猛四人研究营救方案。

王效说：“我来先说，根据刘清同志侦察的情况来看。敌人把罗队长关押囚禁在虎尾镇胡家祠堂里。守军有一个排，两挺轻机枪。胡三的保安团有几十条枪。现在，大家讨论一下，我们什么时候对敌发起攻击最好。”

“我认为在晚上发起对敌攻击最好。” 刘清说。

“对，敌人最怕夜战！我同意。” 陈宝表示赞成。

王效沉思了一会儿，提出来不同看法：“我们是不是提前一些？把时间定在太阳刚下山那会儿。此时，敌人正在吃晚饭。”

“王特派员这个时间很好！我赞成！” 张猛表示赞成。

刘清说：“这个时间怕不好发动攻击。”

“实际上，敌人在晚上更是加倍警惕。”王效说，“我们就是要反其道而行之。在天黑时分发起攻击，就是要出其不意，攻其不备！”

“王特派员运筹帷幄！”陈宝说。

“特派员，”张猛提醒说，“我们去虎尾镇，磨刀谷是必经之路。那里地势险恶，我担心敌人会不会在谷中设下埋伏？”

“对，张猛同志这个提醒很对。”陈宝说，“如果敌人在磨刀谷设兵埋伏，我们游击队一旦进入，将是一场灭顶之灾。”

王效问刘清：“你们回来时经过磨刀谷，有没有发现什么异常情况？”

“没有，和平常一样。”刘清说，“不过，来时没有，不等于我们明天去时，敌人不会在那里埋伏下伏兵。”

“那我们就来个快！”张猛说，“在敌人还没有掌握我们动向的时候，快速出击，把罗队长解救出来。”

王效点了点头：“对，兵贵神速！我们苏区的中央红军，就靠着快速运动，消灭敌人，才取得了一次又一次的反‘围剿’胜利！刚才，去虎穴城侦察的两位同志也反映，虎穴城敌军大部队没有调动的迹象。所以，我建议，我们部队天黑后开始行军，预计明天上午9时左右就可以通过磨刀谷。”

王效见刘清他们三个人都沉默不语，没有表态。

“同志们哪，”王效鼓动道，“我的心里非常着急，战机稍纵即逝！敌人万一提前动手，把罗队长杀害了，我们后悔都来不及了。罗威同志是我们这支游击队的主心骨、绝对领导！我们箭山游击队可以没有我，但不能没有他！现在，我们知道了他的确切消息，不管花多大的代价，就是赴汤蹈火，我们也要把他救出来！”

“王特派员，”刘清说，“救罗队长的心情，我们和你一样着急，但我们的行动，首先必须为游击队的一百多人负责。敌人在磨刀谷会不会设下埋伏，我们心中没有底。”

“同志们，我再强调一次，兵贵神速！现在离天黑还有四个钟头。我们天黑开始吃饭，吃饭后开始急行军。通过磨刀谷，运动到虎尾镇周边山上潜伏下来。待天黑时分开始发动攻击，速战速决，救出罗队长，立即撤退。等虎穴城的敌军得到我们去虎尾镇劫人的消息后，我们已经凯旋了。”

“王特派员的计划非常周密可行。”张猛表示支持。

“好，王特派员这步棋走得好！”陈宝也支持。

王效两眼看着刘清说：“如果大家对这次行动方案没有异议，请举手表决。”

陈宝第一个举起了手，王效、张猛也举起了手，刘清看了一眼，也举起了手。

王效满意地说：“好，全体通过！行动！”

9

王效走进伙房问：“刘老爹，饭做好了吗？”

刘老爹答：“王特派员，有几笼馒头刚刚蒸好。你要吗？”

“来两个。”

刘老爹拿了两个馒头递给王效。

“我们多蒸了几笼馒头。”刘老爹说，“这样，每个战士都能带上几个馒头。战士们吃饱了，打个大胜仗，把罗队长救回来。”

“你说得对。把罗队长救回来，是我们每个游击队员共同的心愿!”

王效说完，一个馒头拿在手上，一个吃着走了。

在一片隐秘的竹林子，传出两声鸟叫。王效见四下无人，回了三声鸟叫，然后钻进竹林。王效把一个纸团递给刘有田。

王效交代说：“这份情报，十万火急！必须在天黑前送到汪处长手中。”

刘有田答道：“王少校，只要两个小时就能送到。”

“噢，你这么有把握?”

“对，”刘有田说，“我四十分钟下山到陈村，然后骑上快马，一个小时就能赶到浮云寺。浮云寺是我们新建的一处据点，那里有电台。”

王效大喜：“这就好！你快走吧!”

第十六章
敌营显身手

1

汪清泉正在办公室审阅文件，隔壁报务室传来嘀嘀嗒嗒的收发报声。一会儿，收发报声停了。

李娟拿着电报走进办公室：“报告处长，‘猴王’急电！”

汪清泉接过电报，顿时喜笑颜开，连连点头：“好！好！终于等来了！”

汪清泉手拿电文，走进白湘君的办公室。

“白兄，你我立功建勋的机会终于到了！”汪清泉压制住喜悦说。

“噢，汪兄视立功建勋易如反掌？”

汪清泉看了一眼白湘君身后的两个侍卫。白湘君会意，向俩侍卫一摆手，白湘君吩咐：“你们出去一下，记得把门关上。”

汪清泉把电报递给白湘君说：“白兄，你看是不是立功建勋的机会到了？”

白湘君看完电文，喜上眉梢说：“汪兄，你那只假‘猴王’终于掀起了大浪！”

“明天上午9时左右，我的‘猴王’就会带领这支一百多人的游击队进入磨刀谷。”汪清泉说，“白兄，接下来就看你这位大导演怎样导演这出大戏了！”

“好，”白湘君喊一声，“于副官！”

于副官推门进来：“到！”

白湘君命令：“传一营长、二营长火速到作战室开会！”

“是！”于副官领命转身出去。

作战室里，白湘君、汪清泉、于副官和两个营长在开会。

白湘君用棍子指着墙上的地图说：“一营出动三个连，二营两个连，我军兵力六百余人。游击队人数不足一百三十人。五比一！此次，我军将以绝对优势兵力，埋伏于磨刀谷东侧密林之中，待敌进入，志在全歼！”

一营长问：“司令，西侧不用埋伏吗？”

白湘君说：“磨刀谷的西侧是悬崖绝壁，等于是一道数丈高的石墙，共党是插翅也飞不上去的！”

“司令，”一营长说，“杀鸡焉用牛刀。这一支小小的百人游击队，我们一营就把他给吃了！”

“沙营长，”二营长说，“沙营长你是蒙着被子放屁——想一人独吞！司令，我带我二营两个连，保证消灭那支游击队！”

一营长瞪着两只红眼说：“牛营长，你这是什么意思？”

白湘君见两个营长起了争执，急忙调解：“好了好了，两位不要争了。这支共匪游击队，搞得我太苦了。上次东山村‘围剿’，煮熟的鸭子飞了，让我不得不挥泪斩马谡，把李营长这个鸟人送上了军事法庭。”

牛营长哼了一声：“他就是个尿货！该上军事法庭！”

白湘君说：“此次伏击战，我们一定要认真对待，决不可掉以轻心。要把这股共匪一个不留，全部干净消灭之！我现在命令！”

沙营长、牛营长起立立正。

“一营埋伏在磨刀谷南段，二营埋伏在北段。部队天黑前吃饭，天黑后开始行动。各部务必在天亮前6点进入指定地点完成设伏。在9点钟左右，游击队就会进入我们的伏击圈。等敌人完全进入我伏击圈后，两头收紧口袋。听到攻击信号，各部立即发起攻击。此次伏击，只许成功，不许失败！务必全歼，一个不漏！”

沙营长、牛营长：“是！遵令！”

“我和汪处长此次亲临战场指挥观战。我要亲眼看到这根长时间鲠在我喉咙里的刺是怎样被拔掉的。”白湘君说。

汪清泉提醒道：“白兄，这后方……”

“汪兄多虑了，虎穴城不是还有三营吗？”

“不，白兄，我是说司令部的防卫，还有那个匪首罗威。”

“汪处长，你放一百二十个心！”白湘君说，“游击队这点兵力，明天就将被我们围歼在磨刀谷。我就不信，他共党有孙猴子的本事，拔一把猴毛一吹，就是一大群猴兵！哈哈哈！”

“白兄，大意失荆州啊！”

“于副官，”白湘君吩咐，“你去把我那瓶珍藏多年的法国白兰地拿出来，给在座各位一人一杯。大家喝一杯壮行酒！”

“是！”

于副官走了出去，不一会儿，同侍卫一起拿了酒进来。

“来，各位端起酒杯！”

白湘君带头端起酒杯，汪清泉、两位营长、于副官各端起酒杯。

“汪处长，汪兄，”白湘君信心满满地说，“还是那句话，你就放一百二十个心！这个罗匪已经是笼中之鸟，池中之鱼！等我明天胜利班师归来，告诉他他的部下已经全部被我军歼灭一个不剩的时候，真不知道他的脸上是何表情。我这司令部不是空城，怎么着也还有三十几号人，难道还看不住他一个落难英雄？我们广东有一句俚语：叫作咸鱼翻身，我就不信罗威这只咸鱼还能翻身！”

“这样我就放心了。”

“来，”白湘君志得意满地说，“这一杯是壮行酒！等明天全歼共党游击队胜利归来，我还要大摆筵席，犒赏三军！干杯！”

众人齐声大喊：“为了胜利，干杯！”

2

夜，欧阳府里颇不平静。

钟龙华给大家交代任务："我和林春化装成粤军，到白匪司令部门口，伺机解决门口岗哨。得手后，朱大壮、高英穿上岗哨的衣服，扮成岗哨。我和林春直奔后院去救罗队长。高强、罗红直扑宿舍区，解决宿舍的敌人。"

林春补充说："我们在里面和敌人一旦交火，朱大壮、高英要挡住来增援的敌人。"

"大家记住一点，不要恋战！救出罗队长后，马上撤退！"

众人齐声说："是！"

钟龙华看了一下怀表说："好！现在是下半夜一点，我们出发！"

3

白匪"剿共"司令部大门口，两个哨兵在站岗。

钟龙华扮成一个粤军军官，左手夹一个公文包，和林春两人大摇大摆地走向司令部大门。

哨兵大喝一声："站住！干什么的？"

钟龙华和林春没理会哨兵，继续往前走。

"站住！再不站住就开枪了！"说着，哨兵拉了一下枪栓。

钟龙华和林春停下，林春骂道："他妈的！连自己人都不认识？"

哨兵问："我怎么不认识你们，你们是哪部分的？"

林春把证件递了过去，不高兴地说："哪部分的，你自己看吧！"

"这位长官是……"

"这位长官是陈济棠陈军长的贴身李副官！"

“怪不得眼生，不知二位深夜到司令部有何公干？”

钟龙华用白话说：“我们奉陈军长令，特来提审共党匪首罗威！”

哨兵一听白话，感觉遇到了知音，警惕心顿时松懈下来，两人把端着的枪也放了下来。哨兵用白话问：“你们两位从广州走到这里？”

“能两条腿走来吗？”钟龙华继续用白话答，“汽车跑到前面路口，抛锚了，停在那里，司机正在修理。”

哨兵说：“你们来得不是时候，白司令和于副官都不在。”

正在这时，朱大壮从另一个哨兵背后跃起，左手抓住头，右手用刀往哨兵脖子上一拉，那哨兵“扑通”一声，倒地身亡。盘问林春的哨兵听到后面有动静，刚扭回头去看，林春抓住他脖子奋力一拧，哨兵倒地不动了。

朱大壮和高英麻利地剥下哨兵的衣帽，迅速穿戴好，又把两个哨兵尸体拖到角落暗处。两人持枪站岗。

钟龙华和林春进司令部大院往后院走去，高强、罗红往宿舍快速走去。

后院小楼门口，站着两个匪兵岗哨。

哨兵喝一声：“站住！干什么的？”

钟龙华答：“提审共党匪首罗威。”

“你们是哪部分的？”

“我们是汪处长的人，汪处长叫我们来提审罗威。”

钟龙华上前，从公文包里拿出一张信纸，递给哨兵。

“这是我们处长的申请提审条，上面有白司令的亲笔批示。”

哨兵看了一下，递还给钟龙华说：“好！你跟我来吧。”

那哨兵领着钟龙华走了进去。

林春见那哨兵领着钟龙华进去了，他掏出一盒“哈德门”香烟，独自抽出一支，点燃抽了起来。剩下的那个哨兵见林春掏出香烟，只自己抽不给他，不禁大失所望。

“兄弟，你这烟……” 哨兵说。

林春拿出一盒烟，递给哨兵说：“这烟给你抽吧。”

哨兵接过烟，抽出一支叼在嘴上，把一烟盒装进上衣口袋。

“唉，站岗真是件苦差事，”哨兵说，“尤其是到了下半夜，人困马乏的，抽支烟，提提神！来，兄弟！我忘了带火。帮忙帮到底，劳驾，再借你的火点烟。”

林春讥讽道：“哼！你这算三等烟民，没烟没火！”

哨兵自嘲道：“那是，那是，你是一等烟民，有火有烟！”

林春掏出打火机，“啪”地打着火。哨兵叼着烟，伸过头来点烟。林春突然把火机往哨兵脸前一送，同时开大气门，火苗蹿起半尺多高，把哨兵的眉毛头发都烧着了。

哨兵捂住烧痛的双眼，大叫：“哎哟！你……”

林春猛地抓住哨兵的头，用力撞向他身后的墙上，接连撞了几下，哨兵倒地身亡。

钟龙华跟着那哨兵来到囚禁罗威的房门口，哨兵用钥匙打开牢门。推开门，钟龙华见罗威正坐在床上，戴着脚镣手铐。罗威见钟龙华进来，神色一怔。

钟龙华命令道：“把他的脚镣手铐都打开！”

“长官，”哨兵说，“没有白司令、于副官亲自到场，是不允许打开脚镣手铐的！”

钟龙华用枪顶住哨兵的后脑，左手把他的枪缴了，命令道：“打开！”

“是，是，我打开，我打开……”

哨兵用钥匙把罗威的脚镣手铐打开。

罗威激动地说：“钟龙华同志，我……”

那哨兵突然跃起，伸手来抢夺钟龙华的枪，一边疯狂地吹响口哨。

钟龙华抬起另一只手的驳壳枪，照准哨兵的脑袋一家伙砸下去。罗威紧跟着扑上，两手紧紧扼住哨兵的脖子，压倒在地上。哨兵蹬了几下腿，不动了。

罗威站起身，拉着钟龙华的手羞愧地说：“钟龙华同志，我对不起你，我也对不起党！”

钟龙华把哨兵的枪递给罗威说："罗威同志，此地不宜久留。林春、罗红他们在外面等我们。敌人马上就要来了，我们快走！"

4

司令部大门口，伍排长从司令部出来，走向大门口。

伍排长走到朱大壮身后问："张金锁，有没有什么情况？"

伍排长见朱大壮不理会他。他上前一步，右手抓住朱大壮的肩膀骂道："他妈的！我问你话，你敢不睬我？告诉你，今天晚上这司令部大院，全都得听老子的！"

朱大壮把枪托往地上一砸，这一下正砸在伍排长的脚背上。伍排长痛得跳了起来掏出枪吼道："老子毙……"

高英从身后端枪一刺刀，扎进了伍排长的后心。伍排长倒地一瞬间，朝天开了一枪。

白狗子宿舍里，一个长着山羊胡子的白狗子被哨声惊醒。他猛地从被窝里坐了起来，推醒身边的另一个白狗子说："老梁，你听，后院好像在吹口哨报警！"

老梁一骨碌爬起，侧耳听了听，随即骂道："报你个头！撒什么癔症！狗屁哨声！神经病！打搅了老子的美梦！操！"

老梁刚钻进被窝，突然从司令部大门口传来一声枪响。山羊胡大喊一声："都给我起来！快！共党游击队来劫狱啦！"

白狗子们纷纷爬起，有穿衣服的，有穿裤子的，有去抓枪的，乱成一团。山羊胡第一个跑到门口，一拉门，惊叫起来："不好！门从外面锁上了！"

门外，罗红向高强打了声招呼，两人把手中的手榴弹拉着，分别从两个窗户塞进了宿舍，两人同时跑开。

宿舍里传出几声爆炸声，电灯灭了，接着传出白狗子们的惨叫声。

5

钟龙华、罗威刚跑到门口，门口传来一阵枪声。林春退了进来说："特派员，队长，敌人火力太猛！我们不好冲出去！"

钟龙华抓起身边白匪那杆步枪，顶着白匪的帽子刚伸出去，就招来一阵子弹雨。

"敌人火力的确太猛！"

"钟龙华同志，"罗威说，"你让一下，我来试试！"

罗威抓起哨兵的尸体猛地往外一扔，招来一阵子弹雨。紧接着罗威一个打滚，就到了对面一棵大树后。罗威手起枪响，击毙了一名敌人。敌人发觉上当，转身向他射击。趁这时机，钟龙华和林春相继蹿出大门。三人会合一处，躲在大树后。

双方相互对射。

罗红和高强突然出现在这伙敌人背后，一通扫射，四个敌人全部被消灭。

罗红扑在罗威怀里哭着喊："哥……"

罗威抚摸着罗红的秀发说："阿红，哥没事！"

"队长，"高强说，"你被绑架后，我们游击队被那个王效害惨了！"

罗威愤怒地说："这个狗特务，回去再找他算账！"

"特派员，"林春说，"你听，大门口在交火。"

"我们快去，支援朱大壮他们！"钟龙华说。

司令部大门口，高英指着对面说："朱大哥，看，对面有伙白狗子来了！"

朱大壮一看，见一伙十几个白狗子，从另外一处偏院蹿出，在他们前方不远处拐弯向后院跑去。朱大壮、高英在他们身后开枪射击。顿时，有几个敌人中弹倒地。

为首的大喊："背后有敌人！"

敌人反身向高英、朱大壮射击，双方对射。钟龙华四人从背后突然向敌人开火，又有几个敌人中弹倒地。敌人大喊："后面也有敌人！"

这股敌人被两面夹击，坚持了一会儿，被全部消灭了。

"我们得赶紧撤退，"钟龙华说，"一会儿大股敌人的增援就到了。"

大家刚跑到司令部门口，门外传来一阵密集的枪声，大家赶紧退了回来。高英迟了一步，左胸中了一颗子弹，大叫一声，倒在地上。

罗红一把抱住高英喊道："英妹，英妹！"

高强大声喊："英子，你怎么啦？"

高英胸口在流血，她微微睁开眼睛，声音微弱地说："哥、阿红姐，我……不行了……"

高英说完，在罗红怀里，闭上了双眼，头无力地垂了下来。

罗红眼泪流下，哽咽道："英妹！"

高强蹲下身子，呼唤道："英子……"

6

这时，大门外传来白匪付连长的喊声。

付连长大声地喊："院子里的共匪听着，我们白司令神机妙算，你们被我们包围了！我在大门口架着两挺机枪，只等你们一露头，马上就会被打成筛子眼马蜂窝！大院周围都是我的军队，一百多人围得铁桶似的！跑是跑不掉的，你们赶紧缴械投降吧！"

林春说："特派员，队长，现在怎么办？"

"我们冲吧，冲出去！" 朱大壮说。"不行，"钟龙华说，"不能硬冲，敌人在正门架了两挺机枪，根本就冲不出去！"

"那怎么办？"高强说，"等到天亮就更麻烦了！"

钟龙华果断地说："走，我们到后院，上房顶，寻找机会，从后面突围!”

正在这时，一个女人的身影从后院快步向他们跑来。

林春大喝一声：“站住！什么人?”

那女人迟疑了一下，放慢了脚步，继续向他们走来。

林春警告说：“你再不站住，我就开枪了!”

那女人在离他们两丈开外的地方站住了，吟道：“黄河远上白云间。”

钟龙华听到这句诗心头一惊，他猛然想起在中央苏区出发前，李科长跟他说的一段话。李科长说，在敌人的内部，有我们潜伏的一位同志，关键时候，他会跟你联系。这一句唐诗，不正是她发出的联络暗号吗?！钟龙华赶紧按下林春的枪。

钟龙华回了一句：“故人西辞黄鹤楼。”

李娟又吟了一句：“两个黄鹂鸣翠柳。”

钟龙华又吟了一句：“昔人已乘黄鹤去。”

李娟问：“为什么不接下句，一行白鹭上青天?”

钟龙华答道：“上学时，老师教我的。”

双方走上前来，两双手紧紧握在一起。钟龙华问：“你是……”

“我是‘黄蜂’!”

“我是‘金雕’!”

李娟激动地说：“同志们，我终于见到你们了!”

钟龙华也激动地说：“‘黄蜂’同志，我们也终于见到你了!”

“‘金雕’同志，”李娟着急地说，“现在，我有一个非常紧急非常重要的情报要告诉你：敌特机关钻进你们游击队，那个代号叫‘猴王’的假特派员，在昨天下午5时发回情报。他已经带领箭山游击队下山，前往虎尾镇。白湘君、汪清泉于昨晚调集了近两个营的兵力，提前埋伏在磨刀谷东侧密林之中，号称‘口袋阵’，‘猴王’带领游击队将在今天上午9点钟左右进入敌人的伏击圈。”

林春大惊：“啊，好歹毒的诡计!”

高强咬牙切齿地说：“这个千刀万剐的王效!”

罗红着急地问：“特派员，哥，这该怎么办？”

李娟说：“你们现在最紧迫的任务，就是要在今天上午8点钟前，赶到磨刀谷的北口，阻止这支游击队进入磨刀谷敌人布好的口袋阵。”

钟龙华冷静地说：“当务之急是我们怎样才能出去？”

“你们跟我走，”李娟说，“后院有条秘密地道，直通到外面大街。”

“好，那我们快走！”

李娟带着大家跑向后院。

7

李娟钻出密道说：“到了，上来吧！”

钟龙华他们一个个从密道中钻出来。

“这条密道很隐秘。”李娟说，“只有白湘君等少数几个人知道。走出这间屋子，外面就是大街。我们已经跳出了敌人的包围圈。”

李娟轻轻地打开房门，探头向四周张望了一圈，大街上寂静一片，没有什么异样。李娟走出大街，钟龙华等人一个个走出门。

李娟跟众人一一握手道别。李娟说：“同志们，我要回到自己的战斗岗位。你们赶紧走吧，胜利永远属于我们！再见！”

背后突然传来一声冷冰冰的声音：“你们走不了！全部都得留下！”

众人转回身，只听一声枪响，李娟“啊”的一声，倒在地上。

钟龙华看见，王前带着六名特务，在他们身后一字排开，端着枪，指着他们。

王前得意地笑道：“处长果然英明！临走之前就交代我，要我盯住李娟。果然，你是一个钻进我们组织里隐藏极深的奸细！”

李娟用手指着王前说：“王前，你……”

“怎么样？‘共匪’同志们，大家还是乖乖地把枪给我放下吧！”

王前见大家都不放下手中枪，他向天空开了一枪。

王前厉声地道："我数五下，如果谁还不放下手中的枪，就和李娟一样，统统格杀勿论！"

王前数数："开始！五、四、三、二……"

王前身后传来一阵密集的枪声，王前和六个特务，一个个中弹倒地身亡。只见欧阳玉带着八个白虎堂弟子，个个手持短枪，站在特务们身后不远处。

欧阳玉着急地说："大家跟我快跑，白匪一会儿就会追来！"

钟龙华蹲下身子，轻轻扶起李娟，他轻声地呼唤着："李娟同志！"

李娟睁开双眼，望着钟龙华轻声地说："同志们，永别了……"

说完，李娟闭上了双眼，头无力地垂下。

"你这人真有女人缘！"欧阳玉酸溜溜地说，"此时此刻，你还有这份心情，儿女情长！哼！"

钟龙华轻轻地把李娟放下，沉痛告别："李娟同志，永别了！"

欧阳玉拉起钟龙华说："阿华，我们得赶紧走！你听，他们已经追过来了！"

远处，传来敌人密集的跑步声和喊声！

钟龙华同大家一起飞跑，很快就消失在茫茫夜色中。

付连长带着白狗子们追到，只见躺在地上的王前和特务们的尸体。

付连长摇了摇头说："汪处长这几个人死得冤！他们不是共党的对手！"

"连长，"匪兵说，"共匪不见了？"

"他娘的！"付连长骂了一句，"煮熟的鸭子又飞了！"

"连长，还追不追？"

"追你个头！"付连长说，"立即封锁城门，来个全城大搜查！哼！我不信他共党有上天入地的本事。"

"是！"

8

一行人悄悄回到欧阳府后院，开了个紧急动员会。

“同志们！”钟龙华说，“现在时间接近凌晨3点，到8点，只剩下五个小时左右的时间。我们必须赶快行动。想尽一切办法，无论如何也要在8点前赶到磨刀谷北口，才能阻止游击队进入磨刀谷！”

高强摇摇头说：“五个小时要赶到磨刀谷北口，恐怕有些困难。”

“特派员，”林春也摇了摇头说，“从城东门口起绕过磨刀谷到北口，最少有五六十里山路。我们还要出城，时间上可能来不及了。”

“只有另想办法。”罗威说。

钟龙华思索了一下说：“如果我们直接从磨刀谷中的大道穿过去呢？”

“那就很近了，估计最多二十里地。”

“那我们就直接从磨刀谷中穿过去！”

“特派员，队长，”林春说，“敌人在磨刀谷内布有重兵，他们不会让我们通过的。”

“对，敌人肯定不会让我们通过，我们只有强闯。”钟龙华坚决地说，“我在想，敌人在磨刀谷兴师动众埋伏重兵，他不是为了我们几个人，他是为了消灭我们箭山游击队，他们现在最怕什么？他们怕枪声，因为枪声会告诉游击队，敌人在谷内有埋伏。所以，敌人是轻易不敢开枪的。”

“对，”罗威说，“特派员分析得非常对！我们冲进磨刀谷，敌人只能和我们拼刺刀！万一时间到了，我们就向敌人开火，用枪声通知和阻止游击队！”

林春说：“那我们现在马上出城！”

“阿华，”欧阳玉说，“你们这一次行动，关系到一百多人的生死，我有一个好主意。”

“阿玉，你快说，有什么好主意?”

“我看你们靠两条腿也不一定能在8点前赶到磨刀谷北口。”欧阳玉说，“再说，如果游击队在7点半或更早时间7点进入也不一定。”

“对呀!”罗红说，“阿玉妹妹说得对，王效一个劲地催着急行军，游击队提早进入磨刀谷也有可能!”

钟龙华说：“对，完全有可能!”

欧阳玉说：“你们从我家密道出去后，往左走半里多地，有个小村庄，叫呼风口。那里就住着一户人家，是替我家养马的，养有十几匹好马。庄主叫何老爹，他有三个儿子，自小习武，个个身手了得。老大叫何通，老二叫何进，老三叫何途，尤以老二最为厉害。你们找到何老爹，叫他给你们六匹马。有了马，你们就能快速冲出磨刀谷了。”

“我们找到他后，他不认识我们怎么办?”

欧阳玉掏出一只金怀表，递给钟龙华。

“这只金怀表，是我爸的心爱之物。”欧阳玉说，“我爸曾说过，见表如见人。何老爹认识这只金怀表。你带上这只表，给他看，他见了金怀表，自然就会把马匹借给你们了。”

“阿玉，”钟龙华感激地说，“你把如此珍贵的金怀表给了我，我怕你爸知道了，他会责怪你的。再说，你金表给了我，你就没表了。”

“把你身上的那只怀表给我，我们交换。”

钟龙华把自己的那只怀表掏出，交给欧阳玉。

“阿玉，我真不知道怎样感谢你!”

欧阳玉瞋了他一眼说：“你们赶紧走吧！现在对你们来说，分分钟都是宝贵的!”

“好!”钟龙华说，“我们开始行动!”

欧阳玉说：“祝你们好运！一路平安!”

9

钟龙华一行钻出地道，往左走了有半里多地，看见一个大院。

钟龙华说："这应该就是呼风口了。"

"这应该是。"罗威说，"林春，你去敲门。"

林春上前敲门。不一会儿，一位老者来开门，后面跟着一个结结实实的年轻汉子，提着一盏马灯。

林春问："请问，你是呼风口何老爹吗？"

何老爹答道："正是在下。"

钟龙华上前一步说："何老爹，我们几个此来，有一事相求。"

"客人请讲，所求何事？"

"我们想借六匹马一用。"

"这马是欧阳堂主家的。他本人不来，谁也别想借走。"

"三更半夜，欧阳堂主不便同来。"钟龙华恭敬地说，"不过，堂主给了我一件信物。他说把这信物给您看过之后，您自然认得，也就自然会把马匹借给我们。"

钟龙华掏出金表，递给何老爹。何老爹接过怀表在灯下细细观看，点点头说："这果然是欧阳堂主身上的宝贝。"

何老爹把金怀表递还给钟龙华，然后说："好吧，你们跟我去牵马。"

何进一伸手拦住说："爸，且慢，欧阳堂主本人不到，这马还是不能借。"

朱大壮急躁地说："你这人说话好没道理，你家是你爸当家还是你当家？"

"这家，我爸当，我也当。"

"一看你就不是个孝顺儿子，你爸还在世，怎么能轮得上你当家？"

"我家的事用不着你管。"何进说，"这样吧，天色慢慢地亮了，我骑上马，亲自到城里去问一声欧阳堂主，就知道这借马是真还是假。”

林春也有些急躁地说：“我们有欧阳堂主的宝贝，你还不相信吗?”

“不相信！如今这世道，说不定有人偷了欧阳堂主的宝贝再来骗马。”

朱大壮大声地说：“你这话什么意思？你是说我们几个是贼?”

“我没说你们是贼。”

“你那说话意思明摆着说我们就是贼！”

“那是你理解错误！”

罗威止住了朱大壮同何进争吵，问道：“这位后生，你这去一趟城里，得等到8点钟才开城门进城。等你见了欧阳堂主再回来，恐怕要10点钟过后了。我们有急事，你耗得起，我们可耗不起！”

“你这成心是跟我们作对，故意刁难我们！”朱大壮又说。

“你们想快，其实也有一个办法。”

“什么办法?”

“你们中有谁能赢了我这双拳头，自然就可以把马牵走了。”

“你此话当真?”

“大丈夫一言既出，驷马难追！”

朱大壮叫一声好，说：“我来会会你。”

罗威一伸手把他拦住了，说道：“今天没时间跟他磨叽。我来！”

何进说一声好，站到院子当中，摆了个门户，向罗威招招手说：“来吧！”

罗威两大步子跨到他跟前，何进见他毫无防备，抡拳砸了过去。罗威见他来势凶猛，头偏了一下，用右手接住他的拳头，使了一招太极中的四两拨千斤，把何进摔倒在地。何进在地上翻了个身，一个鲤鱼打挺，站了起来。何进抡起拳头，他左一拳，右一拳，一拳接一拳，拳拳相扣，密不透风！罗威瞅个空当，左手接住何进右手腕，右脚一别他左脚，右掌击在他左肩上，何进后退几步，跌倒在地上。

众人拍手叫好。何进从地上爬起，有些不服地说："在这箭山地区，我只服一人，不想今天栽在你手上。"

"好！"林春说，"你说说你只服谁？"

"我只服那个箭山游击队的罗威罗队长！"

林春一下子笑了："你为什么就只服罗队长？"

第十七章
勇闯磨刀谷

1

“说来话长，”何进回忆说，“那是三年前的事，正月十五元宵节……”

正月十五元宵节晚上，虎穴城花灯会，人山人海，热闹非凡。

一位三十来岁的青年男子，带着年轻漂亮的妻子，牵着一双年幼的儿女，在庙会街上观赏花灯。

突然，人群一阵骚动。只见一群喝醉酒的白狗子，东倒西歪地闯进观花灯的人群中。白狗子排长见拉着儿女看花灯的妻子年轻漂亮，上前捏了一把那女人的屁股。那女人尖叫一声，急忙躲到丈夫的身后。

白匪排长嬉皮笑脸地说：“小娘子，长得好靓！今晚陪哥哥我睡觉！”

白匪排长伸手过来拉那年轻女人，她丈夫连忙拨开他的手。谁知他一拨，那白匪排长站立不稳，摔倒在地上，把鼻子碰得鲜血直流。

那白匪排长站起身，捂着流血的鼻子，大喊一声：“给我打！”

七八个白狗子围上来殴打那青年男子，那男子抱着头，蹲在地上，任由那帮白狗子拳打脚踢。

白匪排长一把抱住那年轻女子，要强接吻。一双儿女在一旁啼哭。

这时，一只死耗子挡在白匪排长往前伸的嘴上，一下子酒醒了。

他见何进一手叉腰一手提着一只死耗子，挡在他嘴边，两眼瞪着他。白匪排长怒从心头起，大骂道："你坏了老子的好事！"

白匪排长口里骂着，一拳照准何进脸上砸去。何进把那只死耗子往他嘴里一塞，头一低，躲过他那一拳，接着还一拳，正砸在白匪排长脸上，白匪排长仰面朝天倒在地上，鼻子上流着血，嘴里还咬着那只死耗子。

那七八个白狗子见排长被打，丢下那青年男子，围过来打何进。

何进起先还能招架，但架不住白狗子人多势众。他被一个白狗子从背后抱住摔倒在地，众白狗子围住他乱打乱踢。

白匪排长掏出枪，指着地上的何进，骂道："他奶奶的！你小子叫老子吃死耗子，老子要叫你吃枪子儿！"

罗威在白匪排长身后，用枪顶住他的腰，喝道："不准动！"

林春上前把白匪排长的枪缴了。

两个白狗子扑向罗威，罗威三拳两脚，把两个白狗子打倒在地。林春把另外两个白狗子打翻在地。白狗子排长趁机抽出一把匕首，对着罗威猛刺过去。

坐在旁边地上的何进惊叫一声："好汉，小心刀！"

只见罗威一闪身，躲过了白匪排长刺来的一刀。接着，罗威飞起一脚，正踢在白匪排长胸口。白匪排长惨叫一声，飞出一丈多远，身子撞在墙上，然后掉在地上，蹬了几下，腿一伸，死了。

剩下三个白狗子见状，吓得魂飞魄散，扭头就跑，边跑边喊："不得了啊！'共匪'把占排长打死了！"

罗威叫那对年轻夫妻带上孩子快跑。林春拉起地上的何进："快跑，白狗子追来了。"

听到喊声，一队荷枪实弹的白狗子冲了过来。林春抬手一枪，把跑在前头的那个白狗子打了个嘴啃地。

罗威对林春说："我们快走！不要恋战！"

躲在墙角的何进，看着罗威和林春远去的背影。一队白狗子追了过去……

2

林春问：“你当时看清了罗队长他们吗？”

何进摇了摇头说：“没看清。当时他们两个身穿长衫马褂，戴着墨镜礼帽。晚上人又多，才几分钟光景，就被敌人冲散了。第二天，才听人说是箭山游击队的罗队长，大闹元宵夜，把白匪占排长生生一脚给踢死了！”

“打死一个白狗子排长有什么大惊小怪的？”

“你当时是没看见，”何进说，“罗队长那一脚何止千钧，‘嘭’的一声，白狗子排长飞出数丈远，肋骨被踢断了几根，当时气息奄奄，就一命归西了！”

林春问：“你想不想见那个罗队长？”

“想，我是朝思暮想，只恨无缘，没人引荐，难见一面。”

“哈哈！”高强笑着说，“可笑你有眼不识泰山！你想见的罗队长，远在天边，近在眼前！刚才你和他动手的这位，就是罗队长！”

何进望着罗威问：“你真是箭山游击队的那个罗队长？”

“他就是罗队长，”林春说，“三年前大闹元宵节的，就是罗队长和我。”

何进跪在罗威跟前说：“罗队长，我是有眼不识泰山！冒犯虎威！”

罗威拉起何进说：“惩奸除恶，保护百姓，是我们共产党游击队的职责！”

“小儿不知天高地厚，”何老爹说，“望罗队长见谅！走，我带你们牵马去！”

大家牵马出来，只见何进也牵着一匹马，背上一个包裹和一把大砍刀。

“爸，”何进说，“我想好了，我要跟罗队长去参加游击队。”

“就不知道罗队长他们收不收你。”

何进恳切地说："罗队长，我决心跟你去参加游击队，去打白狗子！"

"好，"罗威高兴地说，"我们游击队欢迎你！"

"何老爹，"钟龙华说，"我刚才见你大厅里刀枪剑戟，十八般兵器俱全。我想一会儿我们在磨刀谷和敌人交手时，用枪多有不便。能否借一些刀枪剑棒给我们？"

朱大壮说："对，那刀枪等会儿还真用得着。"

"这些刀枪，练武用的。你们看哪件称手，自己随便挑。" 何老爹说。

各人选了一件称手的武器，骑上马，告别了何老爹 。

罗威大吼一声："出发！"

钟龙华等一行七人七骑，奔驰在田间大道上。

3

磨刀谷西山悬崖顶上，有一块平地。平地上搭了两顶帐篷，那是白湘君的临时作战指挥部。旁边有一块孤立的大岩石，那是西山的最高点。站在岩石上面，可以看到远处炊烟袅袅的村庄、大路、田间、地头。

白湘君坐在一张太师椅上闭目养神，悠然自得，嘴里哼着粤曲小调。

白湘君问："现在游击队到了什么地方？"

于副官答道："司令，情报显示，现在他们过了黄泥岗。按照这个行军速度推算，游击队有望在8点半钟前后进入我们的伏击圈。"

白湘君掏出怀表看了一眼说："现在快6点半了，比预定攻击时间提前了。好！部队全部完成埋伏做好准备了吗？"

"各营各连各排各班，早就进入指定位置，各就各位，隐蔽就绪，只等司令您一声令下，就创造奇迹，全歼游击队！"

汪清泉得意地说："我的'猴王'这次立下了大功。"

"是个将才，"白湘君奉承道，"他没有辜负你的栽培。"

"十年磨一剑！"汪清泉颇为自负地说，"他是校长的得意门生，这次党国对他是寄予了厚望。"

"唉，在这两个小时之内，可千万别再出什么幺蛾子！阿弥陀佛！汪兄，这天亮之后，我就一直心神不宁，左眼一直在跳。"

"白兄，左眼财，右眼挨。看来白兄这次要发大财了。"

"发什么财？"白湘君问。

"这次你灭了游击队，就是大功一件。"汪清泉说，"委员长最少要奖你十万大洋，官升少将，说不定升中将。这就是升官发财，财禄双收呀！"

"不对，我记得这句话应该是左眼挨，右眼财。跳右眼才好。"

"你挨什么？对了，莫非是主白兄升了官发了财后再娶房年轻貌美的姨太太，晚上要挨夫人的板子了！"

白湘君听了哈哈大笑："汪兄说笑了！"

于副官从那块最高点大岩石上，急匆匆地下来，快步走进帐篷。

于副官报告："司令，我刚刚在大岩石上观察到，南面大路上有七人七骑正向磨刀谷南口飞奔而来。他们手里拿着刀枪，不知是何方神圣！"

白湘君一下从太师椅上弹起说："走，去看看！"

白湘君、汪清泉随于副官攀上那块大岩石，他俩接过望远镜向南瞭望。

望远镜中，只见七人七骑向磨刀谷口飞奔而来。最前面那人，手持一把关公大砍刀，威风凛凛，分明就是那个被囚禁在司令部后院的匪首罗威。旁边那个，戴一个黑色头套，只露出两只炯炯有神的眼睛，但那身形，总给人一种似曾相识的感觉。其余五个人，其中还有一个女的，他却是一概不认识。

白湘君和汪清泉同时惊叫起来："共党匪首罗威！"

"白司令，"汪清泉问，"怎么回事？难道咸鱼真的翻身了！"

“怎么可能？这怎么可能！”

“司令，”于副官说，“他们马上就要到磨刀谷口了，怎么办？”

白湘君命令：“火速命令一营长二营长，集中火力阻击，把他们消灭在磨刀谷内！决不能让他们冲过磨刀谷，给游击队通风报信！”

“是！”于副官答应道。

“慢！”汪清泉说，“白司令，此时此刻，你头脑尤其要保持冷静，千万不能冲动！冲动是魔鬼，冲动出问题，冲动会毁掉一切！”

白湘君大喊：“你能叫我不冲动吗？我能不冲动吗？”

“白兄，此时此刻，你一定要冷静！你想想，这几个人一冲进山谷，双方就噼里啪啦地打了起来，机枪、步枪、手榴弹、小炮一齐开火，打得比过年还热闹，把林中鸟也惊飞了。这大清早，枪炮声传出数里地远。正往这里赶来的那支一百多人的游击队听见了，他们就知道磨刀谷内有埋伏，他们就不会进来了。更要命的是，他们还会怀疑‘猴王’是内奸。这样一来，什么都完了！因小失大，功亏一篑，前功尽弃呀！”

“汪处长，你说怎么办？他们到谷口不足二里地，转瞬间就到了。”

“不就是区区七个人吗？”汪清泉说，“你马上命令一营长，派一个排的兵力，枪全部上好刺刀，躲在路两旁林中芦苇丛中，专刺他马匹。任何人不准开枪！谁开枪，军法论处！”

“好，按汪处长刚才妙计！”白湘君下令，“传令一营长，枪上刺刀，只准用刺刀刺，不准开枪！谁开枪，军法论处！”

于副官立正：“是！”

汪清泉说：“再命令一营长，在谷中段砍倒路边所有大杉树，把大路全部堵死，让他们的马过不去。”

白湘君竖起大拇指说：“汪兄这一着棋，高！中段东面半里地长路边全是大杉树，把它放倒在大路中间，别说骑马，就是骑飞机他也过不去！高，此计高！”

“万一这些人冲过这第二道防线怎么办？”于副官问。

“那是不可能的！”

“不，俗话说：不怕一万，就怕万一！”

汪清泉沉吟片刻，说：“万一他们过了第二道防线，我还有第三道防线！”

“你第三道防线是……” 白湘君问。

“命令二营长，用粗长绳，把一头固定在西边路边大树上，另一边几个人拉着，马到时把绳索拉起，绊倒马匹，上前抓人。”

“哈哈，又是一条妙计！”

“我自忖有这三道防线，谅他们也闯不过去。万无一失！”

“于副官，”白湘君下令说，“赶紧把命令传达给一营长、二营长！”

于副官答应一声：“是！”

4

罗威一行转眼已到磨刀谷南口。

“同志们，”钟龙华交代道，“我们现在要冲进磨刀谷了。大家不要开枪，我们用手中的大刀长矛，杀开一条血路，冲出磨刀谷！”

罗威说：“我和特派员、何进三人在前面，林春、阿红居中，高强、朱大壮殿后。大家保持距离，跟上，切记，不可恋战！”

前面一伙白狗子，端着明晃晃的刺刀，拦在大路中间。

罗威一马当先，大喊一声：“同志们，冲啊！”

大家齐声大喊：“冲啊！”

喊声威震敌胆。

白狗子手一指，说：“排长，他们骑马冲过来了！”

“他们冲过来就用刺刀刺他们马！”排长说，“几个人刺一个，前后左右夹击！”

“排长，为什么刺他们马不刺他们人呢？”

“你懂个屁！”排长训道，“这一招叫‘射人先射马，擒贼先擒王’！你懂不懂？”

“懂，我什么都懂!”

“大家都给我记住：上峰有令，不准开枪，谁开枪，军法论处!”敌排长说。

“哎呀！排……排长，他们到……到……”

说话间，罗威快马冲到，手中关公大砍刀，说时迟，那时快，手起刀落，那白狗子话没说完，人头就落地了。接着又一刀，另一个白狗子一只手臂被砍下。众白狗子大吃一惊，四散逃窜。一个跑得慢的，被钟龙华的马撞倒，滚落路边小溪里。

白狗子排长躲在一棵大树后，拼命大喊：“不要跑！大家用刺刀刺!”

一个白狗子端着刺刀，向钟龙华马头刺来。钟龙华使一杆枪，身子向前一探，一枪扎在那白狗子前胸，那白狗子惨叫一声，倒在地上。

两个白狗子一左一右端着刺刀，想夹击何进。何进左手一刀，把左边那白狗子劈翻在地。钟龙华见右边那白狗子端着刺刀正刺向何进马头。钟龙华回马一枪，正刺中那敌人右眼，那敌人丢下枪，惨叫一声，捂住流血的右眼，往林中跑去，不小心一头撞在一棵大树树干上，倒地身亡了。

林春和罗红居中。林春见左侧一个敌人端着刺刀向他刺来，他手起一枪，正刺中那敌人咽喉，敌人倒地。罗红见一白狗子从右侧攻来，她举起手中宝剑做劈状，那匪兵忙举枪招架。罗红改劈为刺，一剑刺中敌人心口，一股血喷了出来!

高强和朱大壮殿后。高强见两个白狗子一前一后端着刺刀向他攻来，他手起一棒，正打在前面那白狗子的脖子上，那白狗子倒地滚进了路边草丛中。后面那白狗子吃了一惊，高强横扫一棒过来，白狗子忙双手握枪来挡。高强收扫为刺，一棒捣在那白狗子的眉心。那白狗子惨叫一声，向后倒地身亡。

朱大壮使一根秦明的狼牙棒，他见俩白狗子向他攻来，便举棒向一个白狗子砸去，那白狗子忙举枪招架，谁知朱大壮力大无比，那白狗子腿一软，“扑通”举枪跪在地上，朱大壮大吼一声，用力下压，把白狗子砸翻在地。另一白狗子刚扭转身想逃，朱大壮横扫一棒，正砸在腰上，白狗子倒地。

钟龙华、罗威一行，一路砍杀，一路向前！

一个高大凶猛满脸虬须的白匪，端着刺刀刺向罗红。罗红闪身躲过，随即一剑刺向白匪。那白匪突然扔下枪，两掌用力夹住刺来的剑。罗红急抽剑，却抽不出来。那白匪大吼一声：“你给我下来！”猛用力想拉罗红下马。罗红身子后仰，两人僵持着夺剑。林春一枪把自己身边的白匪刺死。他转过身，用枪刺向跟罗红夺剑的白匪。那白匪狡猾异常，闪身躲到罗红一边。林春又从另一边用枪刺来，那白匪又闪到罗红的另一边。他两掌夹着罗红的剑，始终不放。如此反复多次，白匪利用罗红掩护，林春怎么也刺不着他。

在后面的高强见状，忙棒交左手，右手从口袋里取出一枚鹅卵石用力一掷，正击在那白匪的脸上，那白匪惨叫一声，松开了夹剑的手。罗红趁机剑用力往前一送，剑锋穿透了那悍匪的胸膛。

一个白匪大喊起来：“不好了，不好了！敖连长叫那婆娘给杀了！”

那白匪推弹上膛，瞄准刚跑过最后面的朱大壮。旁边一个年纪大的白匪把他的枪按下说：“老刀！你千万莫开枪！”

“啥子？连长都死尿了，还不开枪？”

年纪大的白匪说：“你小子想军法论处？”

“军法论处有啥子好怕的？”

“你小子不知道我们党国军法的厉害啰！那玩意叫你求生不得，求死不能！把你龟儿子千刀万剐，凌迟至死！”

老刀把枪一扔，骂道：“去他妈的！老子当兵吃粮，一个月才一块大洋，还叫当官的贪了一半。我给他卖啥子命！”

“你这想法对头！”年纪大的白匪说，“这年头，能保住这条小命就不错了。”

罗威三人跑在最前面，一阵伐木声传来。

罗威说：“特派员，不好！敌人在砍树断路！”

“他们想把大树砍倒在路上拦住我们，快叫后面的跟上！”

何进朝后大声喊：“大家快些跟上，敌人在砍树拦路！”

“林春、罗红，”罗威大声喊道，“快传话后面高强，不要恋战，赶紧跟上！”

林春向后传话：“高强，敌人在砍树封路，你们赶快跟上冲过去！”

高强一棒把一个敌人打伤膀子，那白狗子转身逃走。

“老朱，快，我们走！”

朱大壮答应一声，一狼牙棒砸在一个白狗子头上，把白狗子的头都砸碎了。

朱大壮策马追上高强，两人一前一后策马飞奔。

朱大壮跑在最后，他刚跑过，几十棵大树在他马后不远，依次一棵接一棵倒在大路上，把整条大路都堵死了。

一伙白狗子冲出树林，望着倒在地上的一棵棵大树。他们看看后面，空无一人，只有十几具白狗子的死尸，横七竖八地躺在大路上。

“树倒迟了。”一个白狗子说，“一匹马都没拦下，共匪全跑过去了。”

“天意，天意呀！”瘦个子匪兵说，“连长，这是天意，天不灭共！”

“滚！”白匪连长甩手给了瘦个子匪兵一记耳光，骂道，“大放厥词，造谣生事，小心我毙了你！”

瘦个子匪兵摸着火辣辣的半边脸，敢怒而不敢言。

朱大壮望着后面一棵接一棵倒下的大树。

“好险！差一点就把我们拦住了。”

5

山顶指挥部帐篷里，白湘君着急地问：“‘猴王’带领的游击队，目前到了什么地方？”

“报告，”于副官说，“他现在到了蛇坑！”

“蛇坑？蛇坑在地球上的哪个地方？”白湘君反问，“我是问他们现在离谷北口还有多远？还需要多少时间进入我们的伏击圈？”

“离谷北口还有八里路。最少需要大约一个钟头才能进入我们的伏击圈。”

“太慢了！”白湘君摇着头说，“行军速度怎么这样慢？比蜗牛还慢！命令‘猴王’，带领部队跑步前进！”

于副官一愣，说：“司令，这个，这个，这个命令无法传达。”

“磨刀谷那里的情况怎么样？” 汪清泉问。

“刚接到报告，那七骑已经冲过了我们的第二道障碍。”

汪清泉勃然大怒：“为什么？为什么砍倒这么多大树，把大路封得严严实实，密不透风，竟然没有拦住他们？这是为什么？”

白湘君大骂：“真是岂有此理！”

“报告说，”于副官嗫嚅道，“七骑刚刚冲过去，后面的大树就一棵接一棵倒了下来，就晚了那么半分钟。”

“真是一群饭桶！”汪清泉气冲冲地说，“为什么我们的节奏总是比敌人的节奏慢了那么半拍呢？”

“汪处长，”于副官说，“这七人七骑全是亡命之徒，他们可说是以一敌百！这一路砍杀过来，我军的伤亡已经达到三十五人。连那个女人都不得了！一营一连的敖连长，我们团的第一虎将，竟然就命丧在那个婆娘的剑下，为国捐躯了！”

“可惜！”白湘君说，“他跟随我南北转战多年，冲锋陷阵，立下了赫赫战功！”

“所以，白司令、汪处长，”于副官说，“我建议，对付这些亡命之徒，我们只能用机枪，嗒嗒嗒嗒，一通扫射，把他们乱枪打死！”

“坚决不可以开枪！你忘了？谁开枪，军法论处！”

“不，白司令，”汪清泉说道，“这次要改了。你通知二营长，敌人一旦破了我们的绊马索阵，就立即步枪机枪一齐开火，把他们乱枪打死！”

“汪兄，你这么一开枪，不等于告诉游击队磨刀谷里有埋伏吗？”

“白司令，既然我们的绊马索阵也拦不住他们，那么，他们很快就会冲出北谷口，拦下那支游击队进入磨刀谷。难道这还需要我们的枪声告诉他们吗？”

白湘君连连拍头：“对，对对！于副官，传我的命令：这股共匪，一旦冲过绊马索阵，全体官兵立即开枪将他们击毙！不开枪者，军法论处！”

“是！”

6

何进一指前面说：“罗队长，慢！注意，前面路中间有绊马索！”

“好！”罗威说，“我的刀长，我来开路！”

罗威放慢速度，到了绊马索跟前，抬手一刀，绳断了。转瞬间，砍了五六条绊马索。四个敌人从东边攻了上来。钟龙华迎战两个，他一枪，把一个敌人扎翻在地。随后回枪向另一个敌人刺去，那敌人忙用枪招架。钟龙华一枪刺中白匪的肩锁骨，敌人负伤，丢下了枪，逃进了林子。何进大吼一声，把一个白匪的脑袋劈了下来。另一个白匪吓得逃进了树林。

罗威见一个白匪想刺他的马屁股。他猛然大吼一声，回身一刀，那白匪立即身首异处。罗威拍马上前，把剩下的几根绊马索一一砍断。

“特派员，”罗威大喊道，“快通知后面的林春高强，绊马索全部清除干净！大家不要恋战，火速冲出埋伏圈！”

钟龙华跟着向后大喊：“林春、高强，快，冲出伏击圈！”

林春、罗红把各自的敌人击毙，策马飞奔而去。

二营长带着一群白狗子冲下山林。站在大路上，望着最后两骑远去的背影。

二营长问几个呆站着的白匪：“你们为什么不开枪？”

白匪立正：“报告营长，上峰有命令，谁开枪，是要杀头的。”

“哼！”二营长，“这就叫朝令夕改。开枪！”

白匪们对着远去的背影开枪。顿时，枪声像过年的鞭炮，噼里啪啦地响了起来。

7

刘清带着队伍走在最前面。突然传来的枪声让正走着的队伍停了下来。

刘清心里一紧，说：“枪声？”

“这枪声好像是从磨刀谷中传出来的。” 王成说，“这里到磨刀谷还有多远？”

“没多远，”刘清说，“有三四里路，很快就到了。”

“怎么会有这么密集的枪声？”

“有情况！这么密集的枪声，说明磨刀谷中有敌人埋伏。”刘清果断地下达命令，“队伍停止前进！向后——转！”

这时，一个游击队员从后面跑上前。游击队员说：“刘小队长，王特派员问队伍为什么突然停止不前？”

“磨刀谷里传来了密集的枪声，说明磨刀谷里肯定有敌人。”

游击队员说：“王特派员命令队伍加速前进！”

“现在情况不明，”刘清反对，“队伍不能前进，应该立即撤退。”

正在这时，王成大叫起来："看，罗队长回来了！"

前面的游击队员跟着欢呼："我们的罗队长回来了！"

后面的游击队员也跟着欢呼："罗队长回来了！我们的罗队长回来了！"

罗威在队伍前跳下马，指着钟龙华对大家说："同志们，我身边这位才是中央苏区派来的真正的特派员钟龙华同志！"

大家齐声欢呼："钟特派员好！"

罗威对大家说："原来的那个王效，是个假特派员。他是一个国民党特务。"

众游击队队员齐声喊："把这个国民党狗特务抓起来，枪毙！"

"同志们，"罗威命令道，"我们要赶紧撤退，敌人在磨刀谷里埋伏有重兵。"

"刘清，"林春问，"那个王效呢？"

刘清往后一指，说："他在队伍后面。"

"走，我们去抓王效。"罗威说，"刘清，你带领队伍赶紧撤退！"

"是！"

罗威、钟龙华等骑马而去。

刘清指挥队伍向后转，跑步撤退。

第十八章
雪耻复仇

1

罗威问张猛："王效在哪里?"

"他刚才还在我后面，怎么一眨眼就不见了?"张猛说。

一个游击队员大声喊："罗队长，他跑了，看，在那边!"

只见王效顺着田埂拼命地奔跑，前面是一片树林。

"他跑不了!"

罗威接过一个游击队员手中的步枪，推弹上膛，瞄准。

随着一声枪响，王效左手臂中弹，他滚下水田。王效爬起身，浑身上下满头满脸都是泥水。他跌跌撞撞地往树林跑去。

钟龙华、林春几个追了过去。

林春大喊一声："站住，王效！再不站住就开枪了!"

树林里突然传出枪声，子弹从林春身边飞过。

钟龙华把林春按倒在田埂上，说："小心！敌人有增援!"

王效钻进树林，田野迎了上来。

"王少校，"田野说，"你的手臂负伤了!"

"田组长救我。"王效胆战心惊地说，"快，他们追来了!"

"放心，王少校，"田野胸有成竹地说，"敌人不敢轻易进林子里来的。他们摸不清林子里的虚实。"

王效惊慌地说："不不不，田组长，你太不了解游击队了，他们是'丛林之王'!"

田野皱了一下眉说："王少校，我看你是被游击队吓着了。叶富、李青，你俩同我和王少校先撤回浮云寺。刘林、刘飞你们两个在这里阻击敌人。"

"组长，"刘林问，"我们两个能抵挡这么多敌人吗?"

"你们放心，"田野说，"敌人现在正在撤退，自顾不暇。磨刀谷我们埋伏的大部队马上就追过来了。你俩在这里盯着这几个人。他们摸不清我们的底细，是轻易不敢进来的。"

"刚才王少校还说，游击队是'丛林之王'，森林是他们的天下。"刘飞说。

田野看了一眼跟叶富、李青走远的王效："哼，别听他胡说八道！算什么'猴王'？我看他这次是被游击队吓破了胆！就这样，你们在这里坚持三十分钟。"

刘林、刘飞说："是，组长!"

田野转身去追赶王效他们。

钟龙华对林春说："我猜想树林里面不会有太多的敌人。也就几个小特务，埋伏在这里接应王效的。"

"对，"林春说，"从枪声判断，也就几个特务。"

钟龙华说："林春，你和罗红，继续在这里牵制住敌人。我和高强从两边绕到敌人背后，让他们腹背受敌。"

"特派员，你和阿红在这里牵制敌人，我和高强去。"

"别争了，敌人在磨刀谷的大部队，随时都会过来。"钟龙华说，"高强，我们走!"

钟龙华同高强分别从两边钻进了树林。

林春和罗红对着林子里开了两枪，刘林、刘飞急忙还了几枪。停了一会儿，林春、罗红又对着林子里开了两枪，刘林、刘飞又还了两枪。

刘飞纳闷道：“叔，我感觉有些不对劲！”

“怎么不对劲？”刘林问。

“他们在搞什么鬼？！一会儿开两枪，停一会儿又开两枪。”

“对呀！”刘林立即醒悟说，“这分明是引诱我们暴露目标，不好！我们上当了……”

突然，身后传来钟龙华和高强的声音：“不准动！举起手来！”

刘林、刘飞掉转枪口向身后说话处开枪，钟龙华、高强同时还击，把刘林、刘飞击毙。

钟龙华、高强分别捡起两个特务的手枪。

钟龙华仔细看了看两个特务的衣着，都是普通人衣着。他摘下两个人头上的帽子，发现两人的光头上都有九颗被香火烧的戒疤。

钟龙华沉思着自语：“他们是和尚？”

2

浮云寺西禅房里，叶富给王效清理伤口，然后上药、包扎。

“王少校，”叶富边包扎边说，“子弹算是长了眼睛，没有伤着骨头，就啃了你一小块肉，真是不幸中之万幸。”

“王少校，”田野说，“上药后过几天就好了，不碍事。”

“田组长，住在这里安全吗？”王效问道。

“非常安全！”田野提醒道，“不过，如果王少校要在庙里庙外走动的话，最好还是皈依佛门，剃度为僧。”

王效用手梳了一下满头黑发，无可奈何地笑了笑，说：“只是可惜了这头黑发。唉！为了党国大业，捐躯尚且不惜，还在乎区区一头黑发？来，方丈，弟子愿受戒剃度，削发为僧，皈依佛门。”

一会儿，王效剃度完，穿着僧人袈裟，走进禅房。

“弟子参见方丈。”

“免礼，好，我又收了一位高徒！善哉，善哉！”

两人相视哈哈一笑。

“田兄，”王效问，“那两位留下阻击敌人的兄弟回来了没有？”

“他叔侄俩恐怕是已经圆寂了。阿弥陀佛！”

王效一惊说：“他们要是落在敌人手里，供出这里怎么办？”

“王少校尽管放心，”田野肯定地说，“这叔侄俩我是绝对了解。被共党俘虏是不可能的，但可以肯定的是，他们已经为国捐躯了！”

王效叹了口气说：“这样的同志真是太可惜了。”

3

南山明月庵。

欧阳玉带了四名白虎堂弟子，来到庵前下马。欧阳玉独自一人走进明月庵。

庵中，明月师太和两个年轻尼姑正敲着木鱼在诵经，欧阳玉走进经堂。

“师太，弟子今日特来烧香求佛。”

欧阳玉轻轻地说，仿佛怕惊扰了这座小庵的宁静。

师太看着欧阳玉，轻轻地叹了口气说：“情海无边，回头是岸。你……终于还是来了。”

“师太，弟子其实早就该来了。”

师太轻轻哼了一声，说道：“你跟我到西禅房。”

欧阳玉跟随着师太，走进西禅房。师太坐在椅上，欧阳玉站立一旁。

师太微闭着眼，捻着佛珠，悠悠地说：“你知道你的新郎官是什么人吗？”

欧阳玉摇了摇头说：“学生不知道。”

“恐怕你是知道，只是不想承认罢了。”

“学生不敢。”

"你不敢?"师太说,"你胆大妄为!在这世上没有什么你不敢做的。我告诉你,他是中共中央苏区派到箭山地区的特派员。"

"师太,游击队里不是有一个姓王的特派员吗?"

"哼,那只是个蹩脚的冒牌货!"

"这个,学生委实不知道。"

"你和他同床共枕,耳鬓厮磨一个月,不知道?"师太冷笑一声,"可能吗?!不过,你这次的动静做得确实有些太出格,闹得太大了!"

"老师把我说糊涂了。"欧阳玉说,"老师指的是……"

"你别在我跟前装得一副很无辜的样子。"师太说,"广州站对你的所作所为非常不满!你帮助钟龙华枪杀了复兴社王前这帮人,又送他们马匹帮他们逃出磨刀谷,坏了白湘君的妙计。你自以为做得天衣无缝,又岂能逃出我的法眼。"

"老师什么都了如指掌。"

"你我虽说是师生,实同母女,数载情深。"师太款款说道,"只是你这次做得实在有些离谱!我们同复兴社同粤军虽非一家,但也都是为了党国的利益。你做的那些事,要是真让上峰知道了,恐怕就要对你执行纪律了。到那时候,别说老师,就是天师,也救不了你。"

"学生知罪。"

"我知道你情缘未了。不错,他钟龙华救过你,但你和他根本就不可能成为今生夫妻,只能逢场作戏。蜜月完了,你也该收收心了。告诉你,共党中央苏区马上就要完蛋!我估计,就在这个月的中下旬,红军肯定要从这里进入湖南西窜,这是你立功建勋的大好机会。谁能把大铁桥炸了,谁就是党国最大的功臣。"

欧阳玉说:"白湘君现在和汪清泉搅在一堆,他们自己也会炸桥。"

"你想得太天真太幼稚了。"师太说,"这些人是想炸桥,但他们心怀鬼胎各有目的。汪清泉确实想炸桥,但到时他当不了家,决定权在白湘君手中。那座大铁桥,是白湘君的衣食父母,帮着他养着这一大帮人。白湘君不是白痴。他在桥上安放炸药,只是做个样子给大家看看。不到屎逼屁股门的时候,他白湘君绝不会把大铁桥炸掉。”

“老师是说，只有在共军大部队兵临城下，白湘君逃命时，他才会把桥炸了。”

“对！你不要小看了共产党这支游击队。”师太说，“大桥一旦叫他们控制住，到时候，白湘君、汪清泉他们谁想炸桥也炸不成了。那个时候，就只有你了。”

欧阳玉一怔，反问：“我？”

“对，只有你，舍你其谁？”师太脸上露出难得一见的笑容说，“你多次拯救过这支游击队。在他们心目中，你是他们的恩人。你又是钟龙华名正言顺的妻子。到时候，只有你才能从钟龙华身上拿到那把钥匙，打开山洞铁门，按下电钮开关。随着一声惊天动地的巨响，通途重新变天堑。我们这块地方，将是埋葬数万红军的大坟场。”

“学生服从老师的命令。”

“今天，当着我的面，你必须跟我发誓！”

欧阳玉跪在师太面前说：“我发誓，到了那一天，我和钟龙华恩断义绝！为了党国利益，我会义无反顾地把大铁桥炸掉！不成功，则成仁！”

“好，老师我没有错爱你！”

4

游击队驻地办公室。

钟龙华问：“罗队长，我想问一下，这附近有什么寺庙？”

“这附近……”罗威想了想说，“有，离这西南方向二十里，有一座浮云寺。”

“庙里有和尚吗？”

“有，”林春接过话说，“浮云寺我去过。庙里有四个和尚。方丈是个七十多岁的老和尚，一个中年壮实和尚，一个瘦的年轻和尚，还有一个十来岁的小和尚。”

“附近其他地方还有没有寺庙？”钟龙华又问。

“有，不过，西北一座离这儿太远，还有一座已破败，无人居住。”林春问，“特派员，你问寺庙干什么？”

钟龙华说：“前天我们去追王效的时候，王效被人救走了。我和高强在树林里把两个特务击毙后，我发现这两个特务虽然穿着普通人的衣服，却是两名和尚。因为他们的秃头上都有和尚的戒疤。”

“这事就蹊跷了。”

“着实蹊跷！”罗威说，“正经和尚怎么会有枪？他们怎么会跟王效搅在一起？”

“所以，林春，”钟龙华说，“今天你同我一起化装，我们到浮云寺去侦察一下。”

“好！”

“我们三个人一起去。”罗威说。

“你刚回来，队里还有很多事要你去处理。”钟龙华说，“还是我和林春去吧。”

“钟龙华同志，”罗威提醒道，“敌人在暗，我们在明，庙里也不知道藏着多少敌人，你们这样去，太危险了。”

“不入虎穴，焉得虎子？我们注意些就是了。”

“我的意见还是多带几个人去。”

“人多了反而不好。”钟龙华坚持说，“现在没有证据，我们也不能强行搜查。我们两个人去的目的，就是想把他们引出来。这叫引蛇出洞！”

“这样吧，”罗威安排道，“为安全起见，我叫刘清带一个班，化装成砍柴樵夫，埋伏在庙外山上。需要时，他们可以及时支援你们。”

“也好。”

5

钟龙华绅士打扮，头戴礼帽，长衫马褂，戴一副墨镜，手持文明棍。林春扮成他的随从。两人骑马来到浮云寺，在寺前下马。

钟龙华打量了一下这座寺庙，庙虽说不大，但还算是整洁气派。时近中午，进出寺庙的游人香客不多。

钟龙华和林春走进大雄宝殿，殿内有三个和尚，正在打坐诵经。

田野见钟龙华两人进来，忙起身相迎。

田野双手合十，问道："两位施主，是来烧香拜佛，还是……"

"在下久在外地经商，"钟龙华优雅地说，"素闻浮云寺乃名刹宝地，观光胜景。今日闲来无事，特来贵寺，想游览一番，不亦乐乎！不知方丈允否？"

"施主乃文人雅士，既来游玩那就请便了。"

"听方丈口音，像是南昌人？"

田野一惊："施主果然见多识广，贫僧确是南昌进贤人氏。"

钟龙华一抱拳说："方丈，多有打扰，我们随便自己走走看看。"

"两位施主请便！"

钟龙华、林春出了大殿，向后院走去。他们不知道，在远处，有一双眼睛正盯着他们。

"老方丈不见了，换了个中年方丈。"林春轻声说，"小和尚也不见了。原来的和尚全都对不上号。"

"有问题！"钟龙华小声嘱咐道，"我们小心些。"

6

王效把田野叫进禅房，关上门。

“田组长，”王效着急地说，“刚才那个绅士打扮的就是中央苏区派来的特派员钟龙华，我的死对头。另一个是箭山游击队的副队长林春。”

田野听了一惊，张大嘴，忙问：“他们碰见你了？”

“没有，他们一定是盯上我们了。”

田野随即沉吟一会儿说：“可能他们发现了刘林、刘飞头上有戒疤，因此怀疑上了浮云寺。”

“一定是这样。他们一共来了几个人？”

“就他们两个，骑马来的。”

“真乃天赐良机！干掉他们！”王效做了个手势，恶狠狠地说。

“好！”田野点头说，“趁着中午时分，香客游人少，正是动手的绝佳时机。”

“你去装作给他们当导游，”王效安排道，“把他们引到后面碑林僻静处。我带叶富、李青事先埋伏在那里等候。”

“好！”

钟龙华和林春见西侧有三间偏房，两人信步走了过去。在经过窗户的时候，他猛然间听见从屋里传出一阵细微的“嘀嘀嗒嗒”的收发报声。钟龙华见窗户遮挡得严严实实。他附在林春耳朵上轻声说：“你看着外面，我进去。”

钟龙华正要推门进去，背后传来田野的喊声。

“施主请留步！”

钟龙华、林春回过头来，田野快步来到两人跟前。

“施主，这是庙里僧人的住房。施主要看好景致，贫僧给两位当免费导游。”田野说道，“这寺院后有一处碑林，立有几十块碑。有宋元明清以来历代数位皇帝的祭文，更有许多文人墨客留下的诗词文章。其中就有我们江西名人文天祥的一篇佳作。值得一看！”

“哦，”钟龙华说，“这里还有此等好去处？当真值得一看！”

钟龙华跟林春使了个眼色，两人跟着田野来到庙后碑林。当真是个好去处，几十块石碑立在苍松古柏之中。田野讲解着，带着钟龙华、林春一路走过去看过去。突然，从身后传来一声大喝：“不准动！举起手来！”

钟龙华、林春转过身来，只见身后两丈处，两个和尚李青、叶富正端着枪对准他们。田野也迅速地跑到他们前面，掏出一支手枪，指着他们。

“两位，乖乖地把手举起来！”

钟龙华哈哈一笑说：“方丈，出家人怎么也玩起枪来了？我们可是正经的生意人。”

“哼！正经生意人？”田野叫一声，“王少校，出来。”

王效从碑后转出得意地说：“两位，别来无恙！你们想不到吧，钟特派员、林副队长，真是山不转水转！想不到我们这么快又见面了！前天，你们杀了我们的两位好兄弟刘林、刘飞。一报还一报，只是想不到这报应来得这么快！”

钟龙华摘下礼帽，王效神经般地喝道：“别动，老实些！钟特派员，我问你，你这次到箭山地区来的任务是什么？”

“这就是你千方百计想知道的吧?!”

“其实，你不说我也知道。”王效说，“你是想保住大铁桥，让你们这支残兵败将通过大铁桥窜入湖南，继续犯上作乱。告诉你，这是痴心妄想，白日做梦！你们的苏区已经完蛋了！我们英明的蒋委员长已经布下四道封锁线。我们这是第一道防线！”

钟龙华笑了：“这就是你们所谓的铁桶计划吧？”

“不错，‘铁桶计划’！可惜你知道得太迟了。我们已经在大铁桥上埋了两吨炸药。一旦你们数万败军进入虎穴地区，我们就会把大桥炸毁。到时候，你们在我军铁桶般的围攻下，上天无路，入地无门，就等着做第二个石达开吧！我敢断言，你们连第一道封锁线都过不去，哈哈哈哈！”

王效得意地仰天大笑。

突然，从他背后传来一声大喝：“所有人都举起手来！不准动！”

王效等人回头一看，只见十几个粤军，站在他们身后，端着冲锋枪、步枪指着他们。

“哈哈，”王效对粤军们挥着手，高兴地说，“粤军弟兄们，千万别误会！我们是一家人！”

谢峰命令：“上去！把他们的枪都缴了！”

立即就上来四名士兵，把王效四人的枪全缴了。

“粤军弟兄们！”王效说，“我们真的是一家人，我们都是蓝衣社汪处长的部下。汪处长跟你们白司令，是同志加兄弟，兄弟加朋友！”

谢峰命令：“把他们四个绑起来！”

八个士兵，两个绑一个，把王效四个绑了起来。

王效挣扎着说：“长官，你们搞错了，这两个才是真正的共党赤匪！这个头戴礼帽、穿长衫马褂的，是共党中央苏区派来的特派员，叫钟龙华。另一个是箭山游击队的副队长，叫林春。我把这两个要犯送给你们，算是你们抓到的。你们把他们两个押送到虎穴城白司令那里，可以领到五千大洋的赏金！还可以官升二级！”

谢峰大喝一声：“把他的狗嘴堵上！”

一个士兵脱下一只臭袜子，塞进王效的嘴里。

钟龙华上前跟谢峰耳语了几句，谢峰立即命令两个士兵同林春一起走了。不一会儿，林春背着缴获的电台，两个士兵押着被绑的郑天过来。

这一刻，王效几个终于彻底明白了。王效拼命挣扎，嘴里呜噜呜噜说不出什么。一士兵上来，一枪托把他打翻在地。

田野大声喊道：“我要到白司令那里去控告你们！你们勾结共党……”

另一士兵一枪托把他打倒在地，骂道：“你到阎王殿告去!”

林春和刘清站在旁边一块碑后。

“没事!”林春解释说，“这些粤军，都是上次我和特派员联系好准备起义反正的。那个班长，是我表哥。他跟王效，跟国民党反动派有血海深仇!”

“这样我们就放心了。”刘清说，“刚才，我们正准备冲出来，对那几个特务开枪。突然看到上来一伙粤军，他们一上来就把那几个特务的枪缴了。我当时就蒙了，看不懂。”

“刘清，你先带着队员和电台回去吧！这里没事了。”

林春把电台交给刘清。

“特派员说，我们有了电台，就可以直接和中央联系了。”

“那真是太好了!”刘清说。

7

谢峰命令士兵们把五个特务带到碑林右边一道深沟边，随即命令先把田野、李青、叶富、郑天四人处死以后，把尸体扔进了大沟。然后，他命令王效跪在沟边。

“王效，”谢峰咬牙切齿地说，“你还记得一个多月前的那天吗?你们这群狗特务，在麻子坡杀害了我的父母，我六岁的儿子，还有我的妻子和她肚子里八个多月的孩子，残忍地杀害了我的一家！今天，我要向你索命!”

王效眼前立即浮现出麻子坡那惨绝人寰的一幕……

“当时我打猎回来，向你们开了一铳。”谢峰恨恨地说，“你从地上爬起身，向我开了两枪，没打中。但我永远记住了你这张嘴脸，记住了你两眉之间这颗血痣!”

谢峰遥向麻子坡方向，大声喊道：“爸、妈、秀兰、冬伢子，你们在天有灵，我在这里给你们报仇哇!”

说完，谢峰从一个士兵手中拿过一支上了刺刀的步枪，对准王效的后心刺去。王效倒在地上，谢峰端着刺刀，对准王效连刺了几十下。

一个士兵把王效血肉模糊的尸体推下了深沟。

谢峰泪流满面，仰天大喊：“爸、妈、秀兰、冬伢子，我给你们报了仇雪了恨!”

喊声在群山谷中久久回荡!

8

浮云寺后院，钟龙华和谢峰边走边谈。

“谢班长，”钟龙华说，“今天你怎么来到浮云寺？还真帮了我们的大忙。”

“特派员，”谢峰说，“我是特地带人过来找王效报仇的!”

“你怎么知道王效躲在浮云寺的?”

“这事说来也巧。昨天，我班上两个士兵来浮云寺游玩上香，无意中发现了他。我们全排的士兵都知道我家的灭门仇人的两眉间有一颗绿豆大的血痣。回来后就告诉了我。今天，我就带了我那一班弟兄赶过来寻仇，不想在这里正好遇上了你们。”

“幸好你带兵及时赶到。不然，今天还真有些麻烦，还不知道能不能全身而退呢。”

“特派员，其实，从这里到大铁桥很近，也就十来里地。”

钟龙华说：“谢班长，其实，你最大的仇人还不是王效，是一个叫汪清泉的，他是国民党蓝衣社特务头子。麻子坡惨案就是他带着那伙特务干的。”

谢峰恨恨地说：“好，汪清泉，这个人我记住了，以后他千万别叫我撞上。”

两人走出山门，坐在大门外的麻石台阶上。

钟龙华问："你们那边，陈排长的准备工作做得怎么样？"

"万事俱备，只等东风。"谢峰说，"我说的东风，就是你们。特派员，我正想跟你汇报一下，进展一切顺利。我们排其他两个班长和陈排长都是铁哥们儿。另外，桥对面三排有一个班长叫刘刚，东征时就和我表哥结为生死兄弟。我们在一起歃血为盟，大家都愿意跟陈排长一起反正起义。我们一切准备工作就绪，只等你的号令。"

"好！"钟龙华说，"现在我们游击队也清除了王效这个特务，队伍上下团结一心。"

"特派员，那我们什么时候开始行动。"

"快了，应该就在这几天。"钟龙华说，"今天，我们缴获了敌特的一部电台，我回去后就可以直接和上级取得联系。具体行动方案和具体行动时间定下来后，我会派林春同志来通知你们。"

"好！我回去后告诉陈排长，我们等候你的消息。"

钟龙华、谢峰站起身握手，钟龙华点点头："好！再见！"

"再见！"

9

石门寨后山野猪坑。文中书坐在院子里，正在抽水烟晒太阳。雷龙梅和小兰坐在旁边补衣服。

"梅儿，要说你年纪，也二十多了。"文中书说，"在我们乡下，像你这年纪的，都做妈了。前两天，石寨主跟我谈话，说想娶你做他的三儿媳。"

"军师，"雷龙梅坚定地说，"龙梅这辈子不嫁人了，留在你身边伺候你老。"

"闺女，这可不行！你爸临终前把你托付给我。我也知道，把你嫁去石家，实在不合适，真正是委屈死你了。石家那三儿，过了今天还不知道有没有明天。”文中书说道，“其实，我心里也明白，在你心里，只有一个钟龙华，但他是一个有组织的人啊！”

小兰说：“龙梅姐真不能嫁给他石家三儿，凤凰怎能配乌鸦呢？”

文中书抽了一阵水烟，问雷龙梅：“你这些天出去，打听到阿华的消息了吗？”

雷龙梅摇了摇头说：“没有，不过，我听人说，前些天夜里，游击队大闹虎穴城白匪司令部。我想，这肯定是龙哥他们干的。龙哥他没有走远。”

“嗯，也许他就在附近，你到大铁桥那里去看看。”

就在这时，石家大嫂吕婵、二嫂柳英走进院子。

雷龙梅忙站起身招呼：“大嫂、二嫂来了，坐吧。”

“不坐了，一会儿我们就走。”吕婵说，“昨天，你大哥、二哥和村里几个猎户，在山上打了一头大野牛。爸叫我俩送几斤来给大伙吃。”

“多谢寨主。”文中书说。

“妹子，”柳英说，“你外婆这两天身体不适，念叨着你哪！”

“什么？”雷龙梅着急地问，“我外婆有病？”

“其实，也没什么大病，就是想你呗。”大嫂吕婵接过话说，“她叫我们俩来接你回寨子住两天。”

“既然外婆没什么病，那我就不回寨子了。”

“走吧！”柳英说，“我俩还请不动你一个？”

文中书也劝说道：“难得你大嫂、二嫂来叫你，你就跟她们一起回寨子住上两天吧！”

“看！军师都同意了。我们走吧！”柳英说。

文中书交代说：“到了晚上，还请大嫂、二嫂多加操心。”

“军师放心！”大嫂吕婵说，“有我和二嫂，不会叫龙梅受委屈的。”

“那就好！梅儿，跟你两位嫂嫂走吧！”

石家，石寨主一家吃完了晚饭。

柳英说：“妈，石松今天去我娘家了，今天晚上不回来了。我领着三个孩子，这么大一个房子，晚上我有点怕。你看就叫龙梅到我家住，给我做个伴。”

“还是叫她住我后院西屋吧。”

“后院西屋久不住人，阴森森的。老鼠又多，晚上睡那里挺吓人的。”

外婆说：“阿梅要是不嫌脏，就跟我睡一张床。”

石母赶紧拦住说：“那还是去老二家，老二家有现成的客房吧？”

“有，我家那西厢房本来就是客房。”柳英说，“前几天小孩他外婆还在西屋住了几天，直夸房间干净整洁。”

“舅母，”雷龙梅说，“我就去二嫂家住，给二嫂做个伴。”

石母无可奈何地说：“好吧。”

柳英家西屋里，干净整洁。柳英把床单铺好，问道：“妹子，这屋怎么样？”

“挺好，挺干净的。” 雷龙梅说。

“今天晚上我睡这里，你去东屋睡吧。”

“那怎么行？三个小孩……”

“小孩没事。”柳英说，“这么晚了，他们都尿过了，一觉睡到天亮。那里有张单人床，我刚才收拾好了。你今晚就睡单人床。”

雷龙梅说：“那好，二嫂，我过去了。”

10

下半夜，一个瘦小的身影翻过柳英家院墙，来到西屋。他从门缝中伸进一把小刀，轻轻地把门闩拨开，然后轻手轻脚地进了屋。他走到床前，隐约地见床上被子里躺着一个人。他轻轻掀开被子，钻了进去。他用手抱着那个人，翻身爬在她身上。

柳英猛然惊醒，大喊一声：“谁？”

石柏用左手捂住她的嘴说："是我，心肝宝贝！不要喊！"

柳英拼命挣扎。石柏用右手去脱她的内衣，内衣被撕开。他又开始扒柳英的内裤，柳英急了，一口咬住石柏捂她嘴的手。

石柏大叫一声："哎哟，我的亲娘！你怎么像狗一样咬人？"

柳英趁机奋力一推，把石柏掀翻在地。石柏坐在地上大哭："妈呀，妈呀，你快来呀！她不肯还咬我，呜，呜！"

石母提盏马灯进来。

石母问："怎么回事？三儿，你怎么啦？"

"妈，她不肯！"石柏说。

"谁不肯？"

"龙妹不肯！"

"贱人！"

石母骂一声，走上前，一把掀开裹着被子的柳英，不由分说，扯着她一只耳朵。

石母咬牙切齿地骂道："你这个贱人！你是富家千金，还是金枝玉叶？你三番五次的就是不肯就范！"

柳英痛得大叫："妈呀！错了！"

"错什么错，今生姻缘前世定，错不了！"

"妈，我是老二家的！"

"什么？老二家的？"石母提起马灯细看说，"怎么又是你？阴魂不散！"

这时，吕婵也提着马灯走了进来问："老二家的，你家半夜三更闹什么鬼？"

"老大家的，你快把老二带走！"

"哎呀呀！"吕婵一扭头说，"老三你这次怎么脱光了跑到你二嫂的屋里来？真丑！"

石母脸一变，斥道："你胡说什么？快把他带走！"

吕婵叫石柏穿上衣裤，领着他出去了。

"妈，你得为我做主哇！"柳英不依不饶地说，"老三他半夜三更强闯进屋想非礼我。这事要传出去，小叔子欺嫂，以后叫我还怎么做人哇！呜……呜……石松要是知道了，把我休了……”

石母气得照着柳英的白大腿上、身上，一阵乱拧，边拧边骂：“你个八婆，一次又一次地坏了我的好事，还在这里装委屈！”

柳英突然疯笑起来说：“哎哟！妈，你别老往我胳肢窝下挠啊！痒痒的叫人怪难受！”

“你这浪货！”石母骂道，“真气死我了！”

雷龙梅站在窗外，看着这一幕，暗自垂泪。

第十九章
飞夺铁桥

1

虎穴城白匪“剿共”司令部。

“于副官，”白湘君说，“给我端一盆热水来，再给我头上敷条热毛巾。”

于副官端来一盆热水，拧了一把热毛巾，敷在躺沙发上的白湘君的额头上。

“我今天是怎么啦？人冷的天头上冒冷汗，心慌慌的！”

“司令，”于副官说，“要不我去请个郎中来，给你看一下病？”

白湘君摇摇手说：“算了，这点头痛脑热的，算什么病！”

这时，汪清泉走了进来，问：“白兄，怎么？身体欠安？”

“没事。就是心里堵得慌哇！”白湘君叹了口气说，“你说，磨刀谷伏击战，我们的计划多完美！硬是叫那几个共党给破了阵！司令部，戒备多森严！他们说来就来，说走就走！我还特地准备了付连长一支人马，把司令部围得水泄不通。他们还是能全身而退！厉害，实在是厉害！”

“一次小小的失败，白兄不必介意！”汪清泉安慰道，“俗话说：胜败乃兵家之常事！”

“话是这么说。但我们确确实实应该好好想想，为什么我们一而再、再而三地败给了共产党呢?”

“白兄，我现在是来给你报喜的。”

“何喜之有?喜又从何来?”

“天大的好消息!”汪清泉笑嘻嘻地说，“刚刚传来的捷报，国军昨晚攻陷伪都瑞金!”

“算是个喜事。不过，这新闻有没有水分?到底是真的还是假的?”

“这次是真的。广播里广播的，是中央社的新闻。”

“哈!”白湘君笑了，“中央社就是造谣社!连百分之十的真实性都谈不上。”

这时，于副官进来报告说：“报告司令，广州发来电文。”

白湘君问：“什么事?”

“昨晚国军攻陷伪都瑞金。”

“是不是?”汪清泉自信地说，“白司令，中央社的新闻也有真实的。”

“攻陷瑞金。”白湘君反唇相讥道，“请问汪处长，共党红军有没有全部、彻底、干净地消灭?那几个让我党我军闻风丧胆的共党头目毛泽东、朱德、周恩来，还有林彪、彭德怀等有没有抓到?庆父不死，鲁难未已!朱毛不抓，国无宁日!”

汪清泉被问得抓耳挠腮，不知所以。

“这个……这个……”汪清泉摇了摇头说，“这个还真不清楚。只听说国军攻进瑞金，发现竟是一座空城!朱毛红军都不知道往哪里去了!”

白湘君讥讽道：“看看，看看，我就知道中央军都是一群无能之辈!哼，打内战内行，打外战外行!”

这时，焦新进来报告：“报告处长，这是刚接到的急电!”

汪清泉接过电文，看完，递给白湘君。

“白司令，”汪清泉说：“共军在筠门岭跟贵军打了一仗。看样子他们的确在往这个方向运动。我预计五日之内，他们将到达虎穴城。”

白湘君看都不看把电文扔在桌子上说：“这个消息，总部已经早就电告我了。”

“白司令，我们应当尽早把大铁桥炸掉！”

“中央红军向这个方向逃窜，并不能说明他们想占领虎穴城，通过大铁桥进入湖南。”白湘君说，“他们也可能继续往北，重上井冈山，建立根据地。”

汪清泉一听，顿时哈哈大笑，眼泪都笑了出来。

“这是根本不可能的！”汪清泉掏出手绢擦了擦眼泪，笑着说，“稍有军事常识的人都知道，井冈山乃弹丸之地，人少地薄，根本养活不了这支数万人的军队。重上井冈山，等于自取灭亡。哼！”

白湘君看到汪清泉嘲笑自己那副得意的样子，心中顿时一股无名火升起。他强压着怒火才没有发作，只是冷冷地说：“你在笑话我不懂军事常识？”

汪清泉连忙摇手说：“岂敢岂敢！白兄，我这纯属口误。”

“我觉得一切皆有可能！”白湘君说，“你们太小看共产党了。共产党可上九天揽月，可下五洋捉鳖！蒋委员长就是因为目空一切，除了中央军嫡系，看不起任何人。才落得一、二、三、四次‘围剿’，叫共军杀得人仰马翻，一败涂地！”

“白兄，我并非嘲笑你不懂军事。”汪清泉解释道，“我的意思是要尽快把这座大铁桥炸掉，以免到时共匪大军突然兵临城下，我们措手不及。”

“谢谢汪兄提醒。”白湘君伸出右手，握成拳，“不过，一切尽在我的掌控之中！”

汪清泉讪讪地说：“好吧，那我告辞了。”

“不送！”

2

汪清泉带着焦新匆匆走出司令部，在院子里坐上轿车。

“处长，”焦新说，“我看这个白湘君太自负太狂妄了！简直目空一切！”

“骄兵必败！”汪清泉说，“这种人，哼！脓包一个！误党，误国，误军！”

“处长，我们是不是得来个先下手为强！”

“现在时机未到。”汪清泉摇了摇头，停了一下说，“再说，我们现在的人手实在是太少了。也不知道王效、田野那边情况如何？从昨天中午以后，电台就中断了联系。凶多吉少哇！唉！”

汪清泉无可奈何地一声长叹。

看着汪清泉走了出去，于副官说：“我觉得现在把大桥一炸也蛮好的！可以高枕无忧，万事大吉！”

白湘君脸一沉，训道：“你蠢得简直就像头猪！你为什么就不动动脑子好好想想？正因为有了这座大铁桥，这虎穴城一马平川、沃野百里的富饶之地，才归了我们粤军管辖。每年从这桥上来来往往的商旅不计其数。光这一项每年我们收的税就有几十万大洋，才养活了我们这支军队风雨不愁衣食无忧！”

“司令高见！”

“你如果听了汪清泉这厮的忽悠，”白湘君继续说，“把这大桥一炸，虎穴城这块飞地，就成了蒋介石、汪清泉之流的囊中之物。我们这两千多人马，顿时就成了孤魂野鬼、无家可归的丧家之犬。”

“司令，那我们什么时候才能炸桥？”于副官问。

“只有等到共军真的大军压境，兵临城下，我们逃命的时候，才可以把桥炸掉。”白湘君说，“记住，任何时候，逃命永远是第一位的。”

于副官竖起拇指：“司令真是深谋远虑。”

3

游击队驻地队部，钟龙华正在调试电台。

林春问：“特派员，这电台能用吗？”

“能用。”钟龙华说，“这还是一部最新式的美国电台。有了电台，我们就可以直接和上级领导联系了。中央的指示，我们当时就能收到。”

“这真是顺风耳！”罗红说。

“好了，我调试好了。”

钟龙华按照规定频率，开始呼叫上级组织。

中央红军临时驻地。报务员走进李处长办公室汇报：“报告处长，我们电台收到一个不明信号。对方自称是‘金雕’。他要求直接和你联系。”

李处长一听大喜，说：“好！我们期待已久的‘金雕’，终于在最关键的时刻出现了！”

李处长收到钟龙华的电报后，直接向周副主席汇报说：“周副主席，‘金雕’钟龙华同志刚刚用电台和我们取得了联系。”

周副主席脸上露出笑容，问：“好！他那边情况怎样？”

“一切顺利！”李处长汇报，“他和游击队的同志们都做好了充分准备，他们同时联络好了守桥的一部分粤军官兵。只等中央一声令下，他们就可以立即夺取大铁桥的控制权，并确保中央红军顺利通过大铁桥西进湖南。”

“好同志！”周副主席说，“在千钧一发、生死关头的关键时刻，我们党我们红军这些优秀同志，总是给我们传来好消息！李处长，我们到达虎穴城还需要多少时间？”

“前锋部队在七十二小时就能到达虎穴城。”

“好!”周副主席指示说，“你电告‘金雕’同志，让他按这个时间表去安排他们的行动计划。”

李处长说：“是!”

4

游击队驻地办公室里，随着一阵“嘀嘀嗒嗒”的收发报声后，钟龙华关上了电台。

“同志们，”钟龙华说，“中央已经复电了，中央指示，七十二小时后，我们中央红军的先头部队就将到达虎穴城下。”

罗威、罗红、林春齐声说：“好！我们中央红军终于来了!”

“罗威同志，我们四个人来研究一下具体的作战方案。”

罗威说：“钟龙华同志，你先说。我知道这段时间，你心中已经有了一个成熟的行动方案。你先说出来，我们三个再做一些补充。”

“那好，我先说一下。”钟龙华说，“这次行动，既不能太早，也不能太迟。我们游击队加上陈排长他们一个多排的兵力，大约是二百人。如果行动太早我们将面对近两千敌人疯狂的轮番进攻，压力可想而知。但也不能太迟，迟则生变。”

“行动时间我认为明天晚上下半夜2点左右最合适。”罗威说。

林春、罗红说：“同意这个时间。”

“我也认为这个时间最好。看来我们是不谋而合了。”钟龙华说，“我们在后天天亮前夺取大桥的控制权后，首先割断电话线，封锁消息。这样，白湘君得到我们控制大桥的消息，最早也是在后天上午9点以后。我们只要坚持到天黑时分，中央红军的前锋部队就会到达虎穴城。届时，敌人腹背受敌，不攻自破!”

“我同意钟龙华同志的计划安排。”罗威说。

林春、罗红异口同声地说：“我也同意!”

“林春和王成明天一早动身去大桥同陈排长、谢峰取得联系，告诉他们我们行动的具体时间。我们队伍在后天凌晨1点左右到达大桥，2点准时行动夺取大桥控制权。”

“好！”林春说。

钟龙华继续说：“具体安排是这样，罗威、罗红同志带陈宝、张猛两个小队，迅速占领桥东要塞，山上构筑工事，准备抵挡敌人的进攻。我和林春、刘清小队以及陈排长部分人，按计划解决桥西连部的两个排，控制大桥的东西两侧。同时，林春同志负责第一时间切断敌人的电话线和大桥炸药的控制引爆线。”

“我们要特别强调，”罗威说，“这次行动，要不费一枪一弹解决战斗。这样，就不会过早惊动虎穴城的敌人。”

“对！大家如果没有其他补充意见，就按这个计划行动！”

罗威、林春、罗红说：“没有意见！”

夜，星光稀疏。游击队行进在山路上，很快走进一片树林。突然，从树后跳出五个人，挡在游击队队伍面前。

刘清大喝一声：“谁？干什么的？”

欧阳玉答道：“阿华，是我。”

钟龙华惊讶地问：“阿玉，你怎么会在这里？”

欧阳玉转身对同来的四名白虎堂弟子说：“你们可以回去了。”

四位弟子：“听从小姐命令！”

四位弟子走了。欧阳玉说：“晚上天黑，怕路上不安全，就让他们护送我来了。”

钟龙华问：“阿玉，你来干什么？”

“阿华，”欧阳玉说，“我要跟你们去大铁桥！”

“你怎么知道我们去大铁桥？”

“还是那句话，我爸是白虎堂堂主，没有什么我不知道的事。”

“阿玉，”钟龙华埋怨道，“你这次真不应该来。”

“不，我要来，”欧阳玉任性地说，“我就是要来！我知道，你这次一走，也许我们就成了永别，我要跟着你！”

“特派员，”罗红帮着说，“你就让阿玉妹妹跟我们一起去吧。”

“好吧，”钟龙华说，“既来之，则安之，就跟我们一起走吧。”

5

部队走近桥头，树林里传来两声猫头鹰的叫声。刘清回了三声，只见树后转出林春、王成、谢峰三人。

“特派员，”谢峰上前说，“陈排长已经做好了一切准备。就等你们到来。”

“好！”

“陈排长在等你，我们走！”

只见不远处，陈胜迎上来，他紧紧地握着钟龙华的双手说：“特派员，我和我们排的全体官兵，期盼着的这一时刻，终于到来了！”

“陈排长，谢谢你！”钟龙华介绍说，“这位是游击队队长罗威同志。罗威同志，这位是陈排长！”

陈胜和罗威两人握手问好。

陈胜说：“罗队长，在箭山地区，久闻罗队长威名！”

罗威说：“陈排长，我们革命队伍欢迎你！”

钟龙华说：“陈排长，先谈一下你的安排。”

“特派员，”陈胜说，“桥西今晚正好是刘刚班值班。他全班人左手臂上都扎有一条白毛巾。我们排全体人员也是左臂上扎一条白毛巾。谢峰带一个班协同罗队长在这边山上构筑工事。我亲自带两个班同你前往桥西，一同解决桥西二、三排及连长丁少魁。”

“好！我们有一个小队，加上你们两个班。”

“一些注意事项，我都跟大家交代过了。”陈胜接着说，“总之，这次行动要快，最好不放一枪。另外，占领桥西后，由你们游击队安排人防守。我全排兵力拉回桥东阵地。明天肯定会是一天的恶战。”

“对！”钟龙华说，“现在时间还早，两点准时行动。”

陈胜同钟龙华带领行动队伍来到大桥桥头，陈胜打开手电筒，向桥西头一开一关晃了三次。须臾，对方的手电一开一关回了四次，接头暗号对上了。

“特派员，刘刚回应情况一切正常。”

钟龙华说：“好！开始行动！”

陈胜、钟龙华带领行动队伍快速向桥西运动。

到了桥西，刘刚迎了上来，说：“陈排长，一切正常！可以按原定计划行动。”

陈胜介绍说：“刘班长，这位是游击队的钟特派员。这位是刘班长。”

两人热情握手，钟龙华说：“我们革命队伍热诚欢迎你！”

刘刚说：“特派员，我们也早就盼着这一天的到来！”

“特派员，”陈胜说，“我们开始行动吧！”

“好！你指挥！”钟龙华说。

“各就各位，按计划开始行动！”陈胜发出行动号令。

6

一个行动小组包围了一座宿舍，两个士兵轻推开宿舍门，见十几个士兵全部熟睡。战士们把所有枪支弹药都搬到门外堆放。然后留下三名战士看押。

另一个行动小组进了另一间宿舍，士兵们抱着枪支出门，响声惊动了白狗子班长。

白狗子班长坐起身问：“干什么的？”

一个战士用枪顶着他说：“不准说话！躺下！”

那班长抱住士兵的枪，想抢夺枪。另一个战士一刺刀，扎进了那白狗子班长的后心，白狗子班长倒在床上，鲜血直往外喷。其他白匪都被惊醒了，有的想爬起身。战士们低声喝道：“都不准动！谁动打死谁！都给我老老实实躺在被窝里！”

一个行动小组去抓二排长。二排长喝醉酒正在床上呼呼大睡，稀里糊涂地就被缴了械，做了俘虏，塞上嘴巴，五花大绑。

一个行动小组去抓三排长。三排长是个老兵痞，他睡觉时把门从里面顶得死死的。刘刚手下的士兵张东俫，示意其他人靠后躲起来。他上前敲门，三排长问：“谁？干什么？”

“报告排长，是我。”

三排长问：“你是谁？”

“我是二班刘班长手下张东俫！”

“半夜三更的，有什么事？”

“排长，刚才我们在桥头抓住一个叫阿秀的女人。”

“是不是瓜子脸、丹凤眼、三十来岁的女人？”

“对，她说来找三排长。刘班长说她是奸细，就把她关了起来。”

“混账东西！”三排长骂道，“老子的女人他也敢关？把她给我放了送上来！”

“不行呀，排长。”张东俫着急地说，“刘班长他走了，他把钥匙也带走了。那女人在屋里哭哭啼啼。她给了我一块银圆，央求我给你报信。我这才偷偷地跑来了。”

“刘刚这王八蛋，老子明天撤他的职！张东俫，让你小子顶替他当班长。”

屋门开了，三排长边扣着衣服边走了出来问：“你小子敲了她一块大洋？”

张东俫从口袋里掏出一块大洋，递给三排长说：“排长！银圆孝敬你。”

三排长接过大洋，放进口袋里，笑着说：“你很懂事。操！正打瞌睡就送来个枕头。嘿！正想女人……”

刚走到墙角，张东俫突然伸出一只脚，把三排长绊了个狗吃屎。两个战士扑了上去。三排长往前一滚，两个战士扑了空。他一个鲤鱼打挺，刚站起身，一个战士用枪指着他。他左手抓住枪管，身子猛地蹲下，一个扫堂腿，战士倒在地上，枪被他夺在手上。后面刘清一步上前，对准三排长一刺刀捅去，白狗子三排长前后心来了个对穿，倒在地上。

陈胜带钟龙华、欧阳玉去抓捕白匪连长丁少魁。

来到丁少魁房门口，只见房门紧闭，陈胜侧耳听了听屋里，鼾声如雷。陈胜示意钟龙华、欧阳玉躲到一边。他上前敲门，里面鼾声即刻停了。他又加重敲了几下，里面丁少魁问："谁？"

"我，一排长陈胜。"陈胜说，"丁连长，于副官来了。"

"于副官现在哪里？"丁少魁问。

"他在我桥东办公室等你。"

"为什么不打电话？"

"不知道什么原因，电话突然打不通了。"

"他找我有什么鸟事？"

"不知道。他只是叫你赶紧去见他。"

好大一会儿，门开了，丁少魁走出房门说："走吧！"

陈胜刚转过身，丁少魁在背后用枪指着他后腰。丁少魁喝道："别动！把手举起来！"

丁少魁另一只手把陈胜的枪下了。

"丁连长，你这样的玩笑千万开不得，小心枪走火！"

"陈胜，你老实告诉我，你骗我出来究竟想干什么？"

"丁连长，我没骗你。于副官真的来了，他就在我桥东办公室等你！"

丁少魁冷笑一声说："小样儿！你还编，继续编，接着编，我告诉你，于副官这会儿是不会来的，少跟我来这套！"

"丁连长，真的，我没有骗你！……"

丁少魁恶狠狠地打断他的话："闭嘴！再说，我先把你毙了……"

就在这时，"嗖"的一声，一支小箭正中丁少魁的太阳穴，丁少魁倒在地上。

陈胜迅速转身把丁少魁的枪抓在手上，他伸手探了探丁少魁的鼻息。

“死了！”

陈胜站起身，见欧阳玉从一棵大树后出来，手中拿了一支小小的弩。

“谢谢你！”陈胜说。

陈胜叫两名士兵把丁少魁的尸体抬走，扔进旁边的大深沟里。

这时，各行动小组陆续前来向陈胜、钟龙华报告情况，没费一枪一弹，完全控制了局面。

陈胜从丁少魁身上裤腰袋上拿下一串钥匙，他交给钟龙华。

“特派员！给你，这是山洞控制室的大铁门钥匙。”

钟龙华接过钥匙，放进了自己的裤袋里。欧阳玉把这一切都看在眼里。

7

天色渐渐地亮了起来。

钟龙华、罗威、陈胜一行在检查桥东山上的工事。

“一般每天早上8时，于副官会准时打电话来询问大桥情况。”陈胜说，“现在电话打不通了，白湘君肯定起疑，一定会派人前来检查。估计10点钟，战斗就会打响。”

钟龙华说：“林春，你先安排大家抓紧吃饭，饭后可以休息一会儿，我们好以逸待劳。”

“马上就开饭了。” 林春说。

“我到桥西去安排一下。”钟龙华说，“顺便去一下控制室，把电线剪断，拆除控制开关。”

“阿华，”欧阳玉说，“我同你一起去。”

钟龙华想了一下说：“好吧，我们现在就走。”

钟龙华和欧阳玉在桥西巡查了一圈，看了看那些俘虏情况，并交代了刘清一些要注意的地方。钟龙华最后说："阿玉，现在我们去看看控制室。"

欧阳玉高兴地说："好！"

两人走到山洞前。只见山洞修得非常隐蔽坚固。钟龙华掏出钥匙，打开大铁锁，推开大铁门。山洞有一个大房间那么大，里面靠墙一张桌子，操控开关就放在桌子上。钟龙华走到桌子前，从口袋里拿出一把剪刀。

钟龙华说："阿玉，白湘君在几个桥墩上安放了两吨炸药。这是电控开关。只要双手握着把柄，用力往下一压，这座法国工程师建造的坚固大铁桥，随着一声巨响，顷刻间就倒塌了，通途重新变为天堑。现在，我用剪刀把这两根电线一剪断，我们就再也不用担心这座大铁桥会被炸毁了。"

身后传来欧阳玉冷冷的声音："阿华，你不准剪！把你的双手举起来，再转过身来！"

"阿玉，"钟龙华笑着说，"你又开玩笑了，在你家你就开过这么一次玩笑。你最喜欢开玩笑了。"

"阿华，这次是真的。不准剪！把双手举起，转过身来。"

钟龙华把剪刀放在桌子上，举起双手，慢慢地转过身来，面对着欧阳玉。

"阿华，"欧阳玉命令道，"现在，我要你把操控开关的把柄压下，把大铁桥炸掉！"

钟龙华吃惊地问："阿玉，为什么？"

"以后我会慢慢跟你解释清楚为什么。现在，我需要炸掉它！"

"不，阿玉，"钟龙华斩钉截铁地说，"你知不知道，炸掉大铁桥，你我就成了中华民族的千古罪人！"

"阿华，你没有真正地爱过我？"

"不，阿玉，"钟龙华真诚地说，"我是真心实意地爱你！这段日子，你和你家，给了我很多帮助。我还要真心地感谢你！感谢你一家人!”

“阿华，算我求求你了，你听我的，我们把大铁桥炸了。”欧阳玉急切地说，“我带你马上去广州，然后去香港，再然后我们从香港去美国。我们远走高飞！从今以后，我再也不过问世事了。今生今世，我只想做你的贤妻，给你生儿育女，然后做一个良母，相夫教子。这一生，我会用心来爱着你!”

“阿玉，”钟龙华坚定地说，“大铁桥决不能炸！它是我们中华民族的瑰宝！它这次还肩负着十万红军的生死存亡!”

“不，阿华，这次你必须炸掉它！我这支枪里只有两颗子弹。如果你不炸掉大桥，我就开枪打死你，另一颗子弹留给我自己。现在，我已经别无选择!”

“阿玉，你千万别冲动！你好好想想，除此之外，我们还有另一种选择!”

“没有了!”欧阳玉绝情地说，“我现在数五下，如果你不压下开关，不炸掉大桥，我就开枪了！我现在开始数数，一、二、三……”

正在此时，从欧阳玉背后飞来一把飞刀，飞刀正插在欧阳玉的左后心。欧阳玉一声惨叫，一头栽倒在地。

钟龙华惊叫一声，赶紧上前，扶起欧阳玉。

钟龙华轻轻呼唤：“阿玉、阿玉……”

钟龙华抬起头，只见雷龙梅站在门口洞外。

“阿龙哥，”雷龙梅怯怯地说，“我是不是不该杀她?”

钟龙华抱着欧阳玉，先是点了点头，随即又摇了摇头。

“可是，阿龙哥，我见她就要对你开枪了。”雷龙梅坚决地说，“我是不会让她开枪的!”

“阿梅，你做得对!” 钟龙华安慰道。

钟龙华看见欧阳玉嘴角渗出鲜血，她慢慢地睁开了眼睛。

“阿玉，你怎么这么傻呢?”钟龙华说，“你是永远也炸不了大铁桥的。外面的电线在昨晚我们控制桥西头后，我就已经安排林春把它剪断了。”

欧阳玉脸上露出一丝惨淡的笑容，轻声说：“华哥，还是你赢了。其实，我的枪里根本就没有子弹，我只是想吓唬吓唬你。我要告诉你一个秘密，我是国民党中央组织部调查科广州站的一名高级特工。”

“其实，我早就猜到你是那边的人。”

欧阳玉苦笑一下说：“我也早就知道你是苏区中央的特派员。”

钟龙华说：“不管怎样，我还是要感谢你，感谢你的全家！”

欧阳玉两眼定定地看着他，央求道：“华哥，你抱紧我！”

“阿玉……”

欧阳玉眼角渗出了泪水，望定钟龙华，轻轻地说：“华哥，我跟着你，我真的不想死。我们……今生……注定……不能成为夫妻！永……别……了……”

欧阳玉说完，闭上了眼睛，头无力地垂了下来。

钟龙华又一次呼唤：“阿玉，阿玉……”

“阿龙哥，她是国民党特务？”雷龙梅问。

钟龙华轻轻地放下欧阳玉，站起身说：“对，她是国民党特务！”

雷龙梅恨恨地说：“龙哥，她既然是特务，那就该杀！”

钟龙华点了点头：“你做得对！阿梅，你怎么来到这里？”

“说来话长。”雷龙梅说，“阿龙哥，你走后不久，国民党就来了一个连的白狗子，他们攻下了我们寨子。我爸爸死了。白匪把雷公寨的男女老少都杀了。整个山寨，只剩下我、军师、雷虎等十八个人。寨子也被白匪一把火烧得干干净净。我们无处可去，就投靠了我舅舅，在石门寨后山野猪坑找了一处地方暂时落脚，那里到大铁桥其实很近，才十几里地。”

钟龙华说：“你们雷公寨都是因为救我，惹祸上身，才招来灭顶之灾。”

“阿龙哥，这不怪你，”雷龙梅说，“都是那些该死的国民党白狗子丧尽天良。我们寨前一个叫坳背的小村子，这班白狗子路过，就把全村几十口人全杀了。”

“国民党反动派欠下的血债，一定要叫他们加倍偿还！”

“阿龙哥，这些日子，我天天在这周围的山里转来转去寻找，就是想找到你。我知道你不会走远，我知道你不会丢下我不管的。今天，我终于找到了你。我再也不会离开你了！阿龙哥……”

雷龙梅扑在钟龙华怀里，她再也控制不住自己，放声号啕大哭起来。

钟龙华安慰她说：“龙妹，不哭了，以后龙哥再也不会把你丢下！”

桥东头传来一阵密集的枪声。

“龙妹，”钟龙华说，“你听，那边响起了枪声！一定是敌人来了。”

雷龙梅抬起头，擦干眼泪，态度坚定地说：“阿龙哥，走！我跟你去打白狗子！”

第二十章
何日彩云归

1

虎穴城白匪“剿共”司令部里，于副官正在打电话：“喂！喂！喂喂喂！”

于副官转身说：“司令，往大铁桥那边的电话一直打不通。”

白湘君说：“打不通继续打，直到打通为止。”

“司令，电话里连忙音都没有，应该是线断了。”

“这无缘无故的，线怎么会断呢？”

“司令，会不会叫共党游击队给掐断了？”

这时，正好汪清泉走了进来，说：“白司令，我获得可靠情报，共党的前锋部队已经到了离此不足百里的沙溪镇。如果不出意外，明天一早，他们就会出现在虎穴城下。”

“司令，这么说来，大铁桥会不会让共党游击队给占了？”于副官说。

“如果电话线断了，就完全有这个可能。” 汪清泉说。

“不可能！”白湘君肯定地说，“我那边是一个加强连。人员比游击队多，装备比游击队精良。再者我们是守，他们是攻。凭游击队那百十号人，那些破枪，乌合之众，要想攻占大铁桥，简直是痴人说梦！”

“白司令，”汪清泉说，“为保险起见，你不妨叫于副官带一连人先去看看。”

“于副官，你亲自带一个连去大桥看看到底是什么情况。”

“是！”

于副官和付连长骑在马上，一队白匪顺着大路往大铁桥开进。

于副官问：“付连长，你说这大铁桥会不会叫共党游击队给占了？”

付连长摇摇头说：“不可能吧，从昨晚到现在，为什么没听见一声枪响？他丁少魁也不是个尿货！一支小小的游击队怎么可能一枪不发就把他那一百五十号人给吃了？”

“是的，是的，你分析得有道理。我猜也不可能，看来是司令多虑了。”

“其实，我们就不该走这一趟，纯粹是劳兵伤财。”

“那为什么电话一直打不通呢？”于副官又问。

付连长说：“我分析啊，你问的这个问题有三种情况。第一，可能是大风把电线刮断了；第二，可能是耗子爬上电线杆把电线咬断了；第三，这第三点最最重要，有可能是卖破烂的把电线偷割去卖了。”

“你分析得非常深刻，非常有道理，完全有这种可能。”

一个匪兵跑过来报告：“报告于副官，报告付连长，前面翻过那个山口就到大铁桥了。”

“前面山上有什么情况没有？”付连长问。

“山上有些人在走动，看穿着，也是我们粤军。”

“那是守大桥的哨兵。”付连长命令，“叶排长，你带你们排上去看看，招子放亮点。”

一个排的白狗子在往山上爬来。

罗威说：“等他们靠近了再打，消灭他！”

白匪继续往上爬，近了，罗威大喊一声：“打！”

一阵密集的枪声，白狗子顿时倒下了十几个。

“别打啦！别打啦！”叶排长摇着手拼命大声喊，“陈排长，停！停！打错了，我们是自己人哪！”

“打！给我狠狠地打！”陈排长说。

战士们一阵猛打，白狗子又倒下了十好几个。只剩下叶排长带着五六个白狗子，连滚带爬地逃下山去。

叶排长见了于副官、付连长，哭诉着说：“于副官，正付连长，你们要为我主持公道，为我做主哇！我一个排的弟兄，叫丁少魁一阵猛打，就剩下这半个班。老子辛辛苦苦好不容易升到排长，这一转眼连班长都当不成了！”

“妈了个巴子！”付连长大骂，“丁少魁这狗日的，抓住他老子要剥他的皮、抽他的筋！”

“叶排长，”于副官问，“你看清了是丁少魁本人？”

“丁少魁没看见，我看见了他手下那个姓陈的排长。”

“不好！”付连长说，“是不是那小子投共反水了？”

“有这种可能！”于副官说，“这就能解释为什么电话打不通了。”

“于副官，我看这回丁少魁是凶多吉少，我也用不着剥他的皮、抽他的筋了。”

“付连长，你带剩下的两个排在这里佯攻，我快马加鞭回去搬救兵。”

“于副官，我这两个排的兵力怎么敢去进攻？”付连长说，“那不是硬拿着鸡蛋去碰石头找死吗？游击队一个反冲锋就把我给吃了。”

于副官皱皱眉说：“我是叫你佯攻。”

“羊攻？”付连长说，“哎呀！我的于副官，这会儿你叫我上哪儿去找一群羊来赶着去进攻？”

“我是叫你佯攻，不是叫你赶着羊攻！猪！”

“猪？”付连长说，“对呀！用羊，就是羊攻！换成猪，就是猪攻！”

于副官哼了一声说：“猪脑子！佯攻就是叫你作势假装进攻。这个羊字再加个单立人旁，不是叫你赶一群羊去进攻。你懂不懂？”

付连长连连点头："我懂，我懂！只怪我是个大老粗，斗大的字认不了两箩筐。"

于副官哼了一声："明白就好。"

说完，掉转马头，抽了一马鞭，马奔跑起来。

付连长大声喊道："于副官，你要快去快回，来晚了恐怕咱哥俩就见不着啦！"

"你顶住！"于副官说，"我快去快回！我这次得把那几门大炮拉来！"

2

钟龙华和雷龙梅来到阵地罗威身边。

"刚打了一仗，消灭了三十个白狗子。"罗威说，"这会儿，又没了动静，我估计他们应该是回去搬救兵了。"

"等敌人援兵到了，就是一场持久的大战恶战了！"

"对！大家已经做好了准备。"

"阿龙哥，"雷龙梅说，"我们雷公寨还有十八个人，就住在石门寨后山，我去把他们叫来，也能添一份力。"

"阿梅，我们真该感谢你了。"

雷龙梅说："感谢什么，白匪把我们的寨子毁了，把我们的亲人杀了，这正是我们报仇雪恨的时候，我们就等着这一天到来。"

"好！你快去快回！"

3

于副官跳下马，跌跌撞撞地冲进司令部。

"司令，司令！"于副官边跑边大声叫喊，"不好了！大铁桥失守了！丁少魁带着队伍都投了共党游击队！”

“放屁！”白湘君骂道，“这个姓丁的双手沾满了共产党的鲜血，共产党恨不得扒他的皮、抽他的筋、吃他的肉，打死我也不相信他会投共！”

“是丁少魁手下一个姓陈的排长反水投共了。”于副官说，“他们一顿猛打，一下就干掉了我们三十几个弟兄！”

“丁少魁呢？”

“不见他！我怀疑是叫姓陈的干掉了。”于副官说，“司令，这是篡位！这是谋逆！”

“混蛋！”白湘君命令道，“赶快命令一营二营，拉上大炮，我要亲自到前线督战！”

“是！”

4

石门寨后山野猪坑，雷龙梅说：“军师，我找到阿龙哥了！”

文中书惊喜地说：“你见到阿华了？”

“见到了，他们在大铁桥那里，正在和白狗子打仗！”

“那我们一起过去打白狗子！”雷虎大声说，“替雷公寨的乡亲们报仇！”

众人跟着齐声大喊：“去打白狗子！为雷公寨报仇！”

“我就是来叫大家一起过去打白狗子的！”雷龙梅说。

“好！”文中书说，“大家赶紧收拾行囊！打完白狗子，我们就不回来了，我们跟着阿华参加红军去！”

众人齐声大喊：“对，打完白狗子，参加红军去！”

雷龙梅等人来到石门寨寨门口，雷龙梅想跟舅舅商量一下，看看能不能跟他借一些枪支弹药。现在阿华他们打仗，最缺的就是弹药。

文中书问：“你舅舅家有枪支弹药？”

“前几天我听二嫂说，舅舅买了好些枪支弹药。”

文中书摇了摇头说：“跟你舅舅借弹药，无异于与虎谋皮，难哪！”

“不行了，我就跟他买。”

文中书说：“能买了当然好，他不卖就算了，你千万不要委屈了自己。”

“我知道。”

石门寨石家大厅里，雷龙梅向石金山说明来意：“舅舅、舅母，我是来向你们告别的。我找到我阿龙哥了，他们的游击队正在大铁桥那边和白匪军打仗。我们雷公寨那班人都要去和他们一起打白匪！”

“哟，听听！”石母尖酸地说，“找到我阿龙哥了！一口一个阿龙哥，叫得多肉麻哪！”

石金山问：“你们这班人一个不留，全部走？”

“一个不留！”雷龙梅说，“他们全部都要去参加红军！”

石金山摇摇头说：“喂不熟！没有儿子，是指望不上孙子的。”

“如今翅膀硬了，又找着老相好了，”石母说，“哪像当初，像丧家之犬，无家可归。”

“舅舅、舅母的大恩大德，我来生来世做牛做马报答你们。”

“现在都不报答，”石母说，“还说什么来生来世，尽玩虚的！”

“舅舅，”雷龙梅说，“你能不能卖一些枪支子弹手榴弹给我？”

石金山头摇得像拨浪鼓，说：“没有，没有！”

“我知道舅舅有。”雷龙梅说。

石金山连连摇手说：“这件事免谈。这些东西，我一丝一毫都不卖！”

“你买？”石母说，“你有多少钱？”

雷龙梅从怀里掏出一个小布包，打开说：“舅舅，这是我爸临终前留给我唯一的财产，一根金条、两只金镯子！”

石金山眼前一亮，说：“那你准备换多少枪支子弹？”

“换五支长枪，五百发子弹，五箱手榴弹。”

“我就这么点家当，你这钱还远远不够！”

“钱不够，人来凑！”石母说，“你自己留下来跟我柏儿成亲，这些东西都给你。”

雷龙梅咬了咬牙说：“好，舅母，打完这一仗，我回来跟三哥成亲！”

“口说无凭！”石母说。

雷龙梅跪在地上，手指苍天发誓：“苍天在上！我雷龙梅虽非七尺男儿，但说话算数！打完这一仗，如果我不回来和三哥成亲，天打五雷轰！”

“好！”石母说，“这五支长枪、五百发子弹、五箱手榴弹，就算我石家给你下的聘礼。”

5

大铁桥战场，炮声隆隆，硝烟弥漫。

白湘君亲临战场指挥督战，对游击队阵地发动了一波又一波的攻击。

“司令，我军伤亡太大了！”于副官说。

“现在已经是下午4点了，”白湘君说，“6点前一定得拿下山头阵地！8点前一定要夺下大铁桥！命令炮兵，加大轰炸力度！”

“是！”

敌人的炮弹像雨点般落在战壕里，不时有战士牺牲。

“于副官，”白湘君命令，“炮火一停，你把部队给我压上去！要不惜一切代价夺下阵地！否则，共军大部队一到，我们将腹背受敌，就死无葬身之地了！”

“是！”

“特派员、队长，”林春说，“我们的伤亡很大！敌人的炮火太猛了！”

钟龙华说："中央红军的先头部队，正在全速前进，预计在天黑时分，能到达虎穴城！"

"无论如何，一定要坚持到天黑！"罗威说。

"可是，"林春说，"战士们的子弹都不多了！手榴弹也不多了！只能准备和敌人拼刺刀！"

"拼刺刀！"罗威，"就是剩下一个人！也决不让敌人占领大铁桥！"

全体战士齐声大喊："决不让敌人占领大铁桥！"

正在这时，雷龙梅带着文中书等十八个人扛着弹药赶到。

"阿龙哥，"雷龙梅说，"我带来了五支长枪、五百发子弹，还有五箱手榴弹！"

钟龙华激动地说："阿梅，你真是雪中送炭啊！"

"快！"罗威说，"陈排长、林春，把子弹手榴弹都分发下去！"

炮声停了。

"弟兄们，"于副官鼓动道，"共军没有子弹啦！白司令说了，打死一个共匪，奖大洋十块！冲啊！"

白狗子们嗷嗷叫喊着，往山上冲来。

罗威刚喊了一声："打！"

雷龙梅率先一枪把一名白匪排长击毙，紧接着密集的子弹让白狗子倒下一大片。飞蝗般的手榴弹扔向敌群，炸得白匪鬼哭狼嚎。于副官带着一伙白匪抱头鼠窜！

"司令，"于副官说，"共军又有子弹了，手榴弹像冰雹一样落下来！"

白湘君问："你不是说他们没有子弹了吗？"

"不知道，不知道是不是神在助他们？"

白湘君大吼："神挡杀神，鬼挡杀鬼！于副官，天黑前一定要拿下这个山头，否则，我们将死无葬身之地！"

正在这时，一个骑马通信兵来到白湘君跟前跳下马。

通信兵报告："报告司令，共军先锋部队已经占领我虎穴城，正向这边包抄过来！"

白湘君问："汪清泉呢？"

"汪处长带着他的几个手下，逃往深山老林里了。"

"这个混蛋！"白湘君骂道，"大难当头，他就脚底下抹油——独自溜了！"

"司令，"于副官劝道，"我们也往山上躲一躲吧，留得青山在，不愁没柴烧。"

"命令部队，赶紧往山上撤！"

6

清晨，霞光万道。中央红军的大部队正在顺利地通过大铁桥。

钟龙华带领着游击队员们站在大桥边，向通过的红军战士们挥手致意。

"梅儿，"文中书说，"你好不容易找到了你龙哥。你就带着雷公寨仅剩的这十几个人参加红军去，跟着你龙哥去湖南吧！我是年岁大了，病痛也多，就留下来，我准备出家了。"

雷龙梅说："军师，我已经答应过我舅舅舅母，我要回石门寨去。"

"闺女，你既然出来了，就不能再跳进这火坑里去了。"

"军师，女儿一诺千金！舅舅给了我这么多枪支弹药，我不能失信于他。"

"唉，可惜你是个女儿身！"

"梅姐！"小兰哭着说，"我同你一起回石门寨！"

"不，小兰妹妹！"雷龙梅说，"我跟雷虎哥他们交代过了，你跟着他们一起参加红军去！我这里有一封信，到湖南以后，你才能把它交给阿龙哥。记住：你一定要亲手交给他！"

小兰接过信，抱着雷龙梅说："梅姐，我要永远和你在一起！"

雷龙梅抚摸着小兰的秀发，缓缓地说："我龙哥他们会照顾你的。"

雷龙梅走向钟龙华。

“龙哥，”雷龙梅说，“你就带上我们雷公寨仅剩的这十几个人，让他们跟着你走，去参加红军，去干革命，去打反动派!”

“阿梅，”钟龙华说，“你不是也跟着我们一起走吗?”

“不，我暂时不能走！我还要回石门寨!”

钟龙华茫然地问：“回石门寨？为什么?”

雷龙梅咬着嘴唇：“不为什么。龙哥，你别问了。”

“梅妹，你亲口跟我说的，从今以后我们再也不分开了。现在为什么?”

雷龙梅默默地从自己脖子上摘下一块玉佩，塞在钟龙华手中。

“龙哥，”雷龙梅说，“这是我母亲去世时留给我的，我从六岁一直戴在身上，它伴着我长大。龙哥，今天我送给你，你一定要把它戴在身上。”

钟龙华接过玉佩，拉着雷龙梅的手，深情地说：“梅妹，你跟我们一起走吧!”

“我们俩有缘无分，再见!”

说完这句话，雷龙梅强忍着泪水，扭转身走了。

钟龙华握着那块玉佩，玉佩上雕着一只凤凰。

他痴痴地望着雷龙梅远去的背影……

雷龙梅站在山顶上，望着川流不息通过大铁桥的红军大部队。

朝霞中，这支威武雄壮之师，雄赳赳，气昂昂，红旗招展!

雷龙梅喃喃自语：“龙哥，祝你一路平安！祝红军一路平安!”

雷龙梅泪流满面……

2018年4月25日七稿完成于东莞大朗

图书在版编目（CIP）数据

边城密战 / 曾增著. -- 北京 : 作家出版社，2019. 1（2023.2重印）
ISBN 978-7-5212-0288-5

Ⅰ. ①边… Ⅱ. ①曾… Ⅲ. ①长篇小说 – 中国 – 当代 Ⅳ. ①I247.5

中国版本图书馆CIP数据核字（2018）第277632号

边城密战

作　　者：曾　增
责任编辑：韩　星　刘　飞
装帧设计：私书坊　刘　俊　石晓云
出版发行：作家出版社
社　　址：北京农展馆南里10号　　**邮　　编：**100125
电话传真：86-10-65067186（发行中心及邮购部）
86-10-65004079（总编室）
E-mail:zuojia@zuojia.net.cn
http://www.haozuojia.com（作家在线）
印　　刷：固安兰星球彩色印刷有限公司
成品尺寸：152 × 230
字　　数：275千
印　　张：21.25
版　　次：2019年1月第1版
印　　次：2023年2月第2次印刷
ISBN 978-7-5212-0288-5
定　　价：63.00元
